■ "厦门口述历史"丛书编辑委员会

学术顾问： 李启宇　何丙仲　彭一万　龚　洁　洪卜仁

主　　任： 蒋先立　唐　宁

副 主 任： 吴松青　陈旭辉

委　　员： 林朝朋　刘　冲　戴力芳　张　晖　章长城
　　　　　　李　珊　林晓玲　潘　峰　肖来付　林　璐
　　　　　　林　彦　杨　艳　郝鹏飞　邱仕华　白　桦
　　　　　　陈亚元　龚书鑫　孙　庆　郑轰轰　叶亚莹
　　　　　　戴美玲

主　　编： 陈仲义

副 主 编： 王　琰

厦门口述历史丛书 3　

陈仲义　主　编

■ 谢春池　口述
■ 章长城　整理

我的内心从未改变
——一个老三届的心灵史

厦门大学出版社
XIAMEN UNIVERSITY PRESS
国家一级出版社
全国百佳图书出版单位

图书在版编目(CIP)数据

我的内心从未改变:一个老三届的心灵史/谢春池口述;章长城整理.—厦门:厦门大学出版社,2019.12
(厦门口述历史丛书;3)
ISBN 978-7-5615-7514-7

Ⅰ.①我… Ⅱ.①谢…②章… Ⅲ.①传记文学—中国—当代 Ⅳ.①I25

中国版本图书馆 CIP 数据核字(2019)第 145536 号

出 版 人	郑文礼
责任编辑	韩轲轲
封面设计	张雨秋
技术编辑	朱 楷

出版发行
社　　址　厦门市软件园二期望海路 39 号
邮政编码　361008
总　　机　0592-2181111　0592-2181406(传真)
营销中心　0592-2184458　0592-2181365
网　　址　http://www.xmupress.com
邮　　箱　xmup@xmupress.com
印　　刷　厦门兴立通印刷设计有限公司

开本　889 mm×1 194 mm　1/32
印张　8
插页　4
字数　200 千字
版次　2019 年 12 月第 1 版
印次　2019 年 12 月第 1 次印刷
定价　58.00 元

本书如有印装质量问题请直接寄承印厂调换

厦门大学出版社
微信二维码

厦门大学出版社
微博二维码

图 1　2007 年,赴上海崇明参加第二届知青文化论坛

图 2　2008 年 12 月,赴昆明参加首届中国知青文化旅游节

图 3　2009 年 1 月,赴闽西参观永定知青纪念馆

图 4　2010 年 6 月,指挥首届鹭江图书漂流活动

图5　2012年12月,"谢春池重返闽西100次"纪念活动

图6　2016年5月15日,主持《家园画报》首发式

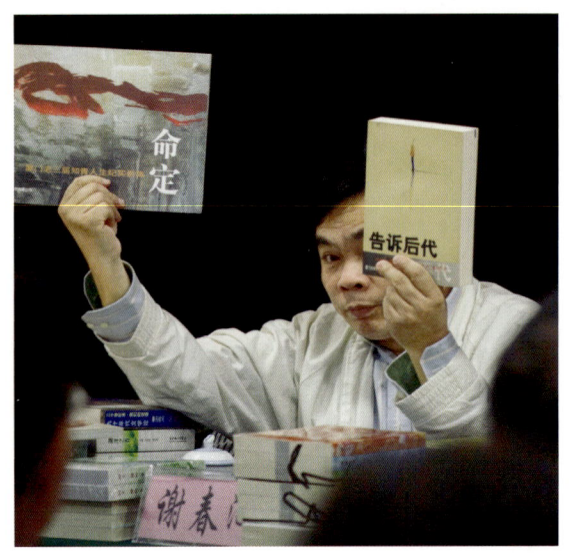

图 7　2017 年 4 月 23 日,率厦门知青团重返闽西三县赠书

图 8　2017 年 8 月,谢春池写作 50 周年系列活动启动仪式

总序一

因城而生　跨界融合

唐　宁

历史如浩瀚烟海,古今兴替,尽挹其间。鹭岛厦门在千年史籍里沧桑起伏,远古时为白鹭栖所,先秦时属百越之地,而后区划辗转由同安县至南安县至泉州府,又至嘉禾里、中左所、思明州,道光年间正式开埠,光绪年间鼓浪屿成"万国租界"。1949年9月,厦门始为福建省辖市,逢今正与新中国同庆七十华诞。

七十年风云巨变,四十载改革开放,厦门始终走在发展的前列。厦门的经济建设者和文化传承者在这片热土上播洒了无数血汗,书写了特区建设可歌可泣的恢宏篇章,他们的事迹镌刻在厦门历史的丰碑之上。在有册可循的文字记载之外,尚有不少重要的人与事如沧海遗珠,未及缀补。

借此,厦门城市职业学院秉持"因城而生,为市则活"的办学信念,不仅通过专业建设主动对接厦门现代产业体系的需求,为厦门经济建设输送大量高素质技术技能人才,同时也通过多样性文化研究平台的建设,主动担当传承厦门优秀文化的使命。其中,由本校陈仲义教授领衔,汇聚校内英才、兼纳厦门名士,成立的"厦门口述历史研究中心",多年来致力于借助口述历史的形式,采集、整理那些即将消失的厦门城市记忆和历史"声音",成就了一批如"厦门口述历史丛书"这样的重要成果。

卡尔·雅斯贝斯(Karl Jaspers)说:"对人们而言历史是回忆,因为人们曾从那里生活过来,对那些历史的回忆便构成了人们自身的基本成分","人生而有涯,只能通过时代的变迁才能领悟到永恒,因此只有研究历史才是达到永恒的唯一途径"。从这个意义看,口述历史正是文字历史的多元融合形式,二者融合可以实现对文字历史的"补缺、参错、续无"之功。

厦门城市职业学院跨界组建口述历史研究团队,在对厦门城市历史的修撰补充中,通过跨界与融合,使厦门经济建设与文化传承的脉络更加清晰,使人们对过去时代的领悟更加深刻,从而使未来的发展更加稳健。陈寅恪先生说:"在历史中求史识。"而历史的叙写过程何尝不亦为史识的求证过程?历史告诉我们,发展才是硬道理;历史的叙写过程告诉我们,跨界、融合,才是通向卓越发展的道路。这正契合了厦门城市职业学院的办学理念:育人为本,跨界融合,服务需求,追求卓越!

陈仲义同志是与厦门城市职业学院一起成长的专家、教授,长期以来笔耕不辍,著作等身,受人景仰,在中国诗歌评论领域建树丰硕。祝愿他带领的新的团队,为厦门地方文化建设,踔厉奋发,再续前页。

2019 年 8 月

总序二

盾构在隧道里缓缓推进

陈仲义

2015年暑期,奉命筹建口述历史研究中心,定位于承传厦门本土文化遗产,"口述"珍贵的人文历史记忆,涉及厦门名门望族、特区建设人才、侨界精英、闽南非物质文化遗产,以及原住民、老知青、老街区等题材的采集、整理、研究工作。

以为组织一干人马,并非什么难事。物色人选,各就各位;遴选题材、规范体例、包干到户,如此等等,便可点火升帆。然而,一进轨道,方知险情叵测。这些年来,"双建"(建设国家级示范性院校、省级文明院校)目标之重如大山压顶,团队成员几近分身无术、疲于奔命。先后有三位骨干因教学、家庭问题退出,一时风雨飘摇。面对变故,我们也只好以微笑、宽容、"理解之同情",调整策略,放缓速度,增补兵源。

开工之后,"事故"依然不断:明明笃定选中的题材,因事主"反悔",说服无效而眼睁睁地看着泡汤;顺风顺水进行一半,因家族隐私、成员分歧,差点夭折;时不时碰上绕不过去的"空白"节点,非填补不可,但采撷多日,颗粒无收,只好眼巴巴地在那儿搁浅,"坐以待毙"；碰上重复而重要的素材不想放弃，只能在角度、语料、照片上做大幅度调整、删减，枉费不少功夫；原本以为是个富矿，开采下去，却愈见贫瘠，最后不得不在尴尬中选择终止……诸如此类的困扰大大拖了后腿。好在团队成员初心不变，辑志协力，按既定目标，深一脚浅一脚缓缓而行。

团队从原来7人发展到10多人。校内10人来自中文、社会、旅游、轨道交通、图书馆、办公室等6个专业与部门。除本人外，皆清一色70、80后，正值"当打之年"。校外7人，分属7个单位，基本上属古稀花甲。如此"忘年交"配对，没有出现"代沟"，反倒成全了本团队的一个特色。

团队阵容尚属"可观"：正高2位、副高8位、讲师2位。其中硕士4位、博士3位。梯队结构合理，科研氛围融洽。特别是校外成员，面对经费有限，仍不计报酬，甘于奉献。

在学院领导的关怀和大力支持下，丛书终于初见规模。作为中心责任人，在选题挖掘、人员组织、关系协调、难题处理方面，虽倾心尽力，但才疏智浅，不尽人意。如果丛书能够产生一点影响，那是团队成员群策群力的结果；如果出现明显的纰漏不足，实在是个人短板所致！

阅读丛书，恍若穿梭于担水街、九姑娘巷、八卦坪，在烟熏火燎的骑楼，喝一碗"古早茶"，再带上两个韭菜盒回家；从阁楼的樟脑箱翻晒褪色的对襟马褂，猛然间抖出残缺一角的"侨批"，勾连起南洋群岛的蕉风椰雨；提线木偶、漆线雕，连同深巷里飘出来的南音，乃至一句"天乌乌，袄落雨"的童谣，亦能从根子上触摸揉皱的心扉，抚平生活的艰辛；那些絮絮叨叨、缺牙漏嘴的个人"活捞事"，如同夜航中的小舢板，歪歪斜斜沿九龙江划到入海口。我们捡拾陈皮芝麻，将碎片化的拼缀、缝补，还原为某些令人欷歔的真相，感受人性的光辉与弱点；也在接踵而来的跨海大桥、海底隧道、空中走廊的立体推进中,深切认领历史拐点、岁月沧桑、人心剧变如何在时代的潮涌中锻造个人的脊梁。

历史叙述,特别是宏大的历史叙述,随着主要亲历者、见证者离去,"隔代遗传"所带来的"衰减"日渐明显。而今当下,历史开始从主流、中心、精英叙事转向边际、凡俗。新地带的开垦,将迎来千千万万普通民众汇入的"小叙事"。日常、细节、互动,所集结的丰富性将填补主流人类学、历史学、社会学、地方志的"库藏",因应出现"人人来做口述史"(唐纳德·里奇)的提倡,绝非空穴来风,而具深远意义。

口述形式,有别于严丝合缝的文献史料,也有别于步步推进的考辩理据;亲切、在场、口语化、可读性,可能更易迎合受众的"普及",这也是它得以存在且方兴未艾的长处,怎样进一步维护其属性、增添其特性光彩呢?口述历史不到百年寿龄,其理论与实践存在诸多争论与分歧。作为基层团队,多数成员也非训练有素的史学出身,但凭着热情、毅力,凭着对原乡本土一份挚爱,"摸着石头过河",应该可以很快上岸。

表面上看,口述历史难度系数不大,大抵是一头讲述,一头记录。殊不知平静的湖面下藏有深渊。它其实是记忆与遗忘、精准与模糊、本然与"矫饰"、真相与"虚构"、本能与防御、认同与质疑,在"史实"与"变形"间的悄然较量,其间夹杂多少明察与暗访、反思与矫正。不入其里,焉知冷暖?

"口述性"改变了纯文献资料的唯一途径,但没有改变的依然是真实——口述史的生命。初出茅庐,许多规范尚在摸索阶段,但总体而言,第一步基本上应做到"如实照录",亦即《汉书》所褒赞司马迁的"其文直,其事核,不虚美,不隐恶"的实录精神,而要彻底做到这一点很不容易。不仅要做到,接下来还要互证(比较、分析),规避口述者易犯的啰唆重复、拖泥带水、到哪算哪的游击作风;而整理者的深入甄别、注释说明、旁证辅助、文献化解、在场还原、方言转换，尤其是带领学生社会实践的参与度，仍有很大的提升空间。

厦门历史文化，比起华夏九州、中原大地，确乎存在不够悠久丰厚之嫌，但与之相伴的闽南文化、华侨文化、嘉庚精神，连同入选国家级非遗名录的歌仔戏、高甲戏、南音、答嘴鼓、讲古等，各有厚植，不容小视。中心刚刚起步，经验不足，稚嫩脆弱，许多资源有待开发，许多题材有待拓展，许多人脉有待联络，许多精英有待挖掘。如果再不努力"抢救"，就有愧于时代与后人了。

其实，厦门出版的地方历史文化书籍还是蛮多的，大到盛世书院，小至民居红砖，成套的、散装的，触目可取。但面对拥挤而易重复的题材，何以在现有基础上，深入腹地，称量而出；面对长年养成的惯性思路，何以在口述语体的风味里，力戒浅率而具沉淀之重？

编委会明白自身的长短，与其全面铺开战线，毋宁做重点突进，遂逐渐把力量集中在四个面向：百年鼓浪屿、半世纪特区、国家级非遗名录、老三届群体。希望在这些方面多加钻探，有所斩获。

无须钦慕鸿门高院，关键是找好自身的属地。开发历史小叙事、强化感性细部、力戒一般化访谈、提升简单化语料，咀嚼髻颃间的每一笔每一划。罗盘一经锁定，就义无反顾走到底，积跬步而不惮千里之远，滴水穿石，木锯绳断，一切贵在坚持。愿与各位同道一起，继续铢积寸累，困知勉行。

最近刚刚入住东渡狐尾山下，正值二号地铁线施工。40米深的海底隧道，隐隐传来盾构声，盾构以平均每小时一米的速度推进着，与地面轰鸣的搅拌机相唱和。俯瞰窗外白炽的工地和半掩的入口处，常常想，什么时候，它还会碰上礁岩、滑沙、塌陷和倏然涌冒出来的地下水？失眠的夜晚，心里总是默数着：一米、一米、再一米……

2019年4月

目 录

一　疾病　　　　　　　　　／ 1

二　学校　　　　　　　　　／ 11

三　乡村　　　　　　　　　／ 25

四　城市　　　　　　　　　／ 48

五　身份　　　　　　　　　／ 64

六　感情　　　　　　　　　／ 102

七　写作　　　　　　　　　／ 128

八　编辑　　　　　　　　　／ 167

九　知青　　　　　　　　　／ 190

十　红十字　　　　　　　　／ 216

后　记/章长城　　　　　　　／ 244

目錄

一 疾 病

不能为口述而口述,如果我跟你说的不是来自内心的,再漂亮的东西价值都不大。我还是随性吧,谈到哪算哪。先谈我的两个很突出的特点或者理念。第一个是我活了整整六十七年,回头去看自己从少年到青年再到中年老年,整个人生走过来还真应了凡·高的那句话——我的内心从未改变。现在想起来,如今我做事情跟小时候做事情一样,整个内心的东西是差不多的。第二个是六十七年来,身处这么一个世间,有人谤我、欺我、辱我、笑我、轻我、贱我,如何处置乎?只要忍他、让他、避他、由他、耐他、敬他、不要理他,再过几年你且看他。我非常欣赏这样一种人生态度。当然,也有一些事情我是不能忍的。

从小到大,我从不大需要有人理解到不需要有人理解。上世纪80年代中期,我还在华侨大学谋生,回厦门参加《厦门文学》举办的一个闽南金三角的笔会。上海一家知名青年刊物的编辑,向我约稿,跟我聊起来。我说我是不在乎别人理解不理解。当时社会上宣扬"人啊,理解我",到处喊:"理解万岁!"我不以为然,干吗要别人理解呢?我觉得关键是自己做了什么,而不要太在乎人家对你的看法。我会尊重别人的看法,但我不会因为别人的看法而轻易改变自己。

我一直说"人在做,天在看"。这也是我这么多年敬奉的一个信条。前些年我得到一份我们谢氏家族的资料,发现谢家的家训居然是"不为人知,只为天知"。这样的家训,太伟大了!

从2015年七八月又生病到现在半年多了,时好时坏。我生病生了大半辈子了。这些年每年有两三个月,甚至近半年我都在生病。从生病的过程中,我体验感受了很多人世间的东西。人只有在病痛灾难中,才能真正体验到人世间最本质的东西。

1951年2月23日,农历正月十八,我出生在厦门老街厦禾路,靠近第一码头这一带。从小,我的身体就不太好,那时我母亲身体也不太好,因而没有充足的奶水给我吃。记得小学二年级时,我得了乙型脑膜炎。在那个年代,这病几乎是没救的。我家一贫如洗,二姐把她手上的戒指卖了,我才住进了中山医院。抽骨髓时,六七个护士按着我才抽出来。没想到,过了一年我又住进中医院,症状与上一年相似,医生怀疑我又得脑膜炎,又抽了我一次骨髓。连续两次抽骨髓,让我身体变得很差了,影响了一生的健康。得乙型脑膜炎会留后遗症,那次,我的后遗症是双眼失明。医生告诉我父亲,鼓浪屿救世医院(即后来的第二医院)有一种美国的药,可以让人的眼睛复明,但不知现时还有没有,如果这药没了你儿子的眼睛就瞎了。我父亲马上借钱到鼓浪屿救世医院,谢天谢地,医院还有这种药,只剩四支。注射后一周,我的眼睛又能看见东西了。我对父亲讲了一句,外面的树是绿色的。父母高兴极了,我没有留下后遗症。我孩提时身体一直很弱,经常生病,直到中学才好一些,这得益于我喜欢体育运动。小学五年级我得的胃病,一直拖到上山下乡初期还未痊愈。

我小时候就喜欢体育运动,小学一年级开始打乒乓球,三四年级开始游泳。我家在厦禾路,不远就是第一码头,经常去那里游泳。但是我们跟鼓浪屿的孩子比还是很差。那时候我游得最远的是从第一码头游到对面的鼓浪屿轮渡码头。我所在的大同小学素

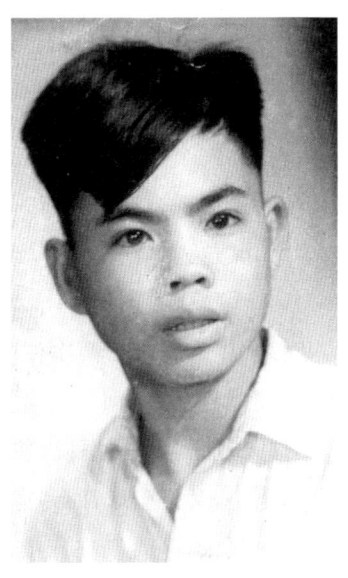

1965年,14岁,厦门

来以足球著称,但是足球的那种碰撞,我的体力难以承受。小学五年级,我经常去打篮球。我是我那几届同学中篮球打得比较好的。还有跳高,我居然是我那一届跳高最好的。到了初中我才一米五几,那些个子高,篮球打得好的都笑我,在他们看来我不适合打篮球,可我却十分热爱篮球。

体育运动促使我的身体有所好转。整个"文化大革命"期间,我几乎没有什么大病,但胃痛还未见好。到上杭去插队的时候,时常生病,胃痛得很厉害,吃一些中药,甚至吃进口的德国的"胃得乐",也不管用。母亲找来一个偏方,烟丝一两制成粉末,一个煮熟的鸡蛋,将蛋黄取出来,在锅里焙烤成粉末,两者拌在一起成药。我吃完一瓶,觉得没什么效果,但是,母亲坚持又制了一瓶。第二瓶没吃完,胃病就大体好了。民间偏方真是厉害。去华侨大学工作那些年,毛病又来了,起初不严重,只是胃又开始痛,时好时坏。

后来不行了,病得很厉害。在华大生病有多个原因,第一个原因就是当时闹离婚,情绪非常坏;第二个是被整,1980年到1982年,全国正反对所谓的资产阶级自由化,清除精神污染,福建省内,师大批孙绍振,华大批谢春池;第三个是生活没有规律;第四个是酗酒。我在华大的教工宿舍单人床底下全部是酒瓶。在华侨大学教工篮球队队员里,我堪称老大,其他人年纪比我小,经常聚在我的宿舍,一群人经常喝酒。

在华大工作时,我多次生病,其中,两次住院。第一次在1981年秋天,某个下午,我打篮球到傍晚,回到宿舍,浑身发冷,呕吐之后抽搐。球友、哥们李原兄赶紧背我去医院,住了一个星期。第二次是1985年暑假,那日下午,又打篮球,回到宿舍,下腹疼痛厉害,赶紧上医院。折腾了一个夏天,一直躺在床上,到秋末初冬,才慢慢缓过来。那年暑假,时任厦门市剧目创作室主任的陈耕兄,来到华大借调我,见我躺床上养病,十分诧异,知道我把身体弄坏了,很痛心。我借调厦门半年,终因市文化局某领导对我存有偏见,不愿调我。1986年春节过后,我又回到华大上班。半年多不见的朋友们,三天两头聚会,几乎天天喝酒,至少喝了二十多天。身体早已有问题,经不住这么一喝,身体彻底垮了,严重的时候喝一杯茶胃肠就疼痛。将近一年的时间里只能喝稀饭,或吃面线汤,一点油都不能沾。那时,我心想,如果能吃一小块肥肉,多好。起初那两三个月,基本都躺在床上度过,整天怕冷。我的宿舍在三楼,楼下就是一排篮球场,从玻璃窗向外望,每个球场上都很热闹,篮球飞来飞去,让我很动心。这年暑假,我回厦门家中养病。正是酷暑,傍晚时节,我却穿着长的睡衣睡裤,坐在家门前的砖仔埕,看厦禾路川流不息的下班人流车流。入夜了,我不知怎样全身发冷,只好回到房间里休息。

当时华大的医疗条件非常好,福建医学院还在华大校园里没搬走,我都在那里看病。我对医生说,"除了肺,我大概哪一个部位都有病"。医生给我检查之后,说:"你连肺都有问题,要好好医治。"第三次病倒,医生问我:"你要命还是要烟酒?"我答:"当然要命。"医生说戒烟戒酒吧。我答应了。看西医没有用,转看中医还是没有用。吃了两年的药,病一直不见好转,确实走投无路,自觉很绝望。这年,我35岁,还如此年轻,我却有一个不祥的预感,在这世上,我不会活得太久。

1986年那次病得最厉害,我对朋友说,我一生的酒在35岁时喝光了。于是,遵嘱,戒了烟,更戒了酒。其间学做气功,到1989年,才算稍稍有些缓解。

1989年夏天,我从华大调回故乡厦门,在《厦门文学》编辑部谋生。虽然病还未好起来,身体也很虚弱,但大体可以正常生活,可以全身心投入编辑与写作。没想到1992年全身过敏,买一些止痒的药膏抹一抹,毫无效果。心想,算了,等它自愈吧。这一拖就是7年,1999年,我才找医生看病。医生说我的血液出了问题,整个免疫系统出毛病,嘱我必得忌口,花生、笋类、菇类、香蕉、莲藕以及所有的海鲜,总共四十几样东西不能吃,连茶和咖啡都不能喝。我是一个听话的病人。医生开了一个星期的药,西药,我吃得很难受。一出门,一脚高一脚低,人一直在恍惚之中。医生改中药让我服用,吃了快三年,依然没有效果。无可奈何,我只好将药停了。痒得最厉害的时候常在下半夜,四季一个样。冬天再冷,也得起床抹药。至今二十多年过去,我痒的症状还没有彻底消失。

本世纪初,我的颈椎又出问题。发作时,躺在床上,天旋地转,把腹中的东西全呕吐出来。医生给我做了相关按摩,做了半年多牵引,睡觉改用颈枕,免除不少苦痛。我知道这是一个无法复原的病,时不时地给我带来头晕或头痛。

在华大病得无药可治时,觉得这样下去不行,要命的话,我只能自我拯救。想来想去，我决定学气功、练气功。刚好，那时是全国气功热的时候。我就请了华侨大学的一位姓朱的体育老师教我气功，他懂得武术也懂得气功。以前，我体育运动受伤他给我推拿，还对我受伤的部位"放气"。他教我坐在椅子上，下身不动，以臀部为原点，上身转圆圈。结果，做了一星期，感觉不适。不是他教错了或教得不好，而是我不懂这里面的奥妙。我想想这样不行，就到校图书馆去，找来一本气功书来看。那时，国内开始出版气功书，这是最早的一本，书名《气功精选》。我从书里选了一种功叫内养功，按照书上讲的，依样画葫芦做去。从1986年5月，开始学做气功，大概做了5个月，见效了。起先，我坐着做，5分钟都坐不住，慢慢地坐10分钟，后来坐20分钟、半小时、40分钟。10个月以后，我可以坐50分钟。开始可以吃米饭了。

1986年，华大也开始教气功了。来了一个福建省气功大师，我还记得他叫韩秋生，80多岁的老人家了，到华大办班传授气功，其名叫"生命再生工程"，我觉得很适合我，于是报名参加这个班。这个班有一个福建省中医研究所的女研究员，她也给我们授课讲气功。她精通看手掌诊病。我请她看病，她让我摊开左手掌，看了一会儿说我这病没有五年不会好起来。从1987年做到1988年，我练了一年的"生命再生工程"的气功，表面没什么大效果。我一般来讲早晨不会早起，但是练这个气功时间要求早晨5点到7点，一定要在这个时候练。虽然没有什么大效果，但我知道我在给自己的身体打基础。1989年，春节后不久，华大从福建水产学院请来几位气功师，教授中国鹤翔庄气功。这个气功是当时整个中国气功界中影响很大的一门，而且它很正宗，不搞歪门邪道。华大办了两期这个气功，我参加了第一期，效果很明显。

由于上述两种气功都在早晨和傍晚两个时段做，而且必须在户外做，两脚需贴于地上，曰"接地气"。过多的限制，使我时常无

1971年春节,返厦留影

法做。后来,我改做中国自然功。此功不分时间、不限制地点、没有动作、没有口诀,很适合我。所以,我从1994年开始练自然功。我练气功30年,保住了生命,也保健了身体,这十多年还服用松花粉,增补营养,靠这两样,我度过67周岁了。

  不过,从2008年到现在,我身体年年出毛病。那一年,我父亲也开始病了,到2010年就卧床不起。我儿子守上半夜,我守下半夜。2011年4月,父亲去世,我的身体再次垮下去了。

  这十年,我特别累,每一年都过劳,都得病几次。从2009年到2014年,是厦门知青文化活动的巅峰期,厦门知青群体处在最活跃最蓬勃最凝聚的时候。仅出书,每年少则七八部、多则一二十部,绝大部分是我主编的。知青活动特别多,每年少则一二十次,多则二三十次;大中型活动,每年少则五六次,多则十多次。我们的团队是了不起的团队,数十位男女知青当志愿者,尽心尽力地奉献，从不讲报酬。这是我们取得成功的保障。没有这个团队，就没有厦门知青群体在中国知青群体的影响力与较大的名气，更不会受到海内外的瞩目和赞誉。我作为厦门知青文化活动组委会总负责人，自然责无旁贷，要比我的兄弟姐妹们付出更多的时间精力心血。因而，凡大中型活动我都亲自担纲，小型活动我也多次介入。经常超负荷地工作，最终必然损害个人的健康。我每年少则病个三两次，多则五六次。大病一次，是例行公事，是必修课。有一年，春节前后，我竟断断续续昏睡了二十多天，直到正月十八那天才醒来。我戏谑自己是"冬眠的人"。2017年六七月至今年三四月，是我这十多年身体最正常的时候。大型活动少了，人与人之间的关系或情感的问题也少了，生病也不再那样频繁。而今年，知青图书仅编三四本，活动也仅办了十多次，大型活动仅四场，极大地减少消耗量、工作量、时间量，却病了几次。整个夏季，一直不舒服，从7月中旬直到8月下旬，卧床的时间多于起来的时间，宅在家中的时间多于外出的时间。老毛病又来了，昏睡不醒，一天又一天。一天上午，坐在书案前，拿笔想写个什么，心脏非常难受，竟一个字都写不出，赶紧上床静卧。我是不上医院、不看医生的，今天的医院让我不能信任。不过，这都不是最重要的原因。最重要的是凭着我五十多年生病的经历，我知道绝大多数的病非医生可治。这应了一句厦门谚言：真病无药医。我的经验告诉我：依然只有自己能够救自己。这一次生病，我依然自己当自己的医生。每日加大数量地食用松花粉系列产品，每日坚持较长时间或增加一次气功，调整一些食物。这一次生病，从8月1日开始我还按照北京知青好友岳建一兄的"医嘱"：每天早上吃一碗磨煮的大薏米仁糊，每天晚上不吃晚餐，只吃一个苹果。如此一来，疗效渐显，至8月下旬，我就恢复了大半。

生病这个事情，它是跟生命紧紧连在一起的。生病是一件坏事情,但是,它会使有思考的人去进行深入思考,它影响到你整个思考的面、思考的深度,这种思考只有在完全个人的空间当中才有可能达到。我们作为俗人,为三餐,为工作,每天忙忙碌碌。所以,生病对一个思想者是好事,对一个诗人作家是好事,它可以帮我们去清理自己的人生啦、经历啦、思想啦,从中得到另一种领悟。

生病让你直面生命的时候坠入思想的深渊,你会沉进去,你要去想。这一过程,可能你会获得启迪,获得思想力量,同时,也可能有作品拿出来。这些作品可能跟你没生病写的不一样。作家诗人一旦生病,陷到肉体的痛苦当中,可能会获得一种精神上的快乐。我就觉得我上世纪80年代写得最好的散文,恰恰就是生病时或生病后写的。生命使你不轻飘,不单薄。比如我的中篇小说《昨天的石楼》就是我生病期间构思的。这篇小说几经来回,未能在文学杂志发表,只收入我的小说集,不为更多的读者所知,有些遗憾。它意象奇特与密集,让人感到惊讶。闽北的一个诗人朋友,给我写了一封信,说没有想到一篇小说可以有这么多意象,这个是它的特点。但是他认为从小说文本来讲,《昨天的石楼》还没有达到其应有的艺术力量。我知道他不满意的原因是从小说的艺术来说,它还有差距。而且里头有些地方不自然,有明显雕琢的痕迹。但是作为那个年代的文本留下来了,这对我来说很重要。

谈到生病与死亡的关系,我想起了我的母亲。1984年初我母亲发现得了肝癌,半年后的农历七月初九日去世。我死亡的意识来自小时候。读幼儿园时,我家对面一家邻居做丧事,我第一次看到了死人。再来就是"文化大革命"两派武斗的时候,民立小学的教室里,摆了一具具尸体,都是我的派友,都在武斗中被打死的。他们一个个都是青春年华呀。那个时候,没有恐惧,只有愤怒,只有悲哀。最伤心的是我上山下乡之后的第二年,就是1970年农历六月初九,我外婆在她同安乡下的老厝里去世。我就站在她的床边,非常伤心。上山下乡的十年里,也听到不少插队知青死亡的消息,当然也很悲伤,但没有什么恐惧了。不过,在我35岁那年生大病的时候,我感觉到了真真切切的对死亡的恐惧了。那年,伺候重病的母亲,又眼睁睁地看着母亲离开人世,我不仅悲恸,而且开始对死亡有恐惧感了。我们这一代,整个少年时代所受的教育就是不怕死,像董存瑞、黄继光那样的不怕死。我那时候和很多同龄人一样非常盲从,不懂得什么是生命,所以也不怕死的。一旦懂得生命是什么之后,挨到生命边缘,恐惧感就来了。这种恐惧,我做了十几年气功才慢慢解脱了。这二十年,我给自己提出三放,即:放松,放下,放弃。完全彻底地做到很难,但有时或经常地做到了。特别是放松,即使冥冥之中离开,我也会非常放松的。如果说二十年前还没有像现在如此洒脱,这几年来确实可以坦然面对死亡,也不怕谈论死亡了。不是想通了,而是自然而然地接受了。我极其深刻地认识到:一切都是过眼云烟。也正因为有这些对生命的认识,才对名利看得非常淡。

还有什么很重要的事情没完成?当然有。但是,如今对我来说,这些也并非一定要去完成。我这二十年的真正收获其实就在这里。放下,懂得放下。在死亡面前,没有什么东西是你放不下的。

二 学 校

　　厦门第一码头附近有一个地方叫竹树脚,那里有一个教堂,是厦门很有名的教堂,也称竹树脚礼拜堂。解放后不久,这个教堂就变成政府办的厦门第三幼儿园。整个厦禾路那一带的人包括到思明北路这一带,也包括轮渡码头这一带,很多家庭把孩子送到第三幼儿园去。第三幼儿园出来左拐就是厦禾路,往我家走大概五六分钟的路。像我这个家庭,较为贫困,按道理,不会让孩子去上幼儿园,再者,我母亲是家庭主妇,可以在家带孩子。然而,父母还是决定把我送到幼儿园去。我们这一代很多人是没有上过幼儿园的,因为穷。所以,我算得上是非常幸运的。我在第三幼儿园从小班中班到大班完整读了三年。那三年是我最早的正规的启蒙教育,我觉得上世纪50年代的幼儿教育跟现在的幼儿教育太不一样。当年的那种教育没有什么条条框框,也没有这么好的条件设备,但是那种氛围,让小孩子的身心得到比较自由的成长。它传承的是一种爱,人与人之间比较和谐的关系让我受益终生。

　　第三幼儿园办在有名气的教堂里,因此在厦门自然很有名气。校园就是一个教堂,它会让小孩心里头自然而然地产生一种庄严感。印象最深的是读大班。至今,我还能记住我的班主任杨老师,一直到我读了初中,她还在那里教书。我在我那个班当中跟大家关系都不错。有一次我生病了,两个同班的小朋友跑到我家去,说老师叫我那天下午一定要去幼儿园。我问,"为什么?"他们说学校举行游园活动,每个班都要扛一块画一幅画的小黑板,老师让我去画这幅画。我还记得我下午去了幼儿园,在班里的小黑板上画了一幅拔萝卜的画。记忆中,这是我最早的一幅"画作"。

拔萝卜这个题材是我们这代人从小受到的一种教育。读小学时,课本有《拔萝卜》这篇课文。幼儿园孩子小没有学这篇课文,不过,我印象中拔萝卜这个故事老师讲过,还有图片。可能也让孩子们自己动手来画过。那时,可能全班没一个人可以把这一幅拔萝卜的画画出来,老师才让我去画。画完后,我没有力气跟他们去游园。全班三十几个孩子排队,由老师带着,扛着小黑板绕校园走了一圈。幼儿园的事情,就这一件记得最牢。

那时候,读幼儿园虽然要学费,但不是很多。学费多的话,很多家里拿不出来。至少,我家是这样。幼儿园要吃点心,小饼干什么的,这些公家不能给你。我想每个学期应该是一两块钱吧。具体我也记不得,也没有去问父母这个事。幼儿园毕业之后要读小学了,母亲问我想读什么小学,我父亲好像不管这些事。与我家隔一堵墙是大同小学,大同小学隔一条路,对面是颍川小学。颍川小学据说是陈嘉庚老人办的。"颍川"是陈氏的堂号,颍川小学办在陈氏祠堂,以后又扩建校舍。附近的夹舨寮巷还有一个龙山小学,也是老学校。再往不远的轮渡那一带呢,有民立小学、第一中心小学等。小小的这么一片就有七八个小学。因而,起初我对母亲说:"随便读哪一个小学都可以。"后来一想,读最近的吧,又对母亲说:"那么,就读大同小学吧。"母亲"嗯"了一下,竟说:"当然要读大同了,人家都说它是厦门最好的小学啊。"而后,我并没再问这件事。1958年整个暑假,我玩得不亦乐乎。8月底,入学通知书来了。母亲说:"你被录在大同小学了。"我也没有很高兴,又玩去了。

在厦门,大同小学确实是一所老校、名校,到2018年已建校

113周年。不单单是厦禾路一带的孩子,连中山路的孩子都到大同小学来读,那就说明这个学校很有影响力。坦率讲,在这所学校里,我真的没有好好读书。即使1964年我考进了厦门第四中学(当时还没有恢复原名大同中学),我也没有好好读书。从小学到初中,我功课少有优的,马马虎虎过得去,只要不留级就行。成绩特别好的那一年,竟是我得乙型脑膜炎之后。连续两个月没有去上课,病好了回学校去,心想期末考肯定很差,赶紧补了课。没想到期末考试成绩竟然出奇的好,记得语文全班第一,算术全班第二。

幼儿园我就喜欢画画,算是从小就有兴趣。我父亲也会画一点,但非常业余。上世纪50年代初他是《厦门日报》的通讯员。他当时在码头当搬运工人,后来在搬运公司工会做一些文化宣传方面的工作。父亲的美术字倒写得很好,他在《福建日报》《厦门日报》发表多篇通讯报道什么的。父亲乐意并支持我画画。所以,读小学的时候,我们班我画画最好。读四年级时,我父亲看我这字不行,就压着我练了一个暑假的毛笔字,临帖。临了一个暑假的毛笔字之后,我的字是全班最好的一个。当时教我图画课的老师,都看好我,欣赏我。

我们那所小学是各方面都很不错的小学。那时,我们大同小学校门一进去,右侧一座旧教学楼是解放前留下来的,解放后,两层旧楼上面加盖一个礼堂。还有一栋应该也是解放前盖的,我进去读小学刚刚盖完很新的一栋楼,前面摆着好几个乒乓球台。入学第一天,我第一次看到人家打乒乓球,就想去拿人家的球拍打。很快我就学会了打乒乓球,打得还可以。但是到了小学四五年级,我可以和校队队员抗衡,却进不了校队,教练洪绍成老师看不上我。五年级时,爱上了打篮球。六年级我还学会打羽毛球。全校一千多个学生,会打羽毛球的只有两三个。大同小学是厦门市"文革"前以足球为重点项目的小学，培养了一批优秀的少年运动员。我在小学也踢足球，但我踢得不好。跳跟跑，我还可以，特别是跳，我弹跳力不错。读六年级时，我跳高是全校前三名。印象很深的是1958年，刚刚进入大同小学，就碰到全民大炼钢铁。很多同学把家里那些铁器拿到学校去炼钢铁。我家厦禾路这个老屋是我母亲的一位有钱的乡亲的私宅，本来前面设有一道铁门，解放初这个铁门就不见了。据父亲说，当时的街道办事处把铁门拆了，无偿送到工厂炼铁了。如果这个铁门还在，大炼钢铁时期，也逃不了厄运。那时我们读一年级，人小，没力气，什么也不懂，看到高年级同学在小高炉炼铁，就只是帮忙抬点东西。

我从小胆子很大。大同小学晚上非常暗，校园又非常大，黑夜里，我一个人在校园里玩。说几件胆子比较大的事情吧。四年级的某一天，我跟邻居年纪比我大的同伴，就敢从第一码头游到鼓浪屿轮渡码头去，结果被一个在轮渡码头当职员的邻居碰上了。看我穿着三角裤浑身水淋淋爬上岸，他非常惊讶地说："你们怎么游过来的？"后来，他就告诉我母亲，说："你小孩这样子会出事的。"我回家后，心里很害怕。万万没想到母亲笑笑地对我说，口气有些怪怪的："你厉害啊，还能够游到鼓浪屿？"我以为接下来要挨骂，没想到平安无事。还有一次我和同学纪华芳在第一码头游泳，搁在岸上的短裤被偷了，我跟华芳商量，他回家拿了一条短裤让我穿回去。最终，还是被母亲发现了。那时候做一条短裤不容易呀，而丢一条短裤是多大的事啊。父亲下班回来，用绳子将我捆起来，拿木柴将我一顿暴打。还有一次，我最大胆的一次，有学生在玩航模，结果那架飞机飞到三层楼，落在礼堂坡形的屋顶上，没人敢上去捡。我正好在操场上，一冲动，跑到二楼沿着那截墙的墙头爬向屋顶。操场围着一群老师和学生，有孩子向我喊叫。我竟十分镇定地攀登上去，捡了航模，又安全地爬下来。现在想想都有点后怕。

再说一件比较大的事。我读六年级的时候,有一天,在三楼礼堂打乒乓球,五年级的学生抢占球桌,正欺负一个三年级学生。我看不下去,上前调解。没想到那个五年级学生抓起一块木头就往我头上砸下来,我当场就昏过去了。学校马上用担架抬着送我去第一码头的开元医院救治。我在家里休养了好几天。这个事情给我留下阴影。因为送我去医院的张姓副校长,居然对别人讲我没有必要去干涉这种事情。这个事情发生在1963年,我一下就感觉到这个副校长不够格,他不应该讲这个话,如此是非不分,不配当副校长。我伤好以后去上课,好几个同学说我根本没必要干涉那事,我非常反感。我见义勇为,敢于维护弱小,不被表扬,反而被批评,我想不通。因而我对这个副校长印象很不好。那个打我的五年级男生一直也没有道歉。他的舅舅是我同班较要好的同学,也替他外甥辩解。我第一次觉得世上没有公道与正义可言。打我的那个男生长大后出了很大事。大概在1971或1972年吧,有一次他喝醉了,把厦门大街上很多宣传栏的玻璃橱窗打坏,被抓进了监牢……

还有另一件事情,也让我有同样的感觉。读四年级时,教美术课的洪绍成老师交给全校五六位画画好的学生一个任务,拿自己最好的画去参加全市小学生美术展览。洪老师也要我参加。我几经构思,决定画一幅从我家窗户看大同小学校园的画。这张画完成后,我交给了洪老师。等到小学生美术展览开展,我才发现我的那张画并未送展,而是让比我高两级的美术小组一个男生重新画一遍我的画,挂在这里,我的那张没有参展也没有退回来。我非常意外,在那张"剽窃"的画作前站了一会儿,很委屈,很气愤,觉得自己被所尊敬的老师伤害了。一直以来,这个老师对我很好,教我打乒乓球,也教我画画。我怎么也想不通,他为什么要这样做呢?这些让我从小感受到社会上的不公。

我学画国画是从大同小学开始的,是一个被打成右派的老师教的,他叫李向阳。李老师不能正式教课,只能业余开班,教校美术兴趣小组的学生。我从他那里学会用笔用墨用色彩,感谢李老师给我国画的启蒙。由于我会画画,字也写得不错,五年级时,学校让我负责出大同小学墙报,大概是一个月一期。因为这,我成了大同小学少年先锋大队的宣传委员,戴上了三道红杠的臂章。有一次,全校少先队员到和平码头参观,我举着学校少先队大队队旗,走在数百位少先队员队伍最前面,从我家门口经过。参观之后,又从我家门口回学校。我以为自己引人注目,会受到家人和邻居的夸奖。没想到,放学回家,周围没一点反应,觉得很失望。小孩的心理!

在大同小学读了六年书,奠定了我一生文化知识的基础,很多老师很喜欢我。一年级,我的班主任是女的,叫郑琼瑛,教语文。开始,她并不怎么关注我,到二年级,她才开始关心我。二年级下半学期,换了班主任,又是女的,名叫杨瑟英,很洋气的一个归侨,教算术。三年级郑琼瑛老师又当我们的班主任,四年级的班主任换了新的,还是女的,叫黄美玲,教语文,书教得好,人也长得秀气。五年级换了男的班主任,名叫杨振忠,教算术。六年级下学期,我们甲班因故拆掉,全班分至乙、丙、丁三班。我被分到丙班,班主任是男的,叫郑朝坤,教语文。三个女班主任,都喜欢我,都疼我,有的对我特别好,而两位男班主任对我不太关注,我也调皮不在乎。让我最怀念的是郑琼瑛和黄美玲。郑老师据说十几年前去世了,而黄美玲老师还健在,什么时候应该去探望她。

考中学的时候,我料到我的成绩进不了一中和八中(即今双十中学)。我有个邻居是大同小学的学长,叫纪乃国,正在四中读初三,他就跟我讲:"四中很不错,你来读四中吧。"当时厦门中学排名是这样的:一中、八中、五中、四中。这四所中学都有高中,而六中、七中只有初中没有高中。二中也不错，不过在鼓浪屿，厦门岛内的孩子一般不会去读。我本来也想去集美中学的。去集美中学有两点好处：第一点，据说那边陈嘉庚给学生补贴；第二点，最最重要的是父亲管不到，可以自由自在独立生活。不过，那边得住宿，星期六下午放学，回家没钱坐公交车，得走四十里路返市区，家里也不会同意我去。想想，我的成绩入四中很顺利的。于是，跟家里头讲，与我们周边姓纪的邻居是宗亲，很赞成我去四中读书。所以，我就进了四中。四中创办于1924年至1925年之间，原校名简称大同中学。1953年改名厦门市第四中学，即四中。改革开放后的1985年，恢复原校名大同中学。

我这一生，除厦门第三幼儿园，仅读了两个学校：大同小学和厦门四中。在我看来，这是两个伟大的学校，容我在这里简单地说一说。

2006年，大同小学百年校庆，我代表校友发言。我说：大同小学是一所卓越的学校，上世纪30年代，大同小学就计划实行小学五年学制，这在当时国内罕见，也是创新。它的素质教育一直很出色，1935年的《大同小学校刊》，所刊载的文化体育成果在当时厦门教育界经常名列前茅，名气很大。培养出来的学生引人瞩目，如和我同届的著名女诗人舒婷，还有为改革开放不断呼吁的国家体改委原副主任童大林，华侨企业家李尚大，世界冠军女运动员梁海琼、男运动员林江利等。特别是1938年厦门沦陷，日本鬼子占领这个城市，大同小学也被控制了，学校坚持中华传统教育，师生们还秘密进行地下的抗日活动，其中一位胡姓教师被日本鬼子杀害了。

无独有偶，我的中学母校厦门四中，也是一所坚决抗日的学校。我记得厦门的民国元老张圣才写的《许春草传》记叙全国第一个公开的群众抗日组织"厦门抗日救国会"，成立于"九一八"事件发生后不久，成立的地点在"大同中学大礼堂"。这是何等了不起的历史事件。而厦门沦陷之前，我的中学母校两度内迁到龙海乃至南靖乡村坚持办学，"救国不忘读书，读书不忘救国"，成为大同中学的办学精神，七年间，大同中学展开了一系列的抗日活动，不少学生参军，成了抗日战士，真是可歌可泣啊！这所中学创办至今，培养了一大批优秀人才，上至全国人大常委会副委员长、全国政协副主席、中国科学院院长卢嘉锡，如今的中科院常务副院长、我的学弟詹文龙，我的学长中科院院士陈运泰，国家体改委原副主任童大林，数不胜数的一大批教授专家以及世界乒乓球冠军郭跃华等，称得上是一所老校名校。仅凭卢嘉锡、陈运泰、詹文龙这三位完全由她培养而走上科学之路，成为中国科学院院士的学生，其中卢嘉锡是院长，而詹文龙是现任的副院长，很了不起的。恐怕那些如今显赫的名校，也难以和它相比。虽然，我在厦门四中整整五年的学生生活，整个经历，都写在长篇散文《最后的母校》里面了，但我还是得讲一讲母校中学对我一生的意义。

坦率说吧，上面所讲的，在我读四中的那几年，我一无所知。如今想起来，入读四中时，我才13周岁，免不了幼稚。开始认识世界，虽然算得上聪明，毕竟对人生所知甚少。特别是处在少年的叛逆期，厌学又贪玩。在我的班主任、教政治课的徐福媛老师眼里，我就是一个后进学生。我口才好，能说会道，对那些所谓思想教育、批评帮助，均给撇在一旁，我行我素。除了整天泡在篮球场上，或画画，写点毛笔字，其他我都不感兴趣。上课不注意听课，作业应付了事，考试只求及格。好在我对所有的老师有与生俱来的尊重，大多数教我的老师对我还有些好感。我语文不错，作文好，所以，所有的语文老师对我都器重。特别是初一时语文老师张弩，他是对我最严格又打心里疼我的老先生，也是厦门四中我唯一怕的老师。遗憾的是这位抗日英雄，解放后一直挨整，"文革"被劳动管制,受尽迫害,终患重病,于"文革"结束不久的1978年病逝。教我数学的三位老师都待我不薄,第一位是谭景佳老师,男的;后两位都是女的,曾翠华、洪怡恋。尽管我的代数成绩不好,两位女教师却都疼我。她们看我的眼神,就像姐姐在关注弟弟,这种温暖与柔情,小小的我,就已经感受到了。

1967年春,厦门四中红卫兵独立团同学,于厦门中山公园

不过,另一位最重要的老师就不疼我了,而且,还有些不待见我。她就是徐福媛老师。当然,这都是我的错!作为班主任,她当然希望我是一个听话爱学习的学生,可是,我不听话,又顽皮,给她惹了不少麻烦。曾翠华老师很多年前病故了,谭景佳老师也辞世多年,徐福媛老师则在2004年病逝了。她们都让我十分怀念。特别是徐福媛老师,我十分对不起她,"文革"一开始,我代表班里几十个同学,给她写了一张大字报,此事让我悔了数十年。虽然,1991年徐老师返厦门,我当面向她道歉,但至今内心仍十分内疚。

仅仅读了两年初中,"文革"爆发,我又在学校待了三年,从

1964年9月到1969年6月。如今回忆起来，真有太多留恋。它是我走向人生的第一个驿站，我是从它那里去闽西上山下乡的。

在那段"文革"的社会大动荡，我无知盲从又激进，狂热参加所谓的革命造反，成了那场浩劫的一个"文化打手"，迄今还在反思和忏悔。在中学母校里，我从15岁到18岁，从少年成为青年，扭曲着成长起来。学到一些本领，增长了一些才干。但我绝不赞美"文革"。因为，它是我们民族的一场大灾难。当我懂得什么是人性，我开始批判"文革"，至今不停止地批判一切非人性的东西。总之，我要以余生的精力，与有良知的同道，一起阻止"文革"的重演。

当然，我永远感恩我的第三幼儿园，永远感恩我的大同小学，永远感恩我的厦门四中，永远感恩所有教过我的老师和所有的同过学的男生与女生。

如果没有"文革"，我初中毕业也不想去读高中，我似乎从小就没有"大学梦"。我从小想当解放军战士也想当画家，就是从来没有想过要上大学。什么原因？没有原因，真的是从来没有这个想法。虽然我不想读高中，却想着要考厦门工艺美术学校，以为那是一个中专学校。我曾经跟我父亲讲过，我读三年工艺美校，毕业后就能有个工作，早点出来赚钱，补贴家用。父亲也希望我去读工艺美术学校。可以说，我从小就没有大学梦。

不过，1977年，我却参加了全国恢复高考后的第一次高考。这是我人生唯一的一次高考。眼看要走进高等学校读书，最后以落榜而告终。好在我在湖洋中学当民办教师，归位就是了。有没有失落感？有，没有就不真实了。但就那么一点，就那三五天。实际上，我个人未伤毫发。讲台上的谢春池不仅回到过去，还更受学生欢迎。如前所说我虽没有大学梦，但也有过中专梦，只是从未想过会当教师。不过，让我最看重的是在闽西湖洋中学教书的那几年。算一算，从1972年5月至6月，又从1974年2月至1979年7

月,两度至湖洋中学教书。在这所乡村中学,我前后教了六个年头。如今,离开湖洋中学三十九年。回想那前后六年民办教师生涯,确实是我一生最重要的经历。

我这一生特别地感恩湖洋中学!这个普通的并不起眼的乡村中学,是我青春时代不可替代的生命驿站。它对我一生起的是一种奠基的作用。如果说我有些不同于别人,并有某些特别的价值,那么,其后的一切,在湖洋中学教书的那几年,已初露端倪。那六年之中,发生了太多故事。有些故事一生都不能忘却,而有些故事至今还有续集。关于我和湖洋中学,可以写一本书,二三十万字不成问题。这个留待日后得空再来叙说。今天,我仅仅说一些要点。这很重要,可以见证一些事物或一个时代,当然,更可以见证我这个人。

1977年6月,与湖洋中学初二(4)班学生合影

其一,第一次代课的第一个月,我平生第一次领到工资,二十来块钱。对我而言,这是一笔不算小的收入。同时,在不经意间,

让我找到一条谋生之路。或者说老天怜我,赐给我一条谋生之路。更幸运的是,我最终获得一份赖以生存的很不错又很适合的职业!

其二,我上山下乡来到湖洋乡村,按照当时的政策是:接受"贫下中农的再教育"。到湖洋乡村中学,这算是我第二次接受"再教育",不过不是贫下中农给予的,而是这所中学的师生给予我的。

其三,如果读小学是我人生第一个学习阶段,读中学是第二个学习阶段,那么,到湖洋中学来教书是第三个学习阶段,当然,这个学习阶段是自学,并无老师授我学业。

其四,我个人的禀赋在这里得到较为全面的体现,个人方方面面的能力也得到初步的发挥,使我更了解自己。

其五,我学会思考,虽然,还不是独立思考。对很多原本相信甚至迷信的事件与人,会有所质疑,特别是1977年我高考落榜之后,对社会与历史的诸多问题不再完全盲从,为80年代思想解放运动到来,个人的彻底改变做了关键性的铺垫。

其六,我有了数以百计乃至超过千计的学生,其中出了一批优秀的乃至杰出的学生。仅是1979年高考,这个学校高中79届二百个应届毕业生,就有一大批考入大学,其中最突出的是考入北京大学的2个,考入清华大学的1个,考入北京钢铁学院的1个。这4个学生高二的最后一个学期的政治经济学课程,是我教的。这一届的高考成绩轰动整个闽西,甚至全省中学界。一个小小的乡村中学,竟有若干个的学生在海内外颇有名气,这是今生我最大收获之一!

尚有其他可讲,如文学方面,在后面再讲述,而"我和华侨大学"这一话题我也将放在后面来讲述,但我讲了湖洋中学,不再从整体的角度讲一讲华侨大学,似有缺陷。我离家时18周岁,在闽西湖洋公社待了整整十年。28周岁,我去了华侨大学,38周岁,终得以调回厦门故乡。所以,待了整整十年的华侨大学,我也应作一个回顾。对我来说,华侨大学与湖洋中学,是我生命里前赴后继的两个时期,其内在的延伸,也是显而易见的。

调到华侨大学去工作,是我人生的第四个学习阶段。正是从上世纪 70 年代中期至 80 年代末,这十五六年的刻苦自学,我今生才能够在这个并不非常公平的社会拥有一席之位,才能够产生一些影响,才能够在艺术创作与学术研究方面获得一些成果。这一切本质上都是身外之物,我并不看重。当然,我也无须刻意回避。

华侨大学并非我自学成长的地方,而是我谋生的地方。离开湖洋中学之后,我需要一个能够工作,领取一份工资的单位。华侨大学不是我选择的,却可算是一个不错的去处。其不合我意,在于它在泉州而不在厦门。自 1969 年上山下乡到上杭,十年远离父母,当然也希望能回来陪伴双亲大人。不过,泉州离厦门很近,交通也方便。这一点自然是上杭所不及的。调至华侨大学,几经折腾,终于分配到我可以不受太多约束的教务处。我不参与教务工作,只负责编辑相关学报或通讯。加上领导宽容,甚至有些放任,我成了独立"科员",工作轻松。

一所国务院侨办办的重点大学,其天地当然比一所乡村中学大得多,其生活当然也更为丰富多彩。而其形成的那一个既开放又封闭、既临时又永久的社会,当然也更为复杂。在华侨大学,我是一个颇有争议的人,毁誉参半。但我却一直特立独行。虽然,在 1981 年所谓的反对资产阶级自由化政治运动里,我无辜挨整,但在华侨大学十年里,我还是享有极大的自由的。

我人生中的几件大事,都发生在这十年间。其一,1984 年农历七月初九,我母亲病逝;其二,1987 年 12 月,我和妻子陈幼鸣在华侨大学街道办事处协议离婚;其三,1989 年 7 月,我调离华侨大学回厦门,新单位是厦门市文联下属的《厦门文学》编辑部;其四,1989 年 9 月 18 日,我和林莺在华侨大学街道办事处登记结婚。

从我的回忆可以了解，整个80年代是我人生最痛苦的岁月。丧母与婚变，给予我致命的打击。精神与肉体的沉重负担，让我最终病倒，且一病数年，难以恢复。

说到这里，算一算，我这一辈子和学校还是很有缘分，很有交集的。在厦门第三幼儿园、厦门大同小学、厦门四中（即大同）上过学，在湖洋中学教过书，在华侨大学做过工，在仰恩学院、厦门大学授过课。不同类型、不同层次、不同级别的学校，都给了我滋养，我都应该对这几个学校表示感恩。尤其是湖洋中学，我爱这个乡村中学。是它，在我置身知青岁月的蹉跎逆境中，给我一片温暖的阳光，我的感恩如同江水在心灵深处不断流淌。至于华侨大学，我虽感恩，却不那么强烈。若干年前，我内心有恨。确实有恨，恨华侨大学，不是恨那些整我的校领导和校直机关的若干极左的负责人，而是恨在改革开放年代还能施威的"文革"遗风和"欲加之罪，何患无辞"的非人性的行为。当然，不应有恨，此恨也早冰释殆尽，但，我无法爱华侨大学。

三 乡 村

我这个人天生有一种乡村情结,我曾经写过一篇散文,题目就是《乡村情感》,这四个字表达了一种生命本质。想来呢,也许是与生俱来的。我母亲是同安乡下的。我父亲是大嶝农村的,以前不叫同安,也不叫翔安,叫金门的乡下。我们这一代人本质上还是农民的孩子,流淌着的就是农民的血液。再加上,我们家都倾向于我母亲这一头,乡村情感更浓。我母亲那个家呢,离同安县城大概十多里路,以前叫作洪塘公社,现在叫洪塘镇。那一带有个地方,名字叫后麝。后麝布厝宅,是比较小的一个村子。后麝农民大部分姓纪。后麝纪与本县的丙洲陈、石浔吴,统称为同安三大姓,在厦门码头势力最大,敢于跟洋人对抗。厦门作家高云览长篇小说《小城春秋》就写到这三大姓。当时,我母亲乡下老家只剩下我外婆一个人,所以母亲经常回同安去看我外婆。我外婆也经常来厦门,住了一段时间又要回去。我跟我外婆的情感,就是在这去去来来当中变得很亲密。我生活过的第一个乡村其实就是我外婆的老家了。我外婆是童养媳,从小被卖到这个村子里来,一生没过上好日子。小时候,暑假我经常到同安外婆那里。我写过一篇散文,就叫《在外婆的家乡》,发在《人民文学》1983 年第 10 期,后来,我又写了一篇《外婆的脚》,都把我跟我外婆的情感写得比较充分。我外婆是小脚女人啊。那个时候也已经六十几,她从厦门回同安乡下,带着我先坐汽车到同安县城,然后还得徒步走十几里路到布厝宅。你看她一个小脚老太婆带着我这样一个小孩子,那十几里路要怎么走?有一次,实在走不动就租了载人的自行车,才到她的那个村。我上山下乡的第二年外婆去世,是我料理后事的。至今,过去快三十年了,我还非常怀念外婆。我从小在闽南乡村生活过,在那里好像在家里,一点都不会觉得我是外来人。外婆那个村子盛产龙眼,暑假刚好就是龙眼收获的季节,有吃不完的龙眼。在乡下真是很快乐。我和很多小朋友一起玩闹,在村庄里,庄稼地,龙眼林……我这个厦门城里的孩子居然是在乡下的水塘里学会了游泳。我在写外婆的散文里,写到我在乡下怎么学游泳的。我在乡下水塘里学会游泳之后才到大海来游的。我外婆是五保户,她吃什么我就吃什么。反正我们家穷,没有钱,有吃就好。

在我外婆那个老屋旁边有个小巷子。夜晚,在这个小巷子里,我听外婆讲了很多戏曲里面的故事。当然,也听她唱南曲。就在布厝宅这个村子,出了一个了不起的南曲大师,就是中国现代的南音泰斗,纪经亩。纪经亩生于1900年,我母亲生于1914年,两人同村,彼此都认识。他是开酱油铺的,地点在第八市场靠厦禾路这边的路口,离我厦禾路的家不远,母亲时常叫我去他那里打酱油。她也好几次讲到纪老先生和南乐,很敬仰、很自豪的样子。母亲经常讲起从前她在同安的乡村生活,给我烙下乡村文化最初的烙印,更播下乡村文化的种子。我母亲特别喜欢看高甲戏和芗剧(即歌仔戏),家里虽然穷,但她有时会挤出一点钱去买票看戏。小孩半票,她有时也会买一张让我去看。我不是特别喜欢戏曲,但是这种乡村文化还是会接受的。正因为有这样的一个乡村文化垫底,要去上山下乡,那些革命的理由不说它,至少,18岁的我觉得,去的虽然是闽西,无非就是另外一个乡村嘛。我本来对乡村就没有恐惧感,也没有排斥感,当然会接受闽西的乡村。对于田园的风光我是一直都有好感的。所以呢,去上山下乡,我跟别人真有很大的不一样哦。

1969 年 1 月,全家福

我到闽西乡村插队落户,最大的一个感觉就是,海变成山了。在厦门,离山和海都很近,闽西离海边三百多公里,再加上群山绵延,交通十分不便,就觉得离家特别遥远。虽然闽西那些山最高海拔不会超过两千米,但是它们整体海拔都是超百米啊。我们厦门这里海拔才十几二十米。而且,两地的地形地貌完全不同。闽西,就是典型的山区嘛。长期以来,厦门人对闽西山区就有恐惧感,觉得那个地方是很可怕,是人无法生活的地方。穷乡僻壤、没有东西吃,非常困苦嘛。这个差异很大。农村跟城市差异很大,山区跟沿海差异很大,农民跟工人差异很大。那个年代的历史背景就是这样。所以,尽管我对乡村有情感,但对那个地方,并没有抱着追求远大前程的心态去的。

我所去的那个乡村,风光不是特别的好,是闽西乡村中很平常的一个。没有漂亮的风景山,甚至连一条小溪流都没有。不过,我一待就是十年。而且,在这里,我的乡村情感不是消失掉了,而是变得更具体、更生动、更丰富。

1969年4月初,厦门四中老三届同学合影

我觉得我们五个厦门四中的老三届知青,至少是插队闽西的两万多厦门知青当中最幸运的人。我们本来约好了上山下乡就同去上杭县湖洋公社湖光大队的文光村,由于情况不同,他们那一批先走了,4月8日,从厦门乘坐客车,先到龙岩,过一夜,4月9日到达上杭县湖洋公社。我们这一批6月2日从厦门坐火车,也在龙岩过一夜,转乘军车,到达湖洋。这一批到湖洋的不止我们五人,但人数也不多,有十七八人。军车停在公社门前的篮球场,卸了行李,其他知青都分至大队去了,唯独我们不走。公社要把我们安排到三里之外的通桥大队黄塘生产队。原来说好我们是去那个文光村,怎么变了?我们坚决不去,就僵持住了。公社领导说那你们就先在公社住下来再说吧。我们就住下来,公社当时是有很多客房的,较为简陋,开会用的。我们住在过道最北面的一间,行李也全部搬进去。赖在公社食堂吃了一星期的饭。当然,饭菜票是我们自己掏钱买的。等了一周,不知公社党委怎么研究决定。那天,一位姓钟的副书记通知我们说:"这样吧,你们就到对面的那个生产队。"我有些疑惑,问道:"对面的生产队在哪里?"他说:"我们公社所在地的这个生产队,不就对面吗!""那么近?""是啊,不然怎么对面?""太好了!"我喊了起来,同学们也欢呼起来。我说我们马上就搬东西走人。记得两个大队革领组的负责人来接,我们被安排在湖光大队湖洋村的第七生产队。我们五个人,分住在两个贫下中农兄弟的两户人家,三个住在弟弟这边,两个住在哥哥那边。这兄弟俩住同一座两层土楼,离公社大院不到一百米。

换句话说,我们插队的这个村子,就是公社所在地。这是一处较高的坡地,从村子到岗下的湖洋墟,只需五六分钟,国道就从墟上穿过去。这个墟离上杭县城只有11公里,走路两个小时就到了。你说我们是不是插队闽西最幸运的知青?

后来才知道,因为我们那些同学到文光村插队的人不少,那个村子不愿意再接受知青了。实际上,我们去的湖洋村和文光村,是同一个湖光大队。所以我们这一批和上一批的同学,还是在一起。

当然,幸运也是我们自己争取来的。如果我们按照公社的安排去了黄塘,虽然就三四里路,但是到公社,或者赶墟就没那么方便了。到了9月份,我们四中同派的其他同学又来了,有几个将被分配到很远的大队去。我就找公社领导陈述说他们是来找我们的,强烈要求将他们就近安排。他们中的几个女生最后就被安排在了湖光大队第一和第二生产队,就在公路的两边,一队在墟上,二队在墟边,非常好。在争取的整个过程中,我觉得我们也能做一些事情,虽然我们没有权也没有钱。问题是你要敢于把道理讲透;或者是你用一些办法,还是可以达到目的。当然,正如城市人有时也不讲道理一样,乡下人有时也来横的。到七队不久,因为派性

1969年，奔赴闽西，与送别的父亲和妹妹合影

问题，大队革领组授意生产队整我们，规定我们要怎么样怎么样。我就非常不客气，软中带硬地对生产队长和政治队长说："你们真的要这样弄我们也没关系，我们这些从城市来的，现在已经没有什么出路了。不过，你们得想一想你们拖家带口，我们单身一个，没有负担，什么也不怕。你们看着办吧。"我说："我们这样子孤身一人，插到你们这个地方来，你们还要欺负我们。最后实在不行，我们就拿一个炸药包到你家吧。"生产队长是厚道人，政治队长人比较刁，但听我的话，两人都哑然。从此，队里没有刁难我们，甚至不管我们，反而是我们成了非常自由的人。在闽西，厦门知青被整的事情不少，特别是1969年至1970年，厦门知青被绑、被抓、被批斗游街、被打伤，甚至差点被打死。原因是"文革"正处于高潮、派性猖獗，当地的某些人也要整我们湖光大队的知青们。那些掌权的派头或者骨干，碰到我们这样硬，也没办法。

知青上山下乡，到农村来插队落户，第一件事，也是最重要的任务是干农活。对这件事,我是有思想准备的,但我没有脱胎换骨的打算。我知道自己不是干农活的料,在初中两年四个学期,学校组织全校师生四次到厦门郊区支援农业、参加劳动,我每一次都不

1970年,上杭,与同队知青合影

积极，甚至还偷懒。不过，如今与初中不同，一个知青到农村来，不干农活是绝对不行的。我采取的策略是"应付应付"。首先，我不想当先进模范，没有必要拼命干农活；其次，我不想当一辈子农民，自然也没必要很会干农活，混一混就可以了；第三，挣工分是养活不了自己的，我们队的工分值是一个工分在3至4分钱之间，我一天五六个工分，一天累下来，才挣不到2毛钱，干吗出工呢?！所以，我能逃避的就不出工，而且，经常找借口不出工。最高兴的是公社派差事，比如组织文艺宣传队、写剧本、排练、演出啦，不必干农活，有饭吃，还有一点点补贴，那可是天大的好事！即使最忙的夏收夏种，那时叫"双抢"，我不"抢"，出工不出力。每天上午如果出工干的活是割稻子，无论割还是打谷，我都尽力不落人后，但绝不跑在人前，更不拼命。如果到较远的塅上收稻子，收工时，人家挑一百斤谷子，我最少也得挑八九十斤，干了一上午活，还得再挑一担谷子，再爬两座不高的山，早已体力不支，回到生产队，我几乎人都快虚脱了。

  1973年6月1日，上杭县遭到百年未遇的特大洪水灾害，我插队的湖洋公社红江大队（即今上埔、水埔二村）也受重灾，6月3日，公社四面办负责人召集我们湖光大队的厦门知青，十五个吧，到公社粮店挑米，送到离公社二十里路远的灾区。我既想去，又不敢去。想去，是想支援灾区，我怎么能逃避；不敢去，是我从来没有挑担走这么远的路，挑不到耽搁在半途，怎么办？这些知青都是我四中的同学，我下决心和他们一起去。在粮店装米的时候，男同学有的装了七十来斤，最少也六十斤，女同学多的六十斤，少的也有五十斤。我自己掂一掂，说："我只能挑五十斤，还不知道能不能挑到红江大队哩。"挑了两三里路，我就被同学们远远地甩在最后，挑了八九里路，肩上的这五十斤好像千斤重，我只好挑一两里，歇一歇，最后那四五里路，我是咬着牙，摇摇晃晃地颠过去的。到了红江大队的大队部,这担五十斤的大米往地上重重一搁,我整个人,瘫坐在那里。至少待了近半个小时,才勉强起身。返回原路,还得再走二十里路,怎么走回知青点,连我自己都不知道了。

人是很特殊的动物,因为会思考,加上有丰富的感情,就有别于地球上的其他动物了。人做事情,很重视有趣或无趣,有趣就不厌烦,无趣就觉得厌烦。我干农活也有这个问题。那些只出力气的农活我真不愿意干,因为无趣。一些需要技巧的农活,我喜欢干,而且干得津津有味,比如插秧。插秧虽然也很累,但我能把它插得笔直,有美感,插完后好像完成了一件作品,有成就感。让最擅于插秧的农民师傅夸两句,有多高兴啊!我也学犁田,犁的不是很好,但会了,犁把怎么扶,耕牛怎么喝,有意思!耙田我是怎么学都学不会,地怎么耙都耙不平。

我最想干的农活不在田里面,而是在田外面。比如晒谷子。为什么呢?这并不是一件轻松的农活。插队的第二年,双抢时节,我向生产队直截了当地提出"让我去晒谷子",没想到队长真答应了。对我来说晒谷子的最大好处在于间歇性,可以偷懒,有一定的自由度,有不少的时间自己可以支配。它是很累人的,但它可以让人不断地休息。那时,经过一年的磨练,我的体力大有增长,腿脚身板臂膀双肩都硬了许多,最重的我可挑上120斤。晒谷子这个活,从谷库里出谷子、从晒谷场回收谷子,这两个环节很累我并不喜欢。一去一来,每趟少则挑二三十担,多则四五十担。第二个环节如果碰到突然下雨,那更加紧张和累。下午谷子进仓前,必须用风车筛一遍所有的谷子,弄得浑身连头发都沾满谷壳的屑、芒,又脏又痒,这个我也不喜欢。好在上午较空闲,所以,我经常坐在谷库大门边看书,有时还写诗。一同晒谷的乡亲从不干涉我,也不会去队长那边告状,他们都是好人啊。看到金色的谷子铺的一片又一片,心里就很舒服。总之,跟农民的相处,是我们插队知青的必修课。我们从闽西农民身上、客家人身上感受到了乡村的东西,那就是乡村的文化、乡村的历史、乡村的风俗习惯。

我以为这是我个人插队那些年最大的收获之一。因为,生活在乡村最底层的中国农民中间,很接地气,我的乡村情感,有一处乡村可以寄托,这是我一生中的大幸。不过,我们那个时候,整个客家的传统文化以及从前的民俗民风,被"文化大革命"摧毁得很厉害。好多年之后恢复,也恢复得很慢很慢。我们那几年尽管也能体会到一些当地特有的民俗民风,但大都简化,或被革命化了。喝酒抽烟,这个是我在乡下学的。如果我从来没有到过会做那么好的米酒的乡下,我想我后来不太可能那么会喝酒。农民几乎人人抽烟,弄得男知青也大部分抽烟,特别出工干农活,抽烟的男人抽烟时可以歇一歇。女人不抽烟,所以出工干农活不能休息,而不抽烟的男人也不能休息。这就是"田头一根烟,赛过活神仙"的意思了。喝酒抽烟也成了乡村情感的一个重要组成部分。

坦率地说,我们五个知青跟农民们相处,并不是很融洽。具体地说是和整个生产队的社员相处得还不错,跟某几户或者某几个人,就有矛盾的。比如我们五个知青的两户房东,待我们如外人,这还没关系,其中一个房东(不是我的房东)竟还要把住吃他家的两位我们的知青同学退回去。弄得生产队和大队革委会很难堪,弄得我们很恼火。最后,大队和生产队决定让我们五个知青同学搬出来自办伙食点。虽然有矛盾,我也不会恨他们,也不会厌恶他们或者认为他们低人一等。我觉得我和他们都一样,都是人嘛。毛选里面说知识分子看不起农民,但我从来就没有这种情绪,我的不少知青同学也没有。我没有像有些人与农民打成了一片,但我们这几个知青同学和农民相处总的来说还是比较好的。我们搬出农民的家,住进了一座当年地主的小土楼,这楼仅两层,很破落了,解放初被充公,长期没住人,检修一下就成了我们的知青点。住在小土楼里头,过着也是一种乡村生活。我上山下乡去的闽西上杭土楼是四方的或长方形的居多,不见有圆形的。其实,整个闽西都是土楼,不是说只有永定才有土楼。只不过永定的大土楼很多,而且以圆形为主,更典型一些。而上杭土楼比较小,都是两三层,四层楼以上的不多,又没有"名楼",这跟当年的经济状况有关。

我们住的这个小土楼,就在村边,大门很小,一进去就是小小的厅,厅进去就是小小的天井,小天井左边是灶头。二楼有一个小厅,还有一个较大的房间成了我们的宿舍。1979年,我从湖洋中学调华侨大学,1989年调回厦门,这二十七八年我不断回闽西。这时候的乡村情感又跟插队的时候不太一样。这或许就是"在者"与"不在者"的区别。一趟一趟地回闽西,这不仅是对乡村的怀念与热爱,其实更是一种生命的回归。从这点上来说,我应该是比较早回归乡村的。我对厦门也有感情,毕竟是我的故乡,生我养我。可是我对城市则是另一种心理,既不反感也不热爱。对整个城市化的进程呢,我不太欣赏,也不反对,因为人类社会一定要有这个发展过程嘛。实话实说我不喜欢城市化进程,也不喜欢城市喧嚣嘈杂的生活。在别人看来我既然爱厦门也自然爱城市,而且非常爱热闹,其实都错了。爱厦门不一定爱城市,爱城市不一定爱厦门。我是最不怕寂寞的,这恐怕很少人知道。虽然,我被称为社会活动家,但很多时候我是"宅男"。当然,我不排斥热闹,也时常置身于热闹当中。但不等于我就爱热闹。内心和行为有时候是脱节的。要做事情就要有人气,人气虽然不等于热闹却需要热闹嘛。再者,在城市或乡村里举办各种各样的文化活动,有时想要扩大影响,有时需要让更多人来参与,有时要达到更好的效果,这是没办法寂寞的。对比于城市,我的内心更偏重于乡村。我觉得乡村对我来讲,比城市更为合适。我其实应该到乡村去生活,但一时无法挣脱命运安排离开城市。这是真心话,行为却背离了。客家乡村给我城市没有的东西，即农耕时代的文化享受与快乐。在湖洋中学教书，有时候我到学生家里去吃饭，那都是非常淳朴的客家乡民。我从中发现很多与自己内心很符合的场景、人情和话语。上世纪六七十年代的中国农村是非常贫穷的。学生家请你吃个饭，煮一碗面，煎了两个蛋，炒了一碟黄豆，配了一壶酒，就算不错了。真的杀一只鸡或鸭请你，那已经是天大的礼了，接近过年了。不过我不会觉得那样请客过于简陋，反而觉得很不错。乡下的孩子们对我这个城市来的知青老师很好，凡是过节，他们都要送一点家里做的客家风味食物给我吃。每个学期，都会有好几个学生拉着我到他们家作客，每次都不能推辞。所以，当我即将从湖洋中学调到华侨大学去的时候，我内心非常舍不得。我的学生们也很不舍，彼此都很伤心。调往泉州那个大学，我并没有欢天喜地。因为我不爱城市，也不爱高校，对泉州也没感情。不过，命运使然，我不拒绝。我最爱的还是乡村。这种情怀就这样一直延续到今天。这就是我今天一次一次地回闽西的原因与动力，这里面有我在那边待了十年的情感，还有我对于知青的纪念。

近三十年，我一直投身于乡村的文化活动。我认为当下的乡村，再不把自己正在消逝的文化留住，就毁了。每次回到闽西乡村，都会有一种很愉悦的精神享受，类似精神洗礼吧。在我看来，即使是闽西县城，也不过是披着城市化外衣的乡村。我依然从中闻出很多乡村的味道。哎，很多乡村的味道。感觉很好！你看，我从1990年策划和组织厦门知青作家采访团回闽西，至今二十八年。两个市，三个县，我一次次地回去，从来没有厌烦，而且乐此不疲。只要是去闽西，不管去哪个地方，有时间，身体没问题的话，我都说走就走。这是一种回归，一种人的回归。就我本身呢，现实生活中，内心总有不少东西堵着，回闽西我就觉得很放松。这是一种可以说更高层次的生命的回归。从上世纪90年代到现在，二十八年了。我去闽西170多次了。2016年,有一天有一个人问我:你到闽西有没有150次了,我说快了,再去个两三次就有150次了。那一年的4月我去了两趟闽西,12日去永定,接着22日去上杭。我和上杭图书馆策划了一个首届上杭读书节,正好赶上4月23日的世界读书日。我去给他们开个讲座。永定活动一完,我就去上杭办事,当面谈了举办首届上杭读书节的事情。这个是闽西第一个读书节。24日,大概我们有二十来个知青去上杭参加读书节。

2012年12月,陪同谢冕教授走访上杭太拔镇

我的乡村意识、乡村观念非常强。当年,我所有的知青兄弟姐妹一个一个地离开乡村,我并不羡慕,没有觉得走有多么好。当然,我也渴望着招工,这并不是离开乡村。如果那时把我安排到供销社,我可以接受啊。我不一定要到厦门百货公司做营业员,却可

以在农村的供销社做营业员啊。我渴望招工不等于我渴望城市，渴望离开甚至抛弃乡村。这也是一种分裂，但跟很多知青又不一样。在1979年调动的时候，我写了一首五言诗《告别》，整个就是表达其实我不想走。我要一份工作，也已经有工作了，所以，我确实不想走。整个乡村充满了我的情爱在里面。我相信从不熟悉的乡村到熟悉的乡村，只要在那边待下去，也会喜欢上。因为内心有一种乡村的情怀，你就会去拥抱它。不喜欢乡下具体某个人，并不等于不喜欢乡村。不喜欢这个生产队的某一个东西，不等于不喜欢乡村。这完全是两码事。我觉得，我确实有分裂的一面。但从儿时到现在，总的一个情结我从来没有改变过，那就是乡村情结。

大多数知青走了就走了，他们没有回头。我看一百个知青当中最多就一两个吧，回头又回来的。很多是逃离啊，因为他们把这里看作流放地。招工手续一拿到手，棉被什么的很多东西都不要，送人了，车票买了就走了。这样的知青居多，无可指责。而我是调令来的，从湖洋中学调到华侨大学。我还在湖洋那地方磨蹭了二十几天才走。这是一种难以割舍的感觉。《告别》那首诗我找出来了，诗中写了这么几句，是真实的心情："闽西非母亲，情寒更难解，汀江非故乡，意还更深切"，"一步一回首，走了几个月，中秋重阳过，我未出县界"。什么泉州，什么华侨大学，我真不想去，真不想。我当时如果下决心不走，那妻子肯定要和我离婚。我可能就在湖洋中学，以后也许是调到上杭一中。可能上杭的文学就不是今天这样了，我相信它一定比今天更热闹。

坦率说，等到作家梦已经实现了，我已经没有梦了。真的没有梦了。我也无所谓了。如果来看文学界，别说与舒婷比，即使与舒婷的老公陈仲义兄，我都没办法比的。仲义兄在现代诗歌评论取得的成就，在中国至少是前十名了。中国文坛，小说散文写那么好的太多了，我连500位都进不了。

关于乡村,我还有些需要补充。那几年,我经常被叫到公社报道组做事。公社报道组只有一个人,听说还不是正式编制的干部,叫谢××,水平偏差。所以,常常叫我去给他当枪手。那时并没有枪手这个说法。谢为了出成绩,拉着我到各大队,去转悠采访。去采访,我最高兴的有两点。第一,他叫我去,不需要通知大队,连生产队都不打招呼,我可以不出工了。特别是双抢的繁忙季节,如果他叫我去,我最高兴了。第二,到大队去有得吃,这也是重要的一点。早上八点钟出去,下午四五点钟回来,午餐至少有几块肉吃。另外,我在插队的时候呢,画画不多,书法也写得不多。公社让我在一栋大楼上画毛泽东的像,没画成。大概是经费问题。本来要给我一些补贴,都已经通知我了,最后也没有兑现。我给生产队倒画过一幅毛泽东的油画肖像。那幅画最后也不知道去了哪里。

我参加公社毛泽东思想文艺宣传队,必须到村里采访,这是我最早与乡村文化的亲密接触。插队初期,我还创办《红农》诗刊,大概出了两期。我从厦门带了一块钢板去,自己刻蜡纸,然后拿到公社去印刷。我住的对面就是公社所在地,有印刷机。公社党委秘书老林对我还不错,还给我纸张,每期印了一百来份。《红农》诗刊共印了四个版,就像我们办的知青报这样大小。我把它寄给一些同样喜欢写诗的人。我在乡下写诗的时候,陈仲义还没写呢。有一次,他在峰市墟上买到了李瑛刚出版的诗集《枣林村集》。他一看,说:"这样子也叫作诗,那我也可以写。"《枣林诗集》是那个年代正式出版的第一本诗歌集。我也买了一本,到现在还存着呢。

1973年,上杭发大水。那年,我们送粮之后,我写了两首诗,在《上杭文艺》发表。还写了一篇通讯《雨中送粮送深情》,发表在1973年6月23日的《福建日报》,署名:本报通讯员。这篇通讯登出来之后,我们公社那个报道组的谢××非常意外。他拿着报纸找到我,问这是不是我写的。我说是啊。后来,他把这篇通讯当成他湖洋公社报道组的成绩,到处去讲。还在《福建日报》龙岩地区通联会上介绍经验。这一切,我都不知道。后来,在《福建日报》的一本内部通讯看到一篇相关的介绍,很生气这个老兄怎么能够如此剽窃我的文章呢!应该找他理论理论。再一想,他也没什么成绩可讲算了吧。再说他待我一直不错,算了算了!

我们这个知青点在公社大院的斜对面,距离公社的墟上五分钟路程,国道省道从墟上穿过,交通十分方便。我们上山下乡,第一年,国家定额配给每人一个月33斤粮票,八块钱生活费。我们刚开始住在房东家里,仅仅一个月,我们就搬出来,组建知青点。7月份自己开伙食。那时,厦门知青大串联,像挡不住的潮水那样,南来北往不管认识或不认识的知青都到我这个伙食点来吃饭,结果五个人的一个月的全部口粮有时一个星期就被吃光了。他们一来五六个,甚至十来个,那段时间,几乎天天有知青来。这就是俗称的打秋风,这样的日子维持到1969年的年底。那粮食吃光了怎么办?我们就集体逃荒了。很狼狈的,走到那里吃到那里。我也离开知青点,到处去讨吃的。一次,我跟一个同大队的学长叶柏青从外面回来,到了生产队,我的同队知青逃荒去了,我们知青点一粒米都没有了,已经下午2点多钟,肚子非常饿,怎么办?我们两个人在身上搜来搜去,还好我找出了一斤粮票,他找出了两毛多钱。于是两个人就去买了一包挂面。柏青学长动手煮面,叫我去农民家讨点盐。我说农民绝对不会给的,因为盐对农民也是很稀缺的。不过,我还是去转了一圈,想着即使到了人家家里也开不了口,就折回来。没法子,我们两个人只好吃清水煮的面,当然也没有油。小半锅汤面我们一人一半。他很快全吃光了,但我吃了半碗,怎么都咽不下,剩下的半碗即搁在一边。锅里还有,柏青学长又吃掉了。我真是穷人的孩子嘴还娇贵。插队的时候,即使很饿,我也不像别的知青那样饕餮。

有一次，我跟几个知青到十几里外的武平县高梧的一个知青点去，随后，他们又要跟我回到湖洋来。虽然，我知道没有能力接待他们，却不好拒绝他们来。又走了十几里，来到我的知青点，结果同住的四个知青都逃荒去了，宿舍米缸里一粒米都没有。来了这几个朋友，怎么办？先烧水，还有一点茶叶泡着喝。还能怎么办？没米了，非常尴尬的一件事。那几个人，其中一个是我厦门四中隔壁班的同学，我知道他们身上有钱，其中一个还是比较有钱的。但他们谁也不拿出来，就等着我做饭给他们吃。后来，我告诉他们没米了。既然没饭吃了，那就先打着扑克。没想到我们生产队有一回乡知青，帮我解了围。他是龙岩一中68届高中生，高中只读了一年"文革"就发生了，他别无出路回乡了。这个人会读书，相当有水平，后来和我一起在湖洋中学当民办教师。那天，他穿戴整齐到知青点找我。他问我："你干吗？"我说："没有干吗，来了客人。"他说他今天结婚了，要请我喝喜酒。我说我总不能把客人搁在宿舍里。他让我把客人一起带上。我大喜过望，急急忙忙招呼那几个客人，一起到他家赴婚宴。有酒又有肉，好几道大菜。整个院子大概摆了十来桌，非常热闹。这是我这一生最尴尬的一次遭遇，所幸最后化解了，感谢这位回乡知青，他的名字叫谢光荣。

还有一次，我在武平串联，同行的有我同大队的两个初中女生和三个社会青年朋友。走了一个上午，不知哪里吃午饭。好像走到永平公社地界，打听到一位初中同班女生在这里插队。于是就上门讨吃，没想到这位女生回厦门了。她同队的一位厦门女知青二话没说煮了一锅稀饭给我们充饥，让我们感谢不已。那个年头，特别是1969年，厦门知青大串联，到处打秋风的现象非常普遍。"同是天涯沦落人，相逢何必曾相识。"上述的遭遇大概有好几次吧。但有时候不是为了解决吃饭问题，而是去比较远的地方找那些比较要好的同学或朋友。我有篇散文《和女孩握手》，写的就是这个题材。我有不少要好的老三届同学，又在很远的地方插队，除了通信，就是互相找来找去，串远门了。这是1969年厦门知青一个很重要的生活内容。特别是同一派的红卫兵，见了面就会觉得格外的亲。我几次去古田，两次去武平象洞、东留，就是这种情形。

插队的知青，似乎没有一个不饿过。我比大多数知青好一些。为什么？我天生食量较小，数十年一直这样。那个年代，绝大多数插队的知青，都很会吃。我同大队的女知青，有的一餐把一斤米的饭吃光，还不是特别饱。我不行，在湖洋十年，饭量最大时一餐六大两。我不但食量小，而且还很挑食。其实我穷人家出生的，这样子不对哟。有一晚上，文光村的同学半夜三更抓了几只石蛏到我们知青点来煮，那是难得的美食，当然好吃的。我已睡觉了，他们叫我起来吃，我不吃。我躺在床上睡觉比吃石蛏更重要。我一讲这个事情，听的人都很惊讶："你怎么这样子？"我说我确实就这样子。总之，在乡下，比起其他知青，我较少挨饿。

我们五个知青起先在房东家吃饭，不久被赶出来，原因很简单，他们本来不想接受知青。我们开一个伙食点轮流做饭。但我不会做饭。我第一天就把饭煮成焦黄的，他们四人收工回来，把我骂了一通。我犯了错，自然得让他们骂了，有什么办法。原本应该是一锅饭的，煮成焦黄的饭，只剩半锅了。饭不够吃，也很难吃，我犯了错，自罚，只吃了两口。会煮饭的永爵同学就教我，下多少米，放多少水，怎么掌握火候。渐渐地，我也学会了做饭。到9月份，永爵同学调到另外一个大队。9月份来的一个新的知青叫陈俊煌，他是我们厦门四中的高二年级的学长，跳高运动员，"文革"前被招到福建省田径队。"文革"一开始，他返校参加政治运动，不再去当专业运动员。上山下乡运动一来，他只好前来插队。他是华侨子弟，比较有钱。据说他母亲在香港，父亲在菲律宾。他年纪比较大，做人做事爱动心思，又喜欢当领袖。他把我们队和邻队五六个女知青拉在一起，搞了一个十来个人的知青伙食点。共产主义，共享嘛。几个月后，这个伙食点当然解散。我生性慷慨，有什么东西我会拿给大家分享。家里偶然寄几元钱来，就很快和同学们一起花掉了。然而，不少知青同学和我不一样。他们家里寄来的东西只拿一点出来分享，更不会随便与同学花销吃饭。所以生活的窘迫有时和一个人的生活方式有很大关系。有一次，家里好不容易寄来五元钱，我们一群人去了县城，我请大家吃饭，一顿饭，把钱花光了。所以我经常弄到没有钱，甚至连八分钱邮票都买不起。实在没办法，也会向人借钱。记得我曾经向我同大队中学同班的女同学舒秀雯借了两块钱。不久她就调走了，我至今钱没有还给她。几年后见到她，我对她说还欠她两块钱，她说她记不得，我要还她，她不要。如今算起来，那两块钱再加上利息有几千元啦，这也是我一生中唯一的一次向人家借钱。当年要开口借两块钱是非常艰难的。由于有人调走，有人招工，我们队剩下三位知青，经济状况也不一样，我们这个知青伙食点也自然解散了。

我们这个大队，篮球运动开展得挺不错。闽西那一带有一些农民喜欢打篮球，大多数农民喜欢看篮球赛。打篮球和学校有关系，上杭的每个中学都有篮球场。这个真的很普及。我们在湖洋插队的这帮同学有十来人喜欢打篮球，好几个打得不错，我是其中一个。1969年我们插队之后，就参加公社的篮球赛，每次我们都是公社冠军。公社的篮球比赛，有时就在公社门口的球场，有时在中学的球场，乡亲们都来看，场面很热闹。我们还去县城打比赛，走路来回四十多里，虽累得很，却很带劲。我们喜欢游泳，就去县城汀江里畅游。应该是在1969年9月底至10月初，俊煌学长提议，我们四人，即俊煌、庄树立、黄振庆和我，从上杭化工厂水西渡下水，一直游至上杭大桥边的临江楼前的榕树渡口。而江忠明则为我们拿衣服，从水西渡走到榕树渡口，引得岸上的人们注目喝彩,这也是我们插队的乡村生活里特别值得记住的事情。

1969年至70年代初期,"文革"派性一直非常强烈,两派对立未解除。厦门知青至闽西插队,结伴而去的大多都是原本同一个派性组织,对另一派的插队知青当然有隔阂。而上杭那边赢了的掌权的那个派和厦门我们这个派是对立的。对我们很歧视,想整我们。于是,两派知青对着干。乡村又不是城市,很散漫的,他们根本管不住我们。后来,也就不了了之。最想不到的是母校厦门四中的"文革"依然波及我们。1970年夏,我的两位老师还跑到湖洋公社找我,调查本校一位被整老教师的所谓问题。我同生产队的同学黄振庆,"文革"武斗进驻在厦门食品厂。那期间,食品厂一栋大楼被火烧了。他被当成嫌疑犯,被调查了很久。

被母校"文革"运动牵涉的老三届上山下乡的知青,当然不止厦门四中,其他中学也有,我们被弄得很不痛快。我知道这和知青下乡前三年的所作所为有关系。我也知道,我们的档案或多或少都有一些对我们不利的违背事实的记录。据说,中央有一个文件,下令将此类记录毁掉。但,我档案里那些"莫须有"的记录,至今都没有烧掉。

大概在1970年开始,有厦门知青调走了。我认为即使有一大批人必须扎根留在农村,那我也不会。那时,我的生产大队的文书就说了,老谢不是招工的,招干老谢才去。我在场,听了这话,笑笑,不置可否。我就一个感觉,我肯定不会在这里干一辈子。我坚持认为有才华的人不会被埋没掉。我自认为我有才华,有相当的才华。我就这么自信。那个年代,有的人没有我的这种意识,而我一开始就有。我不是去上山下乡的,我是要去写小说当作家的。我认为自己最终是有出路的。那个时候我才18岁,却从来不沮丧,自信心非常强。所以我才会讲出:"虚心使人落后,骄傲使人进步。"我在读中学,包括小学,我的老师给我的评语总是说,该生有骄傲自满的情绪。这话我一直记着。这一条成了我最大的缺点，但我从来不认可。1971年我结婚了。结婚的时候，我的同学说我一辈子都调不走了。我说我把他们一个个送走之后，我一定走。当时，并没有明文规定说结婚不能招工不准上调。实际情况是招工基本不招结了婚的知青。这个现实很残酷，不过，我无所谓，真的无所谓。我从来没有做扎根的思想准备，也很少说我要扎根。我知道自己不可能扎根，一定会离开这里。我坚信我不会一辈子待在农村，因为我相信那句伟大的诗歌名言：天生我材必有用。

乡下的生活是艰难的，苦中作乐才能过日子。我们学会打"平伙"，这种方式是闽西客家人的，在厦门从来没有。这就是地域文化。厦门知青的到来，必然带来厦门文化、闽南文化、城市文化、海洋文化乃至知青文化，这样与客家文化、闽西文化、乡村文化、山区文化乃至红土地文化就产生了交流。你看我们泡工夫茶吧。原来我们到农民家去，那么大一个壶，泡着山上采的野茶或草药，平时都喝这个。我们很少喝那种凉茶。我们从厦门带去厦门茶厂出品的包仔茶，"一枝春""色种"，泡工夫茶。二十年之后，整个上杭从县城到乡村都泡工夫茶了。这就是我们带去的文化啊。当时有一个普遍的现象，只要有厦门知青的地方，那里的农民，特别是青年农民，会经常到知青点或知青宿舍串门。我们吹口琴、弹吉他、拉小提琴，他们觉得很新鲜。不少男女知青有皮鞋穿，男知青穿上海装，女知青穿裙子。你看，这就不一样了。他们也受影响了。厦门知青到了闽西去，也受到当地文化的熏陶。我们跟农民打"平伙"，抓一只鸡来杀，一起买酒喝，会餐的人每人出几毛钱。起先不习惯，后来觉得很有意思。还有洗澡，这个真是厦门知青跟当地客家人学的。厦门是个缺水的城市，我们洗澡一般都用冷水，那时生活条件差，也不可能去烧水。到这个地方，所有的农民，男女老少，特别是劳动完之后，一定用一桶热水冲澡。初到乡村的夏天，我们有的知青竟跳到井里头去洗澡,农民大骂,这水还怎么吃啊?但更多知青则在井边用井水冲澡。乡亲们劝道:你们这样子身体会搞坏。我们说没关系,还笑话农民夏天洗热水澡。农民说不行,山区气候冷,所以他们夏天都用热水洗澡。后来,知青也改变习惯,也用热水洗澡。这是一种非常保健的做法,整个客家地区没有一个地方不用热水洗澡的。家家户户再穷也会搭一间像厕所一样的棚子,几块木板搭起来,上面稻草盖一下,里头放着一块石板,每一个人都是提一桶热水进来冲澡,非常舒服。

夏天用热水洗澡,这是中医保健最重要的一个方法,这也是客家人几百年传下来的养生之道。起先自以为是的我们还笑话他们夏天还洗热水澡,慢慢地厦门知青也开始洗热水澡,半年之后几乎所有的厦门知青都洗热水澡。我也学会洗热水澡。所以,你说什么是文明?那时候,反而是我们向他们学习文明。从我懂事到上山下乡,我所见到与了解的,厦门人洗澡,绝大多数用冷水,极冷的冬天除外。平民百姓,女的打一脸盆冷水,端到房间里,关起门来,擦一擦,而男人穿着三角裤站在门口路边,一脸盆冷水冲一冲,擦一擦,好了。知青上山下乡后,再回厦门,都不用冷水洗澡,而用热水了,生活习惯改变了。所以说文化交流很重要。客家文化和闽南文化,城市文化和农村文化,山区文化和沿海文化,都有一个交流的问题。

客家文化对厦门知青的影响,当然不只是洗澡,还有不少生活与农耕生产方面的。特别是我们这个民族的传统习俗,是我们在城市里学不到的。数十年过去了,走入老年的厦门知青的一些客家情结、乡村情感,即是当年向客家乡亲所学的遗存。而厦门知青带去的城市文化,甚至闽南文化,在闽西乡村广为传播,最典型的莫过于喝工夫茶。当年很多知青带着小茶壶小茶杯和厦门茶厂纸包的"一枝春"等海堤牌茶叶,前往闽西三县插队。那时候,客家乡亲家家户户都有一个很大的茶罐子，每天煮了一些野生茶装进去，即如北京的所谓大碗茶。既自己解渴，也招待客人。两种茶文化相遇，厦门知青若需解暑，会跑到农民家喝野生茶，而不少客家乡亲则在知青那里喝到厦门的工夫茶。到了上世纪70年代末80年代初，已经有不少客家乡亲自家也泡工夫茶，至90年代，工夫茶已成了闽西三县客家人日常生活中不可缺少的内容，至今更加普遍，和闽南人差不多。

从1969年6月至1979年7月，我在上杭县湖洋公社的乡村里生活、劳动、教书、写作，整整十年。尽管，我插队的湖光村农民对待我们厦门知青不如其他知青所在村子的农民那样热情，却也没有少数乡村的农民做出某些排斥厦门知青，甚至过激的行为和伤害的事件。就是说他们对待我们不咸不淡。但，我还是感激湖光七队的农民。他们和当时全中国农民一样，本身也生活得苦。特别是我们生产队，人多地少，工分值很低，我们跑过来，和他们争工分、争口粮，实际上是侵犯了他们的利益。他们能包容我们，已经很好了。仅这一点，我就要一生感激他们。插队后几年，我在湖洋中学当民办教师，口粮自然还由生产队给。队里待我不错，没当我是做副业，我只需交几十元，队里就把我半年或一年的口粮的谷子给我，我才不至于断粮。

四 城 市

　　城市是不可不谈的。当然,我所谈的城市,就是我的故土厦门。我生在厦门,长在厦门,在厦门读书,离开厦门,后来又回到厦门。对我而言,故土不仅是城市,还有海岛和大海,这三个概念吧。我多次把大海比作母亲,把大山比作父亲;其实,该把海岛比父亲更恰当。我说山给我骨骼,海给我灵魂。其实这个不准确,该说岛给我骨骼,再者,两者实际上又互相渗透。数百年来,厦门这个岛由于地理位置的特殊性,已成为中国的一个非常重要的军事要地;上世纪80年代它又成为中国四大特区城市之一。那么,故土给了我什么?很奇怪,如果说闽西给了我什么,我可以说得清楚一些,但是说厦门,我真的没办法说得很清楚。它给了我很多很多,这是不言而喻的。这块土地上的文化,是属于现代文明的一种。我对现代文明既不赞成又不欣赏,甚至有些反对。有时候,我会觉得我是这块故土上的陌生人。没有调回厦门时,这样感觉很正常。调回厦门后十年,我仍然觉得自己还是故乡的陌生人。我好像一直游走在这块故土的边缘。打个不准确的比喻,比方说我这代厦门人,很多人都善于在海里游泳,我也是。但上世纪90年代,调回厦门的我,只在海里游过一次。我成了一个常常站在岸边看的人,本世纪过去十七八年,我没在大海里游一次泳。这对于我非常有象征意义。我身体不好,一些朋友常劝我应该去游游泳。

我没有这样做,好像没有动力。小时候那么喜欢游泳,怎么到了中年没有一点兴趣了?连我自己都觉得奇怪。问题出在哪里呢?恐怕就是因为我站在岸边看别人游泳习惯了,成为大海的客人。我曾经非常熟悉大海,但是我现在对它感觉非常陌生。

厦门,我当然要感恩。因为我在这里出生成长,它养育了我。我从小到大住的那条街,在民国年间至1966年,街名是厦禾路,"文革"初期改名工农路,"文革"结束后恢复老街名厦禾路。"文革"前,我家的门牌号是厦禾路316号;"文革"时,我家的门牌号是工农路89号;"文革"结束后,我家的门牌号是厦禾路89号。民国年间至改革开放的八九十年代之前,厦禾路是厦门市最长的一条街。厦禾路我家的这一头,连接第一码头,通向大海;厦禾路的那一头连接火车站,通向市郊农村,直至高集海峡。从民国时期的二三十年代,厦门这个城市就有内街外街的说法,内街即如今的中华片区,中山路、思明南路北路、开元路这一带;外街即如今的鹭江片区,鹭江道、厦禾路以及美仁宫这一带。内街住的劳工较少,而外街住的劳工较多。我们住的第一码头以及大王街大部分都是平民百姓,拉车卖浆者,三教九流。从如今的和平码头至第一码头,民国时期,是厦门港口最繁忙的地带,也演绎了无数故事。特别厦门三大姓:吴、陈、纪,割据所有码头,雄霸一方,连洋人都怕他们。厦门三大姓,其实是移居厦门的同安三大姓:石浔吴、丙洲陈、后麝纪。其传奇,至今还为老厦门人津津乐道。

厦门是一个移民城市。本来,一个小小的孤岛,没多少居民,如今成了一个人口超过三百万的特区城市,为海内外瞩目。它的历史不长,也不短,六百多年,名气却不小,晚清即为五口通商之一,郑成功收复台湾之出发地,近代中国人下南洋的唯一海关,炮轰金门之前线,打破海峡两岸对峙的直航港,等等。我多次说过,我们这一代人都是农民的后代。千年以来,闽南有两个府治:泉州

拆迁前的厦禾路老屋

府和漳州府。厦门与漳泉构成闽南金三角的地缘关系,它的居民主要从漳泉两地迁徙来。上世纪前期,据说厦门人极少有三代在这里传衍的。我父亲谢汉扬,是当年金门所辖的大嶝乡人,我母亲纪淑勤,则是同安后麝(即今后宅,属洪塘镇)同安三大姓之纪氏人家。父母于上世纪40年代末携带母亲的两个女儿,也就是我的大姐、二姐,还有我的外婆,到厦门谋生,也就有了后来我们这个家。我祖父上世纪初也在厦门谋生。因而,我父亲1920年在厦门出生,出生地点好像竹树脚教堂附近的出租房里。父母亲到厦门,最后落脚在厦禾路,我称之为老屋,即"文革"前的厦禾路316号。1951年2月23日(农历正月十八日)我就在这里出生;1955年2月18日(农历正月二十六日),我妹妹也在这里出生。父亲回到厦门是抗战胜利后的1948年,仅28岁,很年轻,当搬运工。可是父亲身高一米六,人又瘦弱,是一个没有力气搬大件货物的搬运工。亏得到纪姓兄弟的助力,勉强挣得微薄的薪酬糊口,日子的难熬可想而知。1949年解放后,生活似乎不那么艰苦,否则,我也不可能上幼儿园。然而,家庭的困难、居住的简陋、伙食的简单、营养的不足,这就是我儿时的全部记忆。但是,我要感谢我家,让我得到启蒙,让我成长起来,让我至今牢记:我是一个穷人的孩子,我是一个底层的孩子,我是一个平民的孩子。这是我的本,是我生命的质地与内涵,是我一生的精神和动力,是我成为一个人的支柱与境界。我要感谢我儿时的记忆,它是我成为作家的酵母,让我写下几百万字关于这个城市、这片故土的文字,与读者分享。这些文字,也是我一生最值得珍惜的,也是我献给我的故土的一份小小的礼物。我这一生的很多思想、很多意识、很多观念、很多知识(书本的或非书本的),一些能力和本事,最初的获得都在这座城。我上山下乡的时候18岁。我们这一代人上山下乡时都很年轻,最大的二十几岁,最小的十四五岁。1969年之前的那十八年,已经奠定了我这一生了。我应该离开家,好儿女志在四方,应该到外面闯一闯。否则,我不会那么坚决地跟我父亲说我要去上山下乡,要去当作家。我的选择并非冲动,而是接近成熟。我本想初中毕业后去读中专美术学校,等个两三年毕业出来,就可以做工补贴家用,既养活自己又养活家人,能够当画家。但是"文革"把一个少年的心愿毁了。上山下乡潮流涌来的瞬间,我就感觉我有新的追求。这就是:我要当作家。所以,我就去上杭插队了。

在厦门这个城市长大,我不仅从小学中学课本了解中国历史以及厦门历史,我还从我外婆、父母,甚至大姐、二姐和老一辈人口中知道了我们这个民族抗战的苦难,知道了厦门这座城市的变迁。我身上带着很多海洋文化的东西,包括我的开放性格,我的开阔视野,诸如此类的东西等等。海洋文化性格是厦门这一座城市赋予我的,其实,我们每一个厦门知青身上都带着海洋文化。大海的孩子嘛,就是这海洋文化和整个现代文明养育的。我们这一代人身上没有多少中华传统文化,即使如我有浓烈的乡村情结也没有受到更多中华传统文化的熏陶。比如说,我们懂事起,忠孝仁义都不提倡了,而且不断地被批判。倒是在乡间,农民们还保留不少传统文化的东西,但也不是传统意义上的儒家文化,仅仅有一些儒家的东西渗透进去。我们插队的地方都是客家人,所以,我们懂得一些中华传统文化,也学了一些。

50年代,中国大陆绝大多数地区与城市,都迈入了相对和平时期。可是,我们厦门一直处于准战争状态,因为台湾岛还在国民党的控制之下。海峡两岸数十年之对峙,到了1978年才缓和下来。历史上,厦门就是一个战略要冲,军事重镇。从我们懂事开始,海边和山上遍布的碉堡,就成了我们玩耍的所在。那些碉堡有国民党军队修筑的,也有日本侵略者修筑的。到了解放军镇守厦门,到处都是军事禁地,闲人免入。到如今的曾厝垵延至本岛整个东部,非当地者,不准进出。如果要到达某个村,那么,必须有"路条"。仅这一点,厦门就是共和国和平时期的一个特殊的军事城市。这也难怪,隔海就望得见国民党军队占据的金门岛,国共抗衡,两军对垒,从海上至岸边,至天上,用高音喇叭、高空气球、特大风筝,用漂流物、特务和小股部队,当然,也打炮。特别是1958年"八二三"炮轰金门,那可是震动全世界的特大历史事件啊!我和我的老三届同学、知青兄弟姐妹都是这个特大历史事件的亲历者与见证人。1958年,我七岁,正好上小学,记得每一个有玻璃的窗户,都用长长的白纸条贴成"米"字,防止被炮弹炸裂或震碎,到处乱飞,伤了人。我还记得只要防空的汽笛一响,整个城市的人们就躲避起来。如果在家,母亲就让我和妹妹赶紧躲在桌子底下。总之,那两年的日子过得很不平静。大人担惊受怕,孩子们惶惶不安。我们这座城市的上空,三天两头回荡着炮声的巨响。当然,时间长了,渐渐地,所有的厦门人都适应了,习惯了。一些人更是麻木了,甚至不把它当一回事了。可见,环境对人的影响,实在很厉害。

宣传的力量极为强大,教育的力量更直抵人心。那个时候,国民党被叫作"刮民党",蒋介石被叫作"蒋该死",都是大陆的敌人。"我们一定要解放台湾!"这个口号,比炮轰金门更威力百倍。当然,不甘心失败的老蒋,"反攻大陆"的声浪,也从未止息地从台湾传向大陆。因此,50年代厦门的少年,就在兄弟阋墙的仇恨弥漫海峡两岸、炮火硝烟极为浓烈的军事氛围里成长起来。90年代中期,我在寻找史料,翻到80年代的一份《厦门日报》,大约是80年代后期,读到一篇回顾全国政协主席邓颖超于80年代前期视察厦门的文章。其中一段描述,我还记得很清楚。文章记述邓颖超不顾年事已高,登上日光岩,在部队哨所,居高俯瞰隔海不远的金门诸岛,久久眺望。年轻的战士告诉她:"前面就是敌人。"没想到邓颖超意味深长地答:"不,前面是我们的同胞,是友军。"那个战士愣住了。我读完这段记述,一时说不出心中复杂的感受,放下报纸,陷入久久的沉思。说得多好,"友军"!

从小,我就知道,我所居住的这个城市是一个岛,交通极不方便,只能靠船,人要进出,物要进出,一切全凭水上运输。一旦碰上恶劣天气,特别是台风来临,水路断了,民生就难以为继。由于我阅读了大量关于这个城市的史料,加上听了不少老一辈的讲述,对我的故土,了解得比较多。厦门刚解放,整个城市很破烂,人民生活困顿,别说发展,连生存都困难。厦门岛与金门岛一水之隔,新政府和解放军最担心的是,一旦国民党军队前来突破,打起仗来,厦门岛上的驻军,会因为被四面海峡阻隔,不单单无法得到大陆驻军的增援,甚至连撤退都难。这个困境必须尽快解决,否则,更难以完成解放台湾之国家统一大业。我记得应该是陈嘉庚回国在他的家乡集美定居,第一个提出应在厦门与集美之间筑一条海峡长堤,具体哪一年我忘了,肯定是解放初一两年。这当然不是一件容易的事情。据说,当时陈毅前来视察,最后,毛泽东亲自拍板筑海堤,并交由陈毅负责。在我看来,这是这个城市能够发展的一个大转折。海堤的建成,使厦门岛成为厦门半岛,改变是巨大的!海堤好像是1954年或是1955年竣工。厦门无数的家庭,都和它的建成有关系,那年抽调了大批民工,有泉州的、漳州的,厦门的更多。我父亲就是其中一个。那可是一件很光荣的事情。我父亲在海堤工地上不仅干粗活重活,还做一些宣传工作,如写标语,画宣传画,写演唱材料。他还被评了先进。父亲在海堤工地拍了几张照片,至今还被我珍藏着。父亲晚年时,每当他读《厦门日报》《厦门晚报》,读到纪念厦门海堤建成多少周年的报道,总会情不自禁地回忆海堤往事,报上几乎没有关于他们这些平民百姓的片言只语,父亲认得陈照寰、刘维灿这两位,总会说:"那些当官的才会上报哦。"厦门海堤如今还在为这个城市做奉献,它是这个城市的一座丰碑。让我小时候印象深刻的则是厦门岛这边堤头屹立的那座并不雄伟的纪念碑,上面是朱德的题词:"移山填海"。

小时候的我非常喜欢这四个字:"移山填海",幼稚的心灵感受到了厦门精神,多么了不起!多么伟大啊!如今,年老了,我的评价没有改变。当然,小时候最高兴的一件事是火车开进厦门。海堤建成,很快铺了铁路,通了火车。那年,好像是1956年,我才五岁,不懂事。读小学以后,一直想着什么时候能坐一次火车,即使从厦门梧村坐到集美下车也行,但没有实现。过了整整十个年头,到了"文革"的1966年,红卫兵大串联,我才第一次坐上火车,驶往福州的火车,真是兴奋得不得了。

我前面说了上世纪50年代,厦门这座城市给我留下的一些不可磨灭的记忆,接下来我说一说我对厦门故土的情感。50年代厦门那一段让全世界震惊乃至一直关注的岁月,给我们,当然还有我们的父辈祖辈,带来一种至今也无法不承认的"集体意识",即英雄主义。一直到1966年"文革"爆发前夕,厦门大多数家庭,都在墙上高高地挂着一个小小的木壳匣子,那是厦门人民广播电台的广播小喇叭。我家也装了一个。清晨,前奏歌曲:"厦门,厦门,你是英雄的城,千里海涛万里浪,你屹立在祖国的边防线上……"在每家每户门口响起来,在城市的每条街巷唱起来,在厦门岛上空响起来,是很鼓舞人的。近六十年时光过去了,记歌词最差的我,还能一字不差地唱出来。这首歌曲的名字叫《厦门颂》,我记不得谁作曲,作词的是诗人马铁丁。我们这一代厦门人,没有不会唱这首歌的。

我们所居住的城市是英雄的城,我们当然感到自豪骄傲。感受最强烈的是1966年"文革"红卫兵大串联,在火车上、在接待站,红卫兵们彼此会问"你们哪里来的?"当他们听到"我们厦门来的",无不肃然起敬,几乎众口一词:"你们是英雄的城市。"接着,自然就很关切地问"还打炮吗?""经常打炮吗?""炮打过来怎么办?"一路串联,"英雄"的情绪膨胀了,自以为很了不起。这就是一个十五岁少年的真实心态。

"八二三"炮轰金门,厦门与金门两地的损失很大。距金门岛最近的厦门岛东部很多民居被炸毁,到处是废墟。如今,何厝的那幢被炸塌的三层洋楼,已成为"八二三"炮战纪念址。据说我的老家大嶝岛,全岛大部分居民被迁至大陆南安水头镇的一处大嶝新村。每一个村庄都被炸得面目皆非,遍地废墟。我祖父遗留下来的那一座四个房间一个天井的祖厝被炸得只剩一个完整的能住人的房间,其余的都是断垣残壁。大规模炮战结束,厦门与金门的炮战并未停止。大陆这边改为单日打炮,双日不打。到了60年代中期双方打的炮弹都不会爆炸,以宣传弹为主。1966年5月,前往闽西插队之前,我回到大嶝老家住了十多天。我的小叔叔住在田墘村我的小婶婶娘家一座老屋,我在阁楼上打地铺过夜。我记不住金门往这边打炮是单日还是双日。总之,金门与厦门这边一样,也是两天打一次炮。有一天早晨,我醒来,吓了一大跳。原来昨晚金门打炮,一发炮弹竟落在小叔叔家屋顶,离我地铺不到三米的土墙被削掉一大块,如果正好落在我的铺位上,正好青春的我,不就去见阎罗王了吗?! 好险啊! 我告知小叔叔小婶婶,他们也吓了一跳,说:"好在没出事,不然怎么向你爸妈交代。"我问那一发炮弹最后落到哪里,小叔叔说,落在隔壁人家。我问:砸到人了吗? 他说,床的木架子给砸断了,他们家真是避过一劫。谢天谢地! 没人伤亡。

据说,"八二三"炮轰金门,金门诸岛损失比大陆这边更惨重。改革开放之前,只是偶尔听说而已,改革开放之后,特别是两岸小三通之后,一切都得以证实。2011年1月,我率大陆知青第一个旅游团前往金门采风联谊,实地探访,更加了解了万炮齐轰,金门成为焦土的历史真相。战争,从来都是极其残酷的,无论是正义的,或者非正义的。在金门,面对当地红十字人士的讲述,我内心十分的痛楚:两岸皆是同胞,真是相煎何太急啊! 在那场炮战中,无论是阵亡的军人,还是丧命的平民,都是一个个宝贵的生命。但愿他们的灵魂能够在化干戈为玉帛的今天安息,但愿这样的人间悲剧不再重演。

八九岁时,我一个少年,身处在炮火连天的岁月,被感染、被熏陶、被激励,身上自然而然地滋生了一种英雄主义。无意间,内心也会生出参军的想法,穿上军装,保家卫国! 这种英雄主义和其他地方的少年不同,因为它直接就是和战争挂在一起的。战争、战斗、解放台湾,整个就是联系在一起的。想一想,当时我们城市的这种文化氛围与我若干年后写军旅文学作品,不是一点关系都没有的。

厦门原本是一个岛,四周是大海,交通极为不便。不仅如此,这个城市还极为缺水,海水是咸的,不能饮用,也不能洗刷。绝大多数的井水又苦又涩又咸,自然不能饮用,却可以洗刷。不过,岛上井的数量并不多,记得我家周边只有两口,还被私人占有,想去吊两桶水,人家不让,你就吊不到。据大人说,老市区的一般居民十有八九都饮用"船仔水"。什么是"船仔水"? 就是用木船从海峡那边的海沧、嵩屿一带运来淡水,在鹭江道一带码头卸下。所以,厦门临海有一条小巷,离我家不远,就在第一码头旁边,名叫"担水巷"。用一根扁担两只水桶谋生的卖水行业因此诞生。巷里住了不少担水小贩,他们挑着淡水,沿街叫卖。上世纪70年代初期,我们家这一段旧街,还有一个年龄与我母亲相仿的担水婶,每天从自来水点挑水,给一些楼上的住户送去,赚取一点微薄的"挑脚费"。一天少则挑个七八担,多则十来担。我母亲与她相识,见面就打招呼。担水婶毕竟年过半百,挑得十分辛苦。我问母亲这位大婶上了年纪为何要做这个营生。母亲答,她就住在担水巷,从解放前挑到现在。我上山下乡最初几年回厦门家中,时而还遇上这位担水婶。后来再回厦门家中,就没见到她的身影。母亲说,担水婶老了,挑不动了。她或许是厦门这个城市最后的担水婶。

　　民国时期的厦门,一般而言,有钱人家里才装自来水。从史料上我得知厦门是全国拥有自来水较早的城市之一。上世纪20年代初,华侨联手一些商户创建了厦门自来水有限公司,是商办的。当年,在曾厝垵那一带,修筑了上李水库,如今还碧波荡漾,成为绝无仅有的一方风景。那时,别说穷苦人家,就是一般市民,都没有钱装自来水。我懂事的时候,家中的用水,是到附近的自来水点购买挑回家的,一担两分钱,自己用水桶去挑回来。我家到了上世纪80年代前期,还得去自来水站买水。一天少则两担,多则三四担。我在上杭插队后至泉州华侨大学谋生,如果我探亲回厦门,挑水的家务,我有一份。1980年,与我们住在那老屋的我大姐一家搬到湖滨南路,我父亲已六十岁,不得不自己去挑水。那时,像我们这种普通市民，即使有钱，也不可能装到自来水管道。1984年，我母亲去世，厦门家中只剩老父亲孤独一人生活，我异常不忍，四处找朋友帮忙，终于申请到了自来水。花了多少钱忘了，少说也两三百元吧，结束了我家饮水靠挑担买水的日子。可见上世纪80年代虽然已是特区，但厦门人的生活质量并不是很好。

由于我与生俱来对乡村的情感非常浓烈，超过对城市的情感，还由于我对校园的情感很接近对乡村的情感，对城市的情感就有些疏远。即使厦门创办经济特区，让全国无数同胞羡慕，我也不想调回来。1985年，父亲一人在厦门独过，我才经在厦门市剧目创作室当领导的老朋友陈耕的帮助，借调回来。半年后，因不合时任市文化局局长谢华之意，他反悔调我，最终我又回到华侨大学。但，我并不觉得遗憾。当我1979年随前妻调往泉州华侨大学时，母亲极不赞同，说要调就调回厦门，为何调泉州。我答，我并不喜欢泉州，如果不是调去大学，我或许会留在上杭，当一个乡村教师。

厦门的剧变，起始于上世纪80年代，单就人口而言，上世纪60年代本岛仅二十几万人，如今，整个厦门市人口早已超过三百万人。往大的描述，城市的整体扩张令人始料未及，至今不仅是本岛的郊区理所当然变成市区，连海沧农村和本属于同安县的马巷、新店好大一片农村也都变成城市。往小的说，那就说说我这一生最为烙入心灵深处的住宅问题。说来你不一定相信，我几乎每个晚上会做梦。午睡时，也时常做梦。梦见逝去的和健在的家人、亲人、友人、熟人，偶尔也梦见一些不待见的人，梦得最多的是最爱的那几个人。而比起这些，梦得更多的是房子，没有地方住是我梦里经常出现的"主题"。

当年我父母亲来厦门谋生就没有地方住。经常有熟人问我："你家不是有厦禾路那间房子吗？"那座我出生的老屋，却不是我家的私产。说来话长，1948年，我父母亲来厦门不仅他们夫妻俩，还带着我外婆、大姐、二姐，一家子五口人，无处可去。他们借住在某亲戚家一个小房间，很拥挤，况且，也不能住太久。于是，一向不愿意求人的母亲硬着头皮，前往第一码头附近厦禾路的一个很有钱的纪姓宗亲家求助。此位宗亲和我母亲同一个村子，高了一个辈分。他在厦门开厂开店，在纪姓割据码头上亦颇有势力。母亲称他"叔阿"，称他太太"婶阿"。这位宗亲同情我母亲的处境，就让母亲一家搬到距他家几十米的一处他不再经营的石灰场的空房子住下，没要房租。这就是我称之为厦禾路老屋的地方。也是这位宗亲，见我父亲没工可做，就让我父亲去属纪姓的第一码头做搬运工，讨一口饭吃。父亲告诉我帮他们的这个宗亲叫纪添丁，虽然有钱，却很会做人，没有一点架子，很有文化，父亲称他"纪先"（即纪先生）。因为我父亲非粗人，写手好字，会写文章，也会记账，纪添丁时常让我父亲去帮助抄抄写写算算。我问父亲这位"纪先"现在的情况，父亲沉重地说死了。据说，解放不久，开始镇反，"纪先"就被抓走。一说被枪毙，一说在山区劳改死了。总之，死了。母亲愤愤不平，亲口对我说"纪先"没干坏事没犯罪，太冤枉了！我母亲在晚年时还念叨"纪先"是个好人。我父亲逝世前几年，还对我说：纪先从不欺压码头工人的，怎么会是"码头恶霸"呢？他如果没有码头的业务，就不会死啦。难怪我未见过"纪先"。心想他真不幸！

我稍稍懂事，母亲就带我去"纪先"家。厦禾路从前不是这样，从第一码头走过来两边都是骑楼，一般是两三层，四层的不多。我们称番仔楼，即洋楼。我们住的老屋在左边，1994年旧城改造，左边的老房子全拆了。"纪先"家是骑楼，在我家的右侧，相距不足百米。他们家原先的整个三层都是自己的房产，社会主义改造时，一层充公，他们只剩二层和三层。"纪先"不在了，留下他太太，母亲叫她"婶阿"。母亲让我称她"婶阿"为婶婆。婶婆有两个女儿，大的在身边，好像有工作。小的在大连读大学，我叫大的"阿姨"，叫小的"二姨"。二层的家,婶婆住三楼,阿姨住二楼。第一次去她们家,觉得两人住两层楼好宽哦。几年后,阿姨结婚,姨丈住了进来。不久,婶婆病逝……父亲告诉我,在我出生前,石灰窑早废了。这简陋的屋子,有两大间。我家这间两层,住了五户人家。另一间一层住了两户人家。到了"文革"的那一年,凭我的记忆,七户人家人口已超三十个。据说,改造私有制的50年代中期,我们住的这房子也改成了公房。除了个别华侨的房子给留着,大多数私人房子都充公了。所以,当时私人房子极少。老屋前临厦禾路有石阶十三级,高近三米,宽两米多,两边各一道栏墙,皆高一米有二。我上山下乡时,我家住宅面积约三十平方米,三个房间,分别住着父亲、母亲、我、妹妹、大姐,还有我大姐的四个孩子。如果大姐夫从外地回来,就有十多个人,你看挤不挤?

不过,我家还不算最差的。在厦禾路,有的家庭住房条件更糟糕。我有一个同学,叫杨金木,安溪人,读小学六年时,与女诗人舒婷同班,与我隔壁班;上中学则与我在厦门四中同班。他家和我是邻居。60年代前期,还和我家住同一边,是骑楼,位于我家右侧,相距五六十米,与我婶婆仅隔一个门牌号。我记得"文革"改厦禾路为工农路,我家89号,金木兄回忆说他家应是81号,而我婶婆家应是79号,金木家住楼下一层,那种可做店铺的,上二楼那道宽80公分的楼梯,设在他家住宅右侧,空间为全封闭。这样,他家住的面积仅八平方米。至1966年,他的父母,他的两个弟弟、两个妹妹,连同金木兄本人,共计七人,就住在这小小的八平方米之中。这是公共住宅,他家每月向房管所交租金人民币四角。我进过他家,一进门无法转身,只好退出来,那种尴尬和难受,说不出来。那时,我才十来岁,心想,还有住这么挤的邻居。金木兄的父亲做一手好木匠活,其单位是厦门电池厂。好像是"文革"之前,据说,厂里知道他家住房太困难,分配了两房约四十平方米给他父亲,房租得几块钱。他父亲嫌太贵,那时,他一个月工资五十几块钱,维持全家七口人的生活很艰难,所以,没要厂里的住房。应该是"文革"开始那两年,金木最小的弟弟出生,这八平方米的日子真过不下去了,居委会和房管所给调了住房,金木家搬至大致与原住房对面的厦禾路170号,宽了一些,有十八平方米,全家八口人,还是拥挤在一个狭小逼仄的空间。那个年代,即使在如厦门这种工资级别与新疆一样是全国最高的八级的城市,其底层平民的生活也是何等的艰困啊!他们又如何以自己的坚忍和劳苦,熬过那一生中最遭罪的日子?!如我们这样住房条件差的平民百姓,在厦门是大多数。单讲厦禾路吧,住房拥挤,晚上睡觉时,冬天还好,挤一挤还能取暖,秋天与春天就都很不舒适了,夏天根本不可窝于一室。于是,多少人家的门敞开着,不少男人男孩索性到户外过夜。夜深时,厦禾路两边的骑楼下的廊道,草席连着草席,短裤背心,甚至打赤膊,躺得满地都是。金木兄他们家这样,我家也这样。数不清多少个夏夜,我和父亲就在老屋的砖埕打地铺度过的。

  作为经济特区,整个80年代,厦门比起深圳,发展慢了许多,也比不上珠海。或许,比汕头略好,不过,也好不了多少。那时我还未到过汕头,据说多了一些高楼而已。厦门真正发生巨大变化,是在本世纪的这十多年。90年代是其转折点,而旧城改造应是这个转折点的标志。这个标志的聚焦,则是厦禾路的旧城改造。如我等老厦门人,特别是如我等厦禾路拆迁户,感受不仅强烈,而且持久。我不想也没有兴趣在这里做所谓的回顾,倒是在我家的拆迁过程中,我才自觉不自觉地真正对自己来到这人世四十三年做了匆匆忙忙的回顾。虽然没有写下一篇较为完整的文字,只断断续续写了几篇散文随笔在杂志报纸上发表,但完全懂得自己对这座城市和这块故土的感情。毋庸置疑,这感情是爱,不过,爱的程度如何?包含着什么?是否永远?这些自我烦恼的问题,让我好几个晚上失眠。三更半夜悄悄披衣走出房间，站在老屋的石阶上，凝视这个沉睡的城市。想到再过几天，我的厦禾路老屋就要从这座城市完全消失。那一刻，我自然而然地想起弘一法师的临终遗言："悲欣交集。"难道，这也是老屋留给我的临终遗言？

厦禾路老屋，使我成了外婆的孙子、父母的儿子、大姐二姐的弟弟、小妹的哥哥、我儿子的父亲，也使我和这个城市产生了游子与故乡的关系。其对我的重要意义不言自明。上初中，第一节美术课，命题作业：《我的家》。我不费劲，很快画完：一座有石阶的老屋，屋边长着一棵高高的结了一串果实的万寿瓠（即木瓜），树下两只鸡在觅食。没想到这一张美术作业被"画图刘"——我的美术教师刘怡馥，当时已年过半百——评为"优"。全年段八个班，仅我此作业得分"优"，还被贴在年段专栏示范。那时节，自己颇得意。至今，我初中的若干同学，偶尔还不无夸张地说：春池，从小就太会画画！闻之，我十分惭愧。不过，厦禾路老屋，成了我人生的第一个符号，这点我得承认。当然，厦禾路老屋还成了我人生的第一个沙龙。特别是青中年时代，数不尽的同学、朋友、熟人，甚至不认识者，有我的同代人，也有我的前辈，更多的是年轻人，特别是写诗的大学生，在老屋聚会。一壶工夫茶，听音乐、谈艺术、扯人生，他们离老屋而去，留下老屋的氛围与温馨。

拆迁时，我家的物件尚有数件未搬至石阶前的搬家公司的大车时，三位外来工师傅已扛着大铁锤、铁锹、铁钎，在早已搬空的二楼，奋力地"摧毁"老屋。那铁锤每一锤都砸在我心上。我怒吼起来："你们给我停下来！你们不见我们还没有搬完吗？不停下来，我就不客气了。"师傅答："我们赶工期。"我又吼道："你们赶工期跟我们什么关系？搬迁截止到明天，我可以明天才走的。"一个工头模样的人赶来，见状喊停。我没想到自己是在极度激愤的情绪里与老屋告别的。

厦禾路单号门牌这一边的楼屋，从第一码头至火车站，全部拆迁。新址有二：屿后南里、岳阳西里。我家搬至岳阳西里，俗称岳阳小区。如今，在厦门岛内，男女老少，似乎谁都知道这地方。那时，刚建好的楼房有四幢，公交站后面临街的一列、后的一列、再其后的一列，据说是市土地开发总公司的员工房产。此三列楼房的布局由低到高，依次平行，皆坐落于小区入门大道右侧，另一幢是单体建筑，坐落在小区入门大道左侧，为第一幢，这就是我家的新址。其后沿大道左侧也依次由低走高，即正在建的三幢，排序第二幢、第三幢、第四幢。建好后才发现这三幢结构与外观相似于我家这幢。1993年12月下旬某天，从厦禾路来到岳阳西里看房，穿过七星路至仙岳路，仙岳山下一片荒野，让我觉得这个地方实在遥远又偏僻。厦门也有这样的地方，如果没有新建的几幢楼房，似乎成了无人区。不过，当我来到那幢孤零零的七层新宅，登楼至四层朝东北向我家的那套房间，走到靠大道的房间，打开南北两个大窗户，四周非常开阔，视野极好，朝南远眺，我清晰地看到火车站建筑的顶端，以及其后面的那座我叫不出名字的山；朝北相望，因逼近而显得不矮的仙岳山耸于眼前。我对随同而来的儿子说："我们的新家，就叫见山居吧。"1994年1月14日（这日子该是准确的）上午，我们一家四口，父亲、儿子、我，还有已调回厦门两年的妻子，搬至新居。时间这么一晃，竟然24个年头。父亲在这里病逝，七年有余；儿子从青年变为中年；我从中年变为老年；妻子从而立之年迈入天命与花甲之间的退休之龄。显然，仙岳山下的这片土地不是我的故土，我对它没什么寄托。而岳阳西里是一个我非常陌生的厦门，它和所有的新区连在一起，是一个我内心一直不太愿意接纳的另一个城市。厦禾路我两度住了23年，上杭湖洋我住了10年，华侨大学我住了10年，岳阳西里我已住了24年，尽管是我一生中住得最长的地方，我仍然无法产生亲近感，似乎还有客居之感。

五 身 份

我这一生,出书、发表作品、文章被收入各种集子,难免要附上所谓作者简介。以我的书为例,极少几本会挂上"福建省作家协会会员"(1995年之前)、"中国作家协会会员"(1996年之后)以及"中国当代文学研究会会员""中国报告文学学会会员"等几个头衔。其实,没什么意义;也会偶尔写上自己的身份,如与海上合著的长诗唱和集,我标明自己是"老三届、知青,不自由作家、诗人"。在散文集《大湖洋》,我则介绍自己"主要身份是:知青、诗人、作家、教师、编辑、文化策划人、红十字志愿者",漏了"老三届",不该! 其实,在我看来,只有一张身份证,便于出行和安居,足够。那些所谓重要的身份,所谓头衔,皆为身外之物,不足挂齿! 我一直以来,就看不起那些总要炫耀自己的官阶、职位以及头衔身份的人。生怕他人不知,名片一印,竟然有几十个"身外之物"。三折名片一拉开,长长一条纸片,上面印着6号字,密密麻麻,连早已解散的某机构或社团也印出来,让人喷饭。我又得罪人了,我多次在公开场合抨击这种无聊之举。今天,又再度抨击,让此类人生气一下吧,无所谓。他们那种永远美妙却虚幻的自我感觉,偶尔被抨击一两回,也是应该又正常。

不弄虚作假,敢于表明自己的真实身份,是真正的文化人最基本的道德体现,我以这一条来要求自己。从上世纪80年代至今,我印制了约七八款名片，仅有一款印制了有关头衔和身份，是与境外或海外进行文化交流所需要的，其他的都只印着姓名、单位和联络方式。身份对一个人来讲，表面上很重要，到底也是没什么意义的。

显然，很多人的身份跟职业有关系。有的人身份一生都没有改变，特别在教育界，非常多当教师者，读完书毕业出来就教书，教到退休。当然，还有的人身份却不断改变，一生干了很多职业，或兼了一些社会职务的人，身份自然也多一些，我大概就是这样的人。我今天要讲的就是我这一生做过的几种工作，干过的几种活。这一些都和我的多种身份有关。那么，就从我插队的事情开始讲。从历史的命名来看，结束中学生时代，我的第一个身份是"老三届"，老三届指的是66、67、68届三年的初高中生。这命名不太准确。"文革"爆发，当时在校中学生是初一至高三共六届，理应命名"老六届"，以66、67、68三个年份来命名，偏差太大，当然，约定俗成，此命名已被完全接受，自然通用。这命名起于80年代，后补上的，当时，我们被毛泽东遣去上山下乡接受再教育，身份是"知识青年"。也就是说我们是以知青的身份去插队，我们到了农村又多了一个身份，非常奇怪的称呼："新社员"。

新社员这个称呼其他地方也有，在福建最流行，来闽西插队的知青都被叫作新社员，每个县每个公社都召开新社员代表大会。新社员嘛，其实还是农民。我的第一个身份是"老三届"，第二个身份是"知青"兼"新社员"，即所谓的新农民。由于历史原因，知青成为终身称谓，新社员则是一时的身份，就像现在称呼外地来厦门打工或创业的人们为新厦门人，大概是同一个逻辑。那么这个新社员的身份呢，所有的插队知青都是以这一个身份在农村落户、在生产队干农活。不过，我当时还真有其他几个身份，还有另外几种活可干。简而言之，即：文学作者、编剧、报道员、代课教师、民办教师；即：写诗歌、散文、小说，写剧本或演唱材料，写新闻报道，还有教书。不管几个身份，几种活，最让我高兴的是，不干农活，并且都和写作有关，这也是我上山下乡的目的啊。花点时间，我把这一项一项地分开说一说。

文学作者这一称谓在这三四十年里是再平常不过的，社会上没有谁会对这一称谓较真，特别现在，网络如此发达，谁不是作者啊，况且文学不仅被边缘化，而且已泛化了。那时，文学作者不能随便自己说的，初写者叫"文学爱好者"，发表了一些所谓作品的，叫"业余文学作者"，我就是一位业余文学作者。有这个身份不容易，因为，1972年之前，没有文艺刊物，更没有文学刊物，报纸文艺副刊也停办多年。只有一些地方或系统办的小报，能够刊发带"文革"火药味的"假大空"的所谓诗歌、散文。1967年，我写的一些符合"文革"形势的文字，阴差阳错地被派性小报登了出来，上山下乡的1969年至1971年，我的此类文字也在县级小报《上山下乡》，甚至省级《三代会报》发表，有些小名气，开始被本县本公社所关注。

正是有这个前因，才有那个后果。知道我沉浸于写作，而且分行成诗，公社文化站负责人胡善明、报道组负责人谢子球，都来找我，让我去写东西。对我来说也是一个偷懒的机会。不用出工，偶尔还有一点点补贴。有时候，还可以解决吃饭问题，在我其实是一种享受。别的知青怎么看我不知道，我逃避了艰难的劳动，少数所谓积极上进的知青，所谓的知青典型人物，当然有看法和异议。但，我相信他们也有人与多数知青一样羡慕我。我不认为这样做是可耻的，当然，我也不认为这样做是光荣的。只是对我而言，艰难的劳动太痛苦，我实在无法忍受。坦率说，每次出工除了较为轻松的耘田、施肥，其他农活，我都做得很累。公社文化站、报道组给我提供了防空洞、避难所，求之不得，十二分愿意。最有意思的是我们生产队，无论生产队长、政治队长，还是社员们，对我这个经常误工的新社员竟然都抱以宽容的态度,从不过问,好像都知道我在干什么。

　　还未上山下乡之前,我想过将来写一个什么剧本或一台什么节目,搬上舞台演一演。我从小喜欢舞台,跟母亲到戏院去看过高甲戏、歌仔戏(即芗剧),还有梨园戏,甚至打城戏这些闽南地方戏。没料到插队两三年,我的愿望实现了,1970年,我和张玉功创作了组歌《通桥战歌》,5月下旬参加全县农村文艺会演,一炮打响。1971年我创作了独幕汉剧《送石灰》,再由张玉功编曲,在10月国庆期间又参加全县文艺会演,轰动整个上杭。我成为一个真正的编剧。何谓编剧,写剧本的人就是编剧。我喜欢这个身份,莫名的喜欢,真的,莫名,说不出个所以然。可是,我这一生的文艺创作,却一直无缘进入这个行当,自己也不是孜孜不倦地追求剧本的创作,自然,没有什么作为。

1970年5月,参加上杭全县文艺会演

《通桥战歌》和《送石灰》，虽是我的习作，也是团体的产品。那几年，发表在报刊上的、印为铅字的文学作品，还有一些非"大人物"所撰的批判文章，其署名并非作者的实名，用的都是拼凑的所谓笔名，还是集体的笔名，或某写作组的代称，凭我不一定准确的记忆，《通桥战歌》的刻印本，署名：湖洋公社毛泽东思想文艺宣传队。是否其下面或最后一页才写作词：谢春池；作曲：张玉功？可能印了，也可能根本没印出来。而《送石灰》刻印本的署名大概也和《通桥战歌》差不了多少，但这个剧本刊登在1972年《上杭文艺》创刊号（铅印，小16开本），署名与从前不大一样，有些改变：湖洋公社业余创作组集体创作，谢春池执笔。这样署名，与实际情况是符合的。

1970年我返厦门探亲，春节过后，大约农历初十或十一二，我回湖洋，即有知青同伴告诉我，公社正找我。我问什么事。说是要组织文艺宣传队，让我写剧本。我一听，凭直觉以为是一桩好事，况且这也是我爱做的。第二天，公社文化站负责人胡善明到知青点找我，谈的就是这件事。我爽快地答应。老胡告知元宵节公社举办文艺调演，让我当评委。"当评委？""是，当评委。"太突然了，一时没回过神。当然，我没有受宠若惊，却也有些许意外的喜悦。这年，我十九岁，一个刚插队一年多的知青，凭什么去当公社文艺调演的评委呢？我心里明白，就凭我发表几篇所谓的诗歌赢得的那一点虚名。其实，也不尽然，老胡还交代任务，与身份有关："你不仅要给各大队的节目评分，还得看一看哪个大队的节目有基础，可以修改提高，去参加县里的会演。你是编剧啊！"我这才意识到我有了新的身份：编剧。四十八年过去，数不清我当了多少回评委——龙岩地区文艺调演评委、华侨大学的文艺演出或文学比赛评委、厦门大学的诗歌比赛评委、厦门本市的文学作品奖评委、福建省高校演讲比赛或辩论赛的评委，等等，不一而足。而1970年元宵节湖洋公社文艺调演当评委,是我人生的第一回,没想到也正是这个晚上,播下我第一次婚姻的种子。当然,这是后话。

　　元宵节晚上湖洋公社文艺调演只有一个小话剧不错,剧名好像是《写春联》,总之,是一个乡村过革命化春节春联应写什么内容的小故事。其剧本简单,若以它为本,得重新创作。原剧本是其所在大队的一个女知青写的,她刚被招工,过几日将调离到外地。故而,我向老胡建议,最好反映本公社现实生活题材的。老胡极赞同,公社领导也认为这是个好主意。我问老胡,本公社哪一个大队最先进。他答:通桥大队。我就要了一些相关的资料。读后,我问,本公社有没有会作曲的人。老胡答:有。原来县汉剧团的作曲,已来我们湖洋公社的寨背大队插队一年多了。我一听,大喜。很有把握地对老胡说:"我们不要表演唱,更不要曲艺,弄一个大的、洋的。"老胡问:"怎么弄?"我问:"看过《长征组歌》没有?"答:"没有,但广播里听过。""我们就搞一个组歌。行吗?""没问题。"从未搞过舞台节目的我,竟拍着胸膛做保证。很快,我做出方案,创作一个大型音乐作品,即组歌《通桥战歌》。毫无经验的我竟敢断言,我们的节目将是此次全县会演独一无二的。我问:"在上杭以前有没有自己创作的组歌上演?"答:"没有。"我有点狂,对老胡说:"不求后无来者,在上杭,我们已是前无古人啦。"老胡被我激得一愣一愣的,也很兴奋。说干就干,一个月后,演出本刻印出来。记得有七首歌曲,还有朗诵词。这朗诵词自然也得我写。很快公社文艺宣传队成立,男女演员多达近五十人。乐队很强,其中拉二胡的人是抗美援朝的老兵蓝乾汉、拉扬琴的是原县剧团的乐师卢锦连。队里几个较懂行的组成导演组,以我为主,开始排练。我硬着头皮,挑起担子。依样画葫芦,把《长征组歌》以及一些音乐歌舞节目的情节,主要是1966年至1968年见过的情节画面移植过来,总算将《通桥战歌》搬至县城大舞台去。纪念毛泽东《在延安文艺座谈会上的讲话》发表多少周年,我一时说不出来,大概三十年了吧。我们演了两场,效果很好,都引起轰动。据当年一位当评委的厦门大学的下放教师说,他们觉得歌曲很好听,有艺术感,和流行的战斗歌曲不同。但有关人士批评曲子不够高亢激昂,有些资产阶级的靡靡之音的味道。我真是无知即无畏,就以这一帮十分业余的男女青年农民、大学和中学的男女插队知青、几个县剧团原来的专业的乐队演员,就敢弄这么一个大型节目。我又身兼编剧、导演和朗诵三职,实在不知天高地厚!如今想起来,十分不好意思。不过初次的"舞台生涯",让我学了很多文艺演出方面的本事,否则,在我退休之后,绝不敢几次出任全市大型文艺演出的总导演。

独幕汉剧《送石灰》的诞生,可算我写作路上的第一次非常有益的磨炼。1971年春节过后不久,又是老胡给我下达任务,我欣然接受。因为,我又可以好几个月不必在生产队出工,而且,还像《通桥战歌》那样有些补贴,可以在公社食堂三天两头地吃钵子饭,多好的日子啊!久违了。这次,我的身份只有一个:编剧,真正的编剧。不是写什么演唱材料、曲艺等,就是一个舞台剧。插队前后,我还从未写过剧本。对我而言,其难度可想而知。不过,我坚持认为写诗的人,也可以写歌剧。那些年,我将那几个革命样板戏的剧本读得很透,也揣摸出了其中的一些道道。我懂得戏剧与歌剧没有太大不同。它们的根本差别在于唱腔以及表演程式,不在剧本。模仿,我都会模仿出来。还有更难的。老胡竟把和张玉功他们先后因县汉剧团解散,也被弄到湖洋公社来插队当农民的三个演员给挖过来。他们是在岩康大队插队的蓝天寿、罗金蝉夫妻俩,还有回到老家濑溪大队的男演员林始藩。后来又加了一位女演员,好像外借的。我说不出她的名字。我必须按照这么几个会演汉剧的演员量身定制。对于我这个新手,真是难上加难。

这出独幕汉剧该写什么?那时的文艺都是主题先行的,公式化、概念化是通病,我也不能避免。况且当时我本人满脑子也都是极左政治。因而,如果真让我真正从生活出发去写,我也不可能脱离"文革"的观念,写出真实反映生活的作品。恰好这个时候,浙江省推出一个写农村的地方小戏《一篮鸡蛋》作为范本在报刊上发表。于是,业余创作组的成员集体讨论,决定以这样模式创作剧本,主题是歌颂农村一心为公的社员。因我们生产队是九里圳的受益者,我就以水圳(就是水渠)为载体,写了一个未过门的媳妇将结婚要用的石灰借了出去,与未来的婆婆发生争执,最后,还是把石灰送到工地的故事。编剧的这个身份好像很风光,可编剧的活非常不好干。《送石灰》这个本子,让我第一次尝到写剧本的苦头。不断被讨论,一次又一次,从业余写作组成员,到公社相关领导和干部,再到县文化馆负责人和相关辅导老师。有时讨论至深夜一两点。一稿又一稿地修改,经常熬夜至凌晨。我一直不是一个健壮的人,终于生病了。七八月,我带着可能是第四稿的剧本回厦门,边到医院治疗,边修改。应是八月中旬,我病未全好,赶紧返湖洋,将剧本定稿,付诸排练。

记得那年国庆期间,独幕汉剧《送石灰》在全县文艺调演的舞台上演了两场。由罗金蝉演剧中主角,即未过门的媳妇春梅,由蓝天寿演配角,即未来的公公张大伯,由林始藩演配角泥水匠李师傅。那位我说不出名字的女演员演另一个主角,未来的婆婆张大妈。罗金蝉、蓝天寿和那位女演员做功、唱功都不错。林始藩嗓子有些沙哑,演技还过得去。有些耳目一新的剧情,十分专业的扮相,地道的汉剧音乐和唱腔,较为专业的演技,清新的舞台形象,演出很成功。用现今的一个词是"惊艳"地亮相。全场观众不断鼓掌喝彩,与客家汉剧久违了整整五年的上杭观众,足足过了一把汉剧瘾。作为编剧,我当然很高兴,有成就感嘛。据说,获得本次全县文艺调演的好几个奖,我是事隔四十八年之后,才从老胡写的一篇回忆文章里知道的。

　　此后，在湖洋的那些年，我还当了两次编剧，一回作曲。1976年"五二三"，举办全县中学生文艺会演，我此时已在湖洋中学当民办教师，不仅参加校文艺队的组建，还得写剧本。也在那个学期，县汉剧团的一位男演员叫唐春霖，因谈恋爱，正当正经谈恋爱，被整，调至湖洋中学当音乐教师。这位老兄比我大三四岁，专业很好，现在是福州闽剧非遗的传承人。上世纪60年代末老唐从省城被下放来上杭，在农村只待了很短的时间，就被调到县汉剧团。湖洋中学有这样的行家，校长当然高兴。我先写了独幕话剧《争夺》。内容是无产阶级与资产阶级在校园里如何争夺下一代。没想到老唐提出一个谁也没料到的想法：排一个小型的芭蕾舞剧。这叫我非常吃惊又非常被吸引。老唐说："老谢，你一定得支持我，剧本你写。""曲子谁谱？""你跟我们汉剧团乐队的陈国英、林克伟都是厦门知青，又是好朋友，请他们帮忙。"我问："谁演？"唐答："就我们那几个能唱会跳的女生就行。""她们怎能立起脚尖？"唐答："我来训练她们，不难。"我答应了。我知道老唐不会做没把握的事。况且，我也喜欢做有挑战性的活。更重要的是，这个事将轰动整个上杭，在闽西舞台上史无前例。校长张俊昌很疑惑地问我："行吗？"我答："不会有太大问题。"

　　小芭蕾舞剧《采药》的脚本很快写出来，表现一群农村女青年上山采药的经历。我带着脚本特地去了县汉剧团，陈国英和林克伟二兄都婉拒。老唐说："老谢，你自己谱曲。"我答："我从没有谱过曲，哪有那么容易啊！"唐说："也不会太难吧！反正我们是业余的。"我想：也对。再说，老唐已选了六位高中和初中的女生，开始训练了。又回了一趟福州将芭蕾舞鞋买回来。我没退路了。自己谱曲吧。曲子谱好之后，我又根据老唐所编的舞步与动作进行增删。老唐紧张地进行排练了。湖洋中学文艺队乐队偏弱，我又找陈国英、林克伟。他俩叫了十几个乐手,连钢琴都用上,录了一盘带子,代替乐队伴奏,效果非常好。在全县中学文艺会演的舞台上,果然非常轰动,喝彩鼓掌相当热烈,超过《通桥战歌》和《送石灰》,称得上好评如潮。我有些陶醉。四十年过去,对闽西文艺界我不算孤陋寡闻吧,却从未听过有哪个县有中学生上演芭蕾舞。四十年后无来者。2016年10月10日,由我策划,纪念湖洋中学小芭蕾舞剧《采药》创作演出40周年联欢活动,在湖洋中学举办。老唐从福州去了,我从厦门去了。那六位女生和当年文艺队的十多位学生也回来了。乡村中学难得的一次文艺聚会呀。

离开上杭至今三十九年,我还多次以编剧、作曲、导演,乃至总导演身份介入不少的演出,乃至大型演出。与知青有关的留到后面章节再说,这里仅说三例:其一,1990年华侨大学建校30周年,大型舞蹈音乐史诗《华大颂》,由我出任编剧。其二,2013年10月13日,重阳节,厦门市老龄工作委员会主办厦门市老年节大型文艺演出《深深的爱》,邀我出任总导演。其三,2013年11月,纪念厦门市老年艺术协会成立5周年大型文艺演出《春光礼赞》由我出任总策划兼总导演。一时间,不少朋友说我不务正业。想一想,我确实不务正业。

报道员这个名称不是我杜撰的。上世纪70年代初期,不仅县里设了报道组,每个公社也有报道组,给市报、省报写新闻稿。我记得公社报道组并没有编制,只有一个人是专职的,领编制外的工资,像民办教师那样。好像部队和厂矿有过报道员,农村好像没这么称呼。报道员其实就是通讯员。这通讯员不是那通信员。这通讯员的"讯"字是言字旁的那个,做新闻工作的,那通信员的"信"字是单人旁的那个,送信的,或做联络工作的。一般而言,报道员就是部队、厂矿、农村报道组的成员,应该是兼职的,当然也是业余的。我当时是这个身份,但无名称。我前面讲过,当时,湖洋公社报道组的负责人谢子球,一个人,既当"校长",又"敲钟",敲钟指的敲上课钟。这是一句厦门话,意思是既当领导,又当打杂的。谢子球年纪比我大了至少十岁。他的家就在我插队的湖洋村。湖洋村即公社所在地这一片的俗称,与距三里路的文光村合在一起,即我插队的湖光大队。子球老兄家在第三或第四生产队。我插队的是第七生产队。所以,我有一个笔名,叫"湖光漆","漆"就是"七"也。这个笔名我很少用。我用得最多的笔名是"湖洋",即我公社的名字。七八年前,我回湖洋时,在墟上遇见子球老兄,还和他合影留念,他好像并不过于衰老,他的大儿子是我的学生,湖洋中学77届高中毕业。几年前,听说子球老兄过世了。

大约1973年下半年吧,子球老兄来找我,叫我参与写一些新闻报道。我一口答应。他没有说是公社决定的,或是他个人请我的,也没说有没有报酬或误工补贴。我连问也不问,一口答应了。我只问了一个问题:"我没有在生产队出工,可以吗?"他倒答得很干脆:"没问题,这事我包了。"那时,我最大的愿望就是可以不去生产队田里干活。子球老兄给我一个逃避生产劳动的非常正当的理由——为公社写新闻报道。我很感谢他!

可能有一年半也可能近两年,虽然,我也参加生产队里夏季"双抢"里最紧张最累最顶不住的那二十多天的抢收抢种,参加秋收最忙碌的那半个月的农忙,但合计起来不会超过四十天时间。其余的三百余天,我都可以不干农活。这三百余天里,最多三分之一时间参与到新闻报道工作中,其余的三分之二时间,都由我个人自己安排。自由,是我在上山下乡那十年里最大的幸福。

子球老兄经常来到我的知青点(与公社大院相距不到50米),那时,我的知青点只剩我和黄振庆兄两人,振庆兄又经常不在。我们两人高谈阔论,无所顾忌。我也经常到公社大院他的办公室。遇上用餐时,他就邀我在公社食堂吃钵子饭(一钵子三两米蒸的饭,一碟子炒芥菜或炒萝卜五分钱),由他付饭菜票,省得我回知青点再自己煮饭吃。我们经常到各大队去采访,远则十来里路,近则五六里路。虽然都用两腿走路,我却很高兴去。其一,受到尊敬。坦率讲,我所见过的和知道的湖洋各个大队的书记,或是大队长,除了少数几个,大多对厦门知青摆个架子,居高临下,颐指气使。因为,我们是来"接受再教育"的。但,我和子球老兄前来,那些大队头头都认识我是厦门知青,却热情地招呼我:"老谢,老谢,吃茶,吃茶。"我知道,此时我是公社报道组成员来给他们写文章的。我更高兴去还因为不仅有饭吃,有时,还有好吃的。记得有一次到岩康大队,大队支书范长生是一个有些文化的人,也懂待人之道。那天中午,在他家招待我们。一碗鸭肉,那是我那大半年吃的最好的东西了。而且,还有不错的茶喝,那是我上山下乡以来,在当地乡亲家里喝到的最有醇味的茶。

　　与子球老兄合作,才发现他的文章很一般。以他的文字水平要担任这项工作太难。三四百字的新闻报道,他写得还算通顺,错字也不多,但内容空洞。我决心不计报酬地助他一臂之力,以报答他的"一饭之恩"。我为他改过或重写十来篇稿子,为他写过十来篇稿子。每一篇都交他最后去处理,我从不问及稿子的去向与结果。我希望他在上杭这个行当里,有一席之位。我知道他是一个好强的人,那个年代稿酬制度被废除了,谈不上为钱,但他需要一些名声吧。虽然,那些稿子发表后几乎都署名"湖洋公社报道组"。但这就是"谢子球"的代称,也是他的成绩。所以,我写的所谓文学作品,有时,征得他同意,将两个人的名字一同署上去,如1974年6月9日,我在《福建日报》文艺副刊发表散文《战斗篇》(两题),署上他名字,并且,排在我前面,他很高兴。1975年,当他将我1973年6月发表在《福建日报》的通讯《雨中运粮送深情》(署名:本报通讯员)当作他写的文章,在《福建日报》的某次通讯员会上做经验介绍。虽然,我很生气,最终,也没有找他理论一下。凭我的自尊与脾性,还有处世做事的风格,应该狠狠地痛骂他一顿的。我却没有,让了解此事的朋友很意外。我说,他也不容易。再说他待我不错。

我一生都没机会到新闻单位当记者,不过,却一直在当报道员,名副其实的报道员。在华侨大学时,应党委宣传部之邀,写过若干通讯。也给《厦门日报》写过。在《厦门文学》当编辑时,也为本刊写了不少通讯特写。从上世纪末至今,我几乎没有间断地为厦门知青的文化活动写新闻报道、通讯。这已成了我的分内事了。我也乐意去做。

什么时候成为民办教师?比较迟。不是1974年就是1975年。在此前,我已到湖洋中学代过课。现在想起来,人的一生确实都是命运的安排。1970年春节过后,公社组织文艺宣传队。不仅有厦门知青和下放干部参加,也来了一位从军垦农场转至本公社插队的女大学生。她就是所谓"老五届"大学生。这位女大学生名叫陈幼鸣,福建第二师范学院数学系67届本科。我和她相识于公社文艺宣传队,不久,坠入爱河,结为夫妻。1971年11月1日,我们的儿子在厦门我家出生。一个月后,我的妻子产假结束。我母亲想将孙子留在身边,我妻子放心不下,下了大决心,带儿子前往她任教的上杭县南阳中学。临近春节,我与妻子商量,两人带儿子回厦门过年。那时,交通十分不便,出行很艰辛,所以,妻子不愿意。按情理说,我本应该从插队的湖洋公社到南阳中学,与她母子俩团圆,全家三口人第一次一起过春节。然而,我没有这样做,因为,我与在湖洋中学任教的厦门老乡杨舒芃"打赌",就与杨舒芃及其同校教书的妻子邱梅萍一起回厦门。当然,那个年代,山区的物资特别缺乏,我也想趁春节期间回厦门,能筹一些食品,给妻子和儿子送去。我这样伤了妻子的心,肯定是错的。我完全可以在南阳中学过春节,正月初四或初五再回厦门。好在,妻子的二姐、二姐夫是时在距南阳不远的通贤公社的通贤中学教书,妻子就带儿子到她二姐那里过春节。正月初六,我从厦门乘火车至永安。正月初七,从永安乘班车至上杭通贤。在通贤中学过了一夜。正月初八,因没班车,我抱着儿子,妻子肩背手提所有行李,沿公路极为艰难地徒步走了十里地,回到南阳中学。杨舒芃和他妻子邱梅萍与我妻子陈幼鸣,皆为后来称为"老五届"大学生,即"文革"爆发时在校的66届、67届、68届、69届、70届大学生,我们"老三届"则是在校的66届、67届、68届初高中生。我妻子就读于校址在漳州的福建第二师范学院,数学系67届本科生。杨舒芃和他妻子邱梅萍都在福州的福建师范学院(即今福建师范大学)中文系就读。杨系67届本科生,邱即69届本科生。杨邱夫妻先后至湖洋教书。我与杨舒芃是好朋友,所以,经常在湖洋中学进进出出。那时,我已经在省地县的报刊发了一批所谓的文学作品,有些小名气。湖洋中学的领导和不少教师也认识我。1972年寒假,我与杨邱夫妇同行返厦门,邱梅萍已怀孕在身。不久的四月份,我已从南阳返湖洋,投入春耕生产劳动。舒芃兄找我,说梅萍君怀孕,反应较为激烈,决定向校方请两个月病假,回厦门休息。并告知梅萍君的产期在7月至8月。

当时,湖洋中学本部有初一、初二两个年段,各年段四个班级,杨教初二两个班的语文课,邱教初一两个班的语文课。杨说,他妻子病休,需要代课教师,一时请不到合适的,问我愿意不愿意代这课,一个月有24元工资。如果我愿意,他说学校负责人会来找我。我想都没想就一口答应。天上给我掉下一块馅饼,即使是不新鲜的馅饼,对我,一个处于人生低谷的知青,都是好馅饼。五一劳动节过后,我即前去代课。当时的初中语文教材,平时我在杨、邱那里曾翻过,觉得很浅。所以,学校教务主任将语文课本与相关参考

1977年春，湖洋中学自己的宿舍

教材给我时，我一句客套话都没说。坦率说，一个只有初中二年级学历的知青，一教书就教初中一年级，在那个年代，也不多见。你或许不相信，我第一次走上讲台，没有一点紧张感。从容自在，好像是一个教了多年书的教师，甚至觉得自己是当教师的料，所有的一切无师自通。那时，连我自己也有些不解。若干年后，我以为，自己来到这世上，就是来教书的。可惜，我这一生总共也只教了五六年书。如今，我又悟到：我读六年小学，两年初中，拢共八年。我不仅当学生，无意识之中，还学会了怎么当教师。给我上课的老师的言传身教，都融入我的生命中，让我在代课时有机会走上讲台，很好地发挥了一次，称得上是"发现自我"。两个月代课，算得上是我走出校门、走出家门、走出故乡之后人生的一次全新的体验。我对自己有新的了解,懂得自己不仅可以教书,而且还教得不错,甚至教得不累。两个班共有八九十个学生,一个星期至少12节课,我教得很轻松。两个班两星期一次作文课,作文八九十篇,小菜一碟。快时两个晚上即可改完,慢时三个晚上改完,包括写绝非三两句话的评语。两个班的学生普遍反映"这个代课老师教得不错",只可惜两个月时间太短,难以更好地表现我个人的水平与能力。

我在湖洋中学当民办教师的时间大概是1974年寒假过后。新学期开始,时任湖洋中学校长的本公社濑溪大队人氏林发清,约我晚上到学校见个面,也没说什么事。林发清可算是熟人,见面或相遇时,他总是热情地打招呼,没架子。我所插队的生产队与中学同在横排岗上,相距不过百来米。而我居住的知青点那座两层小土楼,也与成为中学活动场所的公社大礼堂相距不过百来米。吃过晚饭,大约七点多钟,我去了林发清的办公室兼宿舍——和所有教职员工宿舍一样在校园里,一样的比较简陋。电灯亮着,林发清正等着我。他和平时一样热情,让坐,上茶,直奔主题。新学期就要开学,本学期,全省所有农村中学都要开一门新课,即美术课。课本都发下来了,请我到湖洋中学教美术课。他将一册美术教材给我看看,向我投来期盼的目光。我来湖洋插队,当地干部就知道我会画画,那时,所谓"三忠于"的个人崇拜和个人迷信还很盛。到处都在画毛泽东像,我们公社也想让我在一堵墙上画一幅毛泽东的巨幅像。后因经费没着落,就没画。而我自己则在知青点画了一幅高1.5米宽1米的毛泽东油画像,挂在生产队谷仓里墙上。所以,当地群众也知道我会画画。也正因此,林发清校长才找我到中学教美术课。我将教材翻了一下,十分简单粗浅。以我个人的美术水平教这门课程,完全没问题。不过,我没有马上答应。我坦率地说:"我有一个条件,校长你如果不能解决,我不太想来。"校长让我不要客气，提出来。我说："1972年我代邱梅萍老师语文课，那是帮朋友之忙。如今你要我教美术课，是给学校救场。但，如果这次和上一次一样，也代课，我就不打算来。因为，很不稳定。如果作为民办教师，我就来。"校长笑笑，说："老谢，问题不大，学校马上去申请一个民办教师的名额。名额一下来，你代课即转为民办，行不行？"于是，我答应了。离开时，校长送我到校门口。他一再说："老谢，你放心，这事一定办成。"

二度来湖洋中学教书，此番代课似只代了一两个月，我就转成民办教师。林发清校长说话算数，让我很感激。正逢"文革"期间，整个教育界还处于被批判的阶段。"文革"之前的中学三三制或三二制，已经全改为二二制，即初中读两年，高中读两年。"文革"之前的秋季招生被改为春季招生。湖洋中学是在我们上山下乡的1969年创办，自然是"文革"的产物，一切都不正规。政治统领一切，贫下中农干部进驻学校，参与管理。湖洋中学初一有4个班，初二也有4个班，那我就教8个班的美术课，一周16节课。教材非常的简单。告别插队的务农岁月，有了寒暑假，过的完全是校园生活，教师的日子。1978年，我转正为公办教师。1979年我调走，前后六年。这六年当中除了数理化我没教，英语我没教，其他课程我通通教过。主要教政治、语文、历史、地理、体育、美术、音乐，大概这七门课。1975年湖洋中学办高中，我既教初中，也教高中。到了后来办补习班，这个补习班的课我也去上，工作量很大。有一个学期，我课时多达每周24节。到了1977年，湖洋中学又招了第三批的高中生，就是后来的高中79届。这一届高中生4个班，他们升到高二时，我任四班的班主任。1979年要高考，我就带着学生去考场。这届学生非常厉害也非常特殊。整个中国考的最低分的是我这个班的一个女生，5科考5分，什么都不懂的。然而，考最好的也是这一届，我前面已经说过了。四个班农村的孩子们五个考进北京,其中两个北大,一个清华,一个北钢。创造了一个奇迹,一下子轰动闽西,甚至全省。大家都说这个名不见经传的农村中学怎么一下子就这么多个学生考去北京？这批学生如今有的在国外,有的在国内,都当研究员、教授。也就这一年,湖洋中学教这一届的主课老师全部调到上杭一中或二中。正是有这一届的高考成绩,他们才调入县城,成为上杭的名师。我也是1979年那年离开调到华侨大学的。

我在湖洋中学前后六年,换了三次身份。从代课教师到民办教师,再到公办教师。两度代课,时间不足四个月；转为公办,时间还不到一年；而当民办,时间最长,应有四年半时间。坦率说吧,"代课"这个身份,我不喜欢。"代"非"己"也,这个身份不属自己的。"公办"吧,谈不上喜欢不喜欢。不过,我还是喜欢"民办","民"字特别亲切。我将它看作民间的,很有地气。不管喜欢或不喜欢,我都很看重这三个身份。这是我一生正式执教,自然格外珍惜。这三个身份,让我在湖洋中学度过我走出社会之后,最美好的一段时光,留下许多不能忘怀的记忆。所以,我十分感恩湖洋中学！

林发清校长给了我民办教师的身份,接任他的张俊昌校长则不想给我公办教师的身份。是两位湖洋老乡,时任上杭县教育局局长的范怀昌和时任该局人事股股长的谢德昌,他们的仗义,让作为插队知青的我,终于真正"上调",被招工了。这个"招工",后来在华侨大学,我发现竟不为人所发觉地成了"招干"。这是后话。

我能够民办转公办,是因为我1977年高考落榜才获得的。你们肯定觉得很奇怪,这是怎么一回事？可谓世事难料,完全是鄙人的失之东隅,收之桑榆。事前与身份无关,事后却与身份有关。

我人生将至古稀,从来,对于身份都很不在意。上世纪70年代中期,大批的插队知青已经被招工了,离开了农村。当然,还有更多的插队知青留在农村。我是其中一个。我们因没有调走,被这个社会歧视,被世人普遍瞧不起。所以,不少未被招工的知青,在公开场合都不愿意谈及自己插队务农的身份。我不一样,每当有人问及我"你现在干什么"时,我总坦然地回答:还在农村插队。即使周围的人们投来异样的眼光,甚至鄙视的眼光,我也从容自如,绝不在乎。我觉得知青并不低人一等,知青也是人,和所有的人一样的人!我这一生,身份成为一个问题,而且是难解的问题,发生在我要调到华侨大学的时候。

1971年5月,我和陈幼鸣结婚。到我1977年参加全国高考,六年里,幼鸣她家,除了她那也在上杭县某中学教书的二姐和二姐夫之外,没有谁认同我,甚至不正眼看我。幼鸣的父亲是有名的老教授,她母亲则是民国时期的女大学生,据说还留学南洋。她大姐是北京林学院的教师,她大哥是大连某大型国企的工程师。全家都是所谓的高级知识分子。只剩下一个弟弟,和我一样,也是老三届。他高我一年级,66届初中生,在闽北插队,已报名参加高考。显而易见,我是她家的一个异类。换个说法,我根本配不上她那个都是知识分子的家庭。因而,幼鸣对我下达她父母亲的"命令",要我无论如何得参加高考。在这么一个压力下,本不愿意的我,只好报名了。我心里明白,即使我考上了,她家也不会看得起我,因为,我并没有改变我的平民身份,而她家要的是一个虚名、一个面子和所谓的光彩。

1977年秋季,我在湖洋中学当民办教师已经有数年,也正在给返校回炉的应届77届高中毕业生和其他届毕业生上补习课。由于勉强报名参加高考,自己也未重视这件事,完全没补习,所以,考数学时,我放弃了,未进考场。但我相信凭着语文、政治、史地这三科成绩也会达到录取分数线。我的判断没错,我三科成绩的总分超过录取分数线,但第一批体检通知没有我,第二批体检通知还

1979年夏,与湖洋中学同事及学生在乡村合影

没有我。我还真无所谓,不过,我的女同事,也是厦门知青的杨丽琴很着急。她问我是否达分数线。我非常自信地说绝对的。快到了体检日期的前两天,我才被通知参加录取的体检。同事和学生

们都为我高兴,幼鸣和她家人当然也高兴,而我父母虽高兴,却不太强烈,淡淡的。然而,最终我还是未被录,即使后来扩招了,也没有我的份。据说,省高招办讨论了我的问题,最后决定:不能录取谢春池;否则,张铁生是对的。我高考落榜了,幼鸣她家人当然很失望,幼鸣更失望。因为,我没有在这一次决定一代人命运的高考中,改变社会最底层的知青身份。幼鸣不死心,她家的人也不死心。1978年夏季招生,他们又要我参加全国高考,我决然回绝。我说我没有被录取不是我不够水平,我没能读大学不是我无能,而是招生部门的问题。况且,我从来就没有想一定要一张大学文凭。落榜我虽几分沮丧,却没有什么痛苦,甚至有一种解脱的轻松。不上大学没什么不好,从前我怎么活,今后也照样怎么活。我对自己说:今生不再参加考试了。不过就在1978年五六月,我还是去考了一次。

必须讲一讲幼鸣的父亲。老先生尊姓大名叫"陈允敦",被英国人李约瑟写进世界第一部《中国科技史》。抗战期间,厦门大学迁到闽西的长汀,李约瑟应邀到长汀访问厦大,也采访了他。那时,老先生已经在厦大教书,他教的并不是数学,应该是化学或化工。其实,老先生当时在中国科技界名不见经传,也没什么突出成就。那么他为什么会被李约瑟写进《中国科技史》呢?因为他是中国做计算尺的第一人。据幼鸣说,她父亲用厚纸皮制作的计算尺精准、好用,而且便宜,大受师生欢迎。那时,她家除了她父母,她还有两个姐姐、一个哥哥。她于1946年12月底在长汀出生,那时候厦大还没有迁回厦门来。好像是50年代末或者60年代初,她父亲被卢嘉锡从厦大调到福大去,任福大化工系的教授。华大复校的时候,没有正教授,只有副教授,就调了两个已经退休的老正教授去"站桩",幼鸣的父亲是其中一个。已经退休定居老家泉州的陈允敦教授,就到华大任教,时年近八十。幼鸣的母亲也年逾古稀。两位老人身边没有一个子女。因而，老先生向校方提出条件，希望调一个子女过来。此时，幼鸣的大姐、大哥分别在北京、大连等地工作，家也安在那里。她弟弟比我大一岁，1977年考进福州大学，得读四年书，待到1981年才毕业。显然，只有也在上杭教书的她二姐和她较可能调到华大。她父亲选择了调幼鸣。

记得是1978年春节过后不久，华大化工系一位姓翁的教师，来到上杭，约了幼鸣和我去县城见面。幼鸣从南阳去，我从湖洋去。见了面，了解了情况，翁先生犯难了。他说，陈幼鸣调入华大没问题，谢春池是民办教师，没有编制，调不走的。这个问题完全没办法解决，怎么办呢？我当然懂得这些规定。我对翁先生说："先将幼鸣调走，她父母亲那么老了，身边不能没有子女陪着，我以后再说。"翁先生说："对于你们夫妇俩，这是一个好机会。这次你没有走，以后单独调华大，太难了。"我答："这是没办法的，以后的事情，以后再说。走一步，看一步。"总之，妻子因身份是公办教师，属编制内的国家干部，有条件调动；丈夫因身份是民办教师，不属编制内的人员，甚至是农村户口，当然没有条件调动。我知道这个社会是不公的，人是分为三六九等的。虽然，我一直不在乎这样的体制，但如今自己碰到了此类事，肯定不会痛快。平生第一次深刻地体验了社会不公平的现实，以及在这个社会，身份对于一个人的重要性。可是，我依然我行我素，至今，我还是藐视这个所谓的重要性。

在那个年代我就什么都不去争了。1977年底，我参加高考没有被录取。据说县教育局的领导非常恼火，这是让我绝没想到的事情。他们说：这个谢春池都超过录取线了怎么没有录取？这太没有道理了！1978年春节过后不久，他们就将一名民办转公办的编制名额下达给湖洋中学。没想到，由于我与时任校长张俊昌有一些过节，他便不想将此名额给我。当县里把这个转正的表格发到湖洋中学,校长却把这个表给了比我迟到这个学校任教的女知青宋菊芳。她是上杭一中73届高中毕业,上山下乡到我们公社观音井的果林场,来中学后成了我的好朋友。她没填表格,却拿着表格到我宿舍说:"春池啊,这个转正的表校长给了我。"我真诚地说:"给你很好啊。"宋菊芳是本省著名画家宋省予的女儿,她哥哥宋展生是上杭一中老三届高三的,在县工艺厂就业,跟我很熟,是朋友。我和本校体育教师黄德森经常跑到小宋家里让她母亲给我们煮好吃的。我说:"小宋你转正后争取到时候调回到上杭去,才能跟你母亲在一起。"她说:"这不对,这表格不应该给我,应该给你。"我说:"老张不会给我,他对我很有看法,你又不是不知道,给你很好,没问题。"小宋认为不应该给她,她说我比她早来当民办老师,比她水平高,比她贡献大,所以这表格应该给我,怎么会给她呢?显然,拿这张转正表格她心里不踏实,不安,才来找我。我1971年结婚的时候,厦门四中那些同学说:"春池啊,你完了,这辈子要待在农村了。"我说:"我把你们每个人送走,我依然能离开。"我相信凭我的才华,不可能一辈子就留在农村。几年之后,已被招工回厦门的学长黄俊生全家要去香港定居。他说:"春池,你娶妻生子,这样下去,你完了,你一辈子要待在农村。"我非常自信回答:"不可能,我一定会上调!"当时知青调走要填表,需要三方面签字:一大队领导,二社员代表,三知青代表。我是湖光大队的知青代表。每个知青被招工走的时候都由我签字的。因为,大队领导认为我结婚了不会走了,就让我做大队知青领导小组的成员。我就告诉调走的知青们说:"我送走你们,我最后走。"

宋菊芳将转正表格填完后,校长就送到县里去了。据说县教育局领导发火了,说:"你们怎么这样做呢?这张表格就是给谢春池的。如果不是因为谢春池,这个名额不会给你湖洋中学的。再给你一张表格,拿回去让谢春池填。"张校长知道怎么一回事,也很无奈,将新表格带回来让我填了。我觉得委屈了小宋。1977年高考之后,民办教师转正,需要参加转正考试。当时转正考试地点设在上杭县教师进修学校食堂。大概十来个人,有中学的,也有小学的。我数学都不懂。监考人员跟我讲:"你随便写一下,走个过场,没问题。"考后,心中难免有些忐忑,谢德昌说:"没问题,你作文考得很好,考了第一,回去等办转正手续吧。"虽然我一声谢谢都没说,心里却真的非常感动。说句不好听的,此前我不认识两位前辈,也从未给他们送礼,他们竟对我这样好。下乡十年我送过两次礼。一次就是给"四面办"的具体负责干部钟××送了一瓶油。是什么原因呢?因为我请假回厦门超了不少时间了,怕此人找麻烦。另外一次是我在公社报道组,送了两包厦门产的速熟面(即今天的泡面)给公社革委会一位邱姓副主任,希望他多加关照。其实,就是拉拉关系,套近乎。就这两次。那次转正考试的结果没公布,县教育局的人说十几个人考数学,我考的最差。5分还是6分,我忘了。我大概总共就做了两三道题。语文我是最高分,说是将近满分,县教育局通知我转正考试通过了。记得转正考试在5月。9月,我领到转正公办后的第一次工资,是35或36元,忘了。一时觉得好大的一笔钱!

当华侨大学决定先调幼鸣回到她父母身边,我很高兴。两位耄耋老人终有子女陪伴伺候。我更高兴的是幼鸣,她终于结束了自己绝对不愿待的山区生活。由于她的身体一直不太健康,由于她及其家庭的经历与遭遇,由于她的人生取向和精神需求,尽管有一份在那个年代不算少的薪水,48元,但乡村中学任教的艰辛,对于她,似乎比别人更甚!如今,她终于能脱离"苦海"了。她当然希望夫妻俩能一起调往华大。然而,我的民办教师身份像一座大山挡住我离去的道路,她只能独自调走。在调动的初期,我的身份问题弄得幼鸣和她父亲很尴尬,我也很无奈。当然,我也和幼鸣谈及今后的生活问题，但，在那个自己没有选择户籍、职业的权利的社会，未来总是很渺茫的。

没想到的是，真是人算不如天算啊。谁也没想到我在1978年下半年，意外地民办转公办，这让幼鸣很高兴，她在第一时间写信告诉她父亲，很快，华大人事处同意我俩一起调入该校。身份不同，处境立刻改变，1979年上半年，商调函寄到上杭县教育局，我和幼鸣去华大工作，已成定局。但是我母亲不愿我去华大，希望我回厦门，也不让我住到泉州幼鸣父母家，我也不想，因为，肯定难以相处，会产生很多矛盾。我告诉父母，去了华大再说吧。

调到华大去，做什么工作？教书吗？我仅是一个乡村中学的教师，可能吗？即使一批有专科乃至本科文凭的人调来华大，也不一定能让他们去教书。有的分在校机关单位，或系办公室、实验室、校办厂，还有好几个分配到城东中学教书。这所中学后来成为华大附中。幼鸣比较幸运，她本是大学数学系本科毕业，顺理成章对口安排在数学系当助教。而我的岗位安排几乎成了校人事处的一个难题。我被搁置了很久。于是，我向校人事处请了半年假。没想到人事处处长老孟大笔一挥，批准了。我即重返上杭，协助县里举行纪念古田会议召开五十周年活动。到1980年1月初，才回到华大，重新等待分配。

这一段日子，很优哉。不过，心里其实也有一点点忐忑。猜想校人事处不知道如何安排我的岗位，是否因为自己的身份问题。按当时体制，我在湖洋中学民办转公办，仅是体制外转入体制内。我自认为，自己的身份是工人编制，而不是干部编制，充其量是以工代干。如果这样，我将被当作职工或工人安排在相应的岗位上，那就不可能得到一份自己喜欢的工作。校人事处的几位干部待我不错，特别是时任人事科长的老赵，一个好人。他约我去人事处谈谈，我去了。这是第一次。那个时候正放暑假了。他说："你是中学教师,去城东中学教书吧。"这我当然可以接受了,我不能来了华大不干活吧?他说:"你文章写得好,去教语文吧。"我心里头已认可教书,但不想教语文。两个班100多学生,100多本作文本。所以,就说我在湖洋中学主要教政治。老赵沉吟一下说他们眼下不缺政治教师。我坚持只能教政治。他说那就不去。第二次老赵又约我去谈。他们阴差阳错让我去办《华侨大学学报》。华侨大学当时没学报,老赵说学校要创办一本自然科学版的学报。当然华大现在人文科学版学报也有了,以前没有。老赵让我去的理由非常出乎意料。他说你很合适,因为学报要登很多图表,你会画画啊。我有些啼笑皆非。显然,人事处把画画与绘制图表混淆了。我说画的图跟这个不一样。他不管这一些就要我去。我笑着说:"老赵这一次我服安排。"他很高兴。用长辈的口吻说:年轻人,好好干!其实,我能领到编辑这个活,心里是非常高兴的。这是我想做,有兴趣做,也会做好的工作。我觉得自己很幸运。华大刚复办,部门配得并不齐全。学校教务处下设科研科,只有一位徐姓的老大学

1981年秋,华侨大学,与学生友人合影

生负责日常工作。科研科下设《华侨大学学报》(自然科学版)编辑部，只有我一人。没想到调到华大，我的第一个身份竟是"编辑"。

我是在不懂得什么是编辑的情况下当编辑的。1967年1月，"文革"第二年初，我加入厦门四中红卫兵独立团，为该组织创办了一张油印小报《井冈山之声》，从组稿到编稿，从写稿到设计版式，还有美编，甚至刻蜡纸，油印，都我一个人做，全包了，完全是无师自通。这期间，我还编印了一本小32开的油印红卫兵诗集《井冈山诗抄》，大概只印了一百本。可惜，作为我编辑生涯的开始，这一报一集竟荡然无存。不久，到厦门市大中专总司令部做宣传工作，参与铅印小报《厦门八二九》的编辑，学会了很专业的编稿、发稿、画版式、校对，懂得很多符号，印刷铅字的字体字号线条等等。我是带着钢版刻笔蜡纸去农村插队的。1969年刚到湖洋公社，我就创办了《红农诗刊》，一个人自编自撰自刻自印自发行，乐此不疲。这《红农诗刊》还有两份遗存。70年代中后期，我开始介入本县的文艺刊物《上杭文艺》《群众创作》和本地区的《闽西文艺》的编辑事务。编报纸刊物，成了我很热爱的一件事。因而，到《华侨大学学报》做编辑，敢说驾轻就熟。况且，那些自然科学的论文专业性极强，各专业论文由该专业相关学者教授审稿，我只负责编成杂志的事务。在我一个人的操持下，《华侨大学学报(自然科学版)》创刊号，如此出版发行了。华侨大学终于有了自己的学术刊物。这种没职称却有实际运作与操作的编辑工作，我一直做到1989年调离华大才结束。学校领导不让我编辑《华侨大学学报》之后不久，教务处领导让我编辑八开铅印的《教学简讯》。很快，我将它改版为四开铅印的《华大教学》(报)。我还为本校不定期16开的铅印学术刊物《外语教学》《高等教育研究》做编务，创办并主编四开铅印的文学报《华大文坛》和"华大文坛丛书"等。几年后，科研科升格科研处，从教务处分离出去。我仍留在教务处。调离华大时我的身份是科员。十年间，在校内我还有其他若干身份，如上述的报刊或图书的主编，华大学生文学社顾问，华大教工篮球队队员，数学、旅游、外语、土木多个系学生篮球队的教练。我带过78级、79级、80级及其后几届的男女学生篮球队。我的球员们自然称我为"教练"。这是一个让我享受快乐的身份。如今，华大副校长，当年数学系78级学生、该系篮球队队员彭需，每次与我见面，必称"教练"。这是他的习惯。对我而言，亲切无比！我非常喜欢这个身份。十年间，在校外，我也有一些身份。1980年，我成为中国作协福建分会会员。不久，我成为中国当代文学研究会会员。《华侨大学学报》创刊号出版发行后，没想到校领导把我给整了。不能说完全与身份有关，思想冲突则是内在的原因。这一点，留到以后再谈，这里简要地谈一谈被整事件的过程和结果。

一切当然和我所在的教务处有关。华侨大学复办最初几年，校招生办公室未独立设置，而是由教务处为主运作，由教务长林莆田先生领导。莆田先生一向善待于我，也认为我算得上是一个能力很强的下属。1978年、1979年，华大两季招生简章据说较不讲究，莆田先生将撰写1980年招生简章的任务直接交给我。我独自一人组稿、编辑，将这款招生简章设计成对开的招生广告。莆田先生很满意，交付校印刷厂排印，两次清样皆由我校对，终校清样由莆田先生校对并签字付印。一切安然无恙。1980年暑假，我还和土木工程系女教师、厦门同乡老大姐方稻香，一起返厦门，到厦门同安的各中学对生源进行摸底，顺利又愉快。没想到，1981年，这款招生简章成了我的一个"罪过"，让我挨整。

众所周知，改革开放至今年是四十周年，那么，当国门打开那一瞬间，西方的现代的文明、文化即潮水般地涌入。如今人们知道，整个80年代被史家称为思想大解放的年代。此时，中国大陆开放之前的那些观念、意识、情怀、认知、习惯，等等，特别是体制与机制，无论如何会自然或人为地产生反应。各种思潮的碰撞、交锋、激荡、冲突、融合，社会反应之大，前所未有。华侨大学虽然是大学校园，却不是世外桃源，不可能置身时代大潮之外。1981年部队著名作家白桦的电影文学剧本《苦恋》被批判，随之而来，全国即对所谓的资产阶级自由化进行讨伐。城门失火，殃及鱼池，连朦胧诗也遭到围攻。谢冕、孙绍振、徐敬亚的"三个崛起"自然受批判。孙绍振在福建师大日子难过，当时并未站在朦胧诗一边的我，也挨整。在这样的环境中，我却在华大传播所谓的"民主自由"，所谓的"思想解放"。华大于1978年开始招生，招三个系，数学、土木和化学。78级那三个班思想最活跃。从77级开始，大学生搞民主竞选、发表宣言、竞选学生会主席，当时我周围就聚集着这么一群人，我支持他们。当时，迪斯科刚刚风行，学生们跳得很狂热，校方反对并压制。我是支持的，这是校方不能容忍的。据说，校党委们很恼火，在某次会上决定要整我。怎么整呢？我没犯什么错误啊。于是，不知是宣传部哪一位前辈，挖空心思，发现1980年招生简章上有"严重错误"，立即通知我停职检查，并停发工资和奖金。我以为真是自己工作不慎，这款招生简章有"严重错误"。当时我怎么没发现？于是找来那份招生简介，非常仔细地再看一遍，仅有个别字和标点有误，总计五处，这算什么"严重错误"，让校方对我如此大动干戈？我得讨个说法，我拿着那份招生简章找到莆田先生，他说他没有办法，对我采取措施，是校党委的决定。我说，这份简章是你亲自签字付印的，仅小错，却让我担重罚，这太不公平了。莆田先生说他也同情我，但爱莫能助。我非常失望，愤愤离去。此时，身份的高低尊卑与重要性显现出来。我如果是教务长，或教务处长、副处长，还会无辜被整吗？我知道真实起因是厦门同乡的学生们周末举行了一场文艺晚会，出事了。

所谓的出事，我说出来，你们会觉得很荒唐。华侨大学复办时,教学跟办公都在同一栋楼里,宣传部是在底层,按现在的说法,是负一层。厦门同乡的学生们在三楼的一间教室举办周末舞会活动,两个不太守规矩的学生带了一瓶洋酒去喝,劝了也没用。他们喝完酒把酒瓶扔到楼下去,宣传部办公室出入口地上都是酒瓶碎片。第二天上班,领导火了,令宣传部速查,说谢春池昨夜在场。我参加了晚会,还为它起名字,叫"白鹭舞会",但我没有参与策划。我说你们学生要弄,你们自己去弄。当时华大不是只有这个厦门的聚会,还有北京的聚会、朝鲜族的聚会、香港澳门的聚会,等等。这一些校方都未禁止和处理,就找厦门的,谢春池跟着倒霉。不知是校办公室,还是宣传部,给我捏造罗列了九条错误,由教务处在全处大会上宣布。宣布时把我支开,会上还宣布停发工资,停发奖金。这种荒诞的做法,与"文革"如出一辙!不过,我特别安慰的是周围绝大多数人的态度,几乎没有恶意,有的则是同情。多数人不了解情况,却以为这么一个所谓过错,不该扣发工资与奖金。人们刚从"文革"浩劫走过来,特别反感整人。好几位和我一样插过队的老三届与知青、工农兵学员毕业的年轻教师,特意到我宿舍来安慰我。我记得有后来任校后勤处长的蔡贤恩、有后来调回海南的陈运藻,还有后来任校党委书记的李冀闽等。他们都直言不讳地认为校方这样做过分了。而我们教务处的大多数同事,都为我打抱不平。因为他们了解我,也了解一些事实。一向对他人之看法不太在意的我,此刻自然非常感动。对比支持学校整我的幼鸣和她父亲,我着实感慨万千啊。教务处开会宣布我九条错误之后的第二天,领导派了教务科苏科长找我,宣布校方决定并强令我每天要来办公室报到与检讨。我所谓的检讨就是陈述事实。就在这之前,我出面成立了华侨大学文学社。文学社举办全校征文,我是评委,征文影响全校,我被强令不能插手文学社。我想这样不行,那怎么办?不少厦门籍学生聚在我房间,他们很愤怒,说要为此事聚众游行。我说没有必要,别弄出一个学潮。他们说:"连你的工资奖金都给扣了怎么生活?太不像话!"我说:"我可以处理好这些事情,你们放心。"

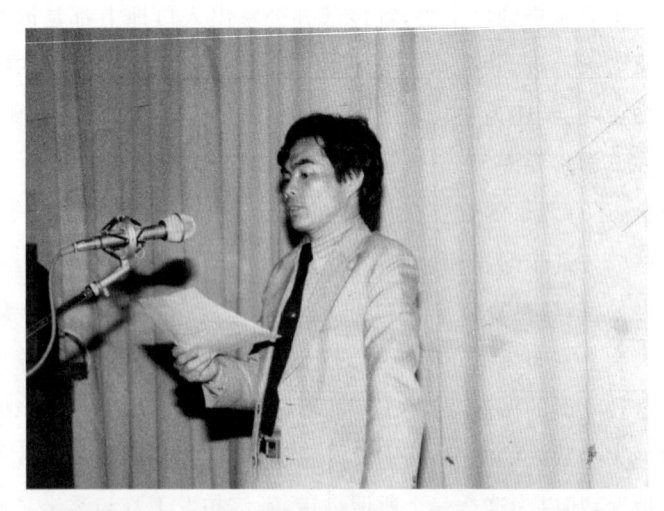

1986年5月,华侨大学,担任福建省高校演讲比赛主评委

我还说如果真的没钱吃饭了,我就把那一套香港西装拿到陈嘉庚纪念堂门口的广场挂起来拍卖,说鄙人无辜挨整,被扣工资,三餐没有着落。我们华大党委书记兼常务副校长汪大铭,在"文化大革命"前任厦门市委第二书记,新四军出来的,算老革命。"文革"中,他和妻子王曼双双落难,被"革联派"穷追猛打,四处躲藏,被我们"促联派"接到厦门日报社保护起来。我那时与同派同学进驻厦门日报,住在中山路报社大楼顶上加层的五楼。汪大铭夫妇也住五楼,每天可相遇。当年我们保这个"走资派",今日他整我这个平民百姓。汪大铭的女儿汪梅田,工农兵学员,读中文的。此时,已从外地调来,在华大党委宣传部任职。她是福建师大毕业的,喜欢文学,也写写散文,跟我关系不错。看着我被整,也不以为然,更不忍。不时悄悄地对我透露些消息,提醒我当心。

我不能就此束手待毙，决定去找另一个人，校党委副书记兼副校长，也是新四军出来的雷霆。我敲了他住宅的门，他严厉问道："你来干吗？"我很不礼貌地说："我要找你。"他说："给你20分钟。"我随他进了他客厅，我一开口就质问，声音不大，却理直气壮："你们怎么平白无故要整我，总要说出理由来。'文革'你们老干部被整了，现在你们把'文革'那套弄到我身上。""你们让教务处宣布我九条罪状，教务处领导跟我谈话的时候都不知怎么开口，因为，他们知道这九条一条都没有的，或者说是莫须有的。""凭什么扣我工资，你们'文革'被扣工资，现在轮到我这种平民百姓没理由地被扣工资了。"我将所有事情，包括我的家庭问题如实告之，我说："雷书记，我告诉你，这九条'罪状'没有一条是事实，那你们看着办吧。"我非常不客气的。他沉默一会儿，口气完全不同，相当温和地说："我们会处理好的。"原本20分钟最后谈了40多分钟，雷霆还送我至门口。我明白，事情会有转机。

第二天，财务处通知我去领工资，但奖金不发给我。当年的奖金是每个月6元，扣了我半年的奖金。1981年上半年我的奖金36块被无端扣了，华大到现在都没有还我，37年连利息加起来该多少钱？那九条罪状他们到处找人调查。不过，都如我所说，结果没有一条是事实，就没办法处理我。校方下不了台，非常尴尬，最后不了了之。这总算是一个事件，虽然不大，也闹得全校沸沸扬扬。所有的校领导都装作与这件事情无关。教务处领导特别难堪，副处长郑厚生觉得没办法跟我交代。原本我每天都要去教务处上班，坐在那边写检讨，一星期后我不去了。再后来我时而去办公室，时而不去。我不向校方讨要说法，他们没有办法给我做结论，最后让教务科长老苏来和我谈。老苏似大我20岁左右，他有些尴尬，不太流畅地对我讲："老谢啊，我们去调查好几个月了，最后没有证据说你做了那些事。"我说我本来就没有做，你们怎能找到证据？谈话末了，他也觉得学校较为过分。他没有向我表示道歉，因为领导没指示他这样做。我就在他这个科，我不去上班，没有一个人敢叫我去上班的。我暗下决心，校方如果不给我一个公正的说法或道歉，我就不再上班了。我希望校方一直对我保持沉默，我就永远自由，不上班而且问心无愧。一直到了1989年8月，我调回厦门之前，我都未曾按规章制度上班。处领导睁一眼闭一眼，熟视无睹，他们知道校方还欠我一个结论或道歉，也就无意管我了。那几年我不上班。一般早晨九点来钟去教务处走一走，跟同事们见见面打个招呼走人。下午打打球，晚上喝酒喝茶，会朋友，读书，写东西。好长的一段时间，我成了闲人一个，连政治学习也不去。有一回，一贯善意待我的副处长老郑，小心翼翼对我说："老谢，你不是很会编东西嘛，要不然我们来编个教学简报？"编辑这个活是我热爱的，再说，我领一份工资，也得干一些活。于是，我爽快地说可以没问题。老郑很高兴，华侨大学教务处有了自己一张很专业的教学简报。我的身份依然是编辑，感觉不错。教学简报每个月出一期，每一期我半天就可搞定，印得很漂亮。在华大校园里，一时引人瞩目。不到一年，我不满足，就将这一份小报改版，改为《华大教学》。当时的中国高校，这是一份罕见的教学专业报纸。在华大谁也没想到我这个身份低微的人，敢于叫板任何自以为权力在握不善待下属的人。数学系某领导参与整我，此人后来任学校党委纪检负责人。因某件事，他在公开场合贬损我，我直接上他家质问，我错在哪里？堂堂一个系领导，竟极不礼貌地待我，我直接去找校领导陈述。从此，我不理此人，路上相遇，我不愿和他打招呼。调回厦门后，时而去华大，遇上时，点个头。我不是记恨他，而是不屑。在华大的岁月，是我一生中最痛苦的时光。当然，也有快乐的经历。特别痛快的就是打球，篮球、排球都打。我还组织球赛，组织南北区教师对抗赛，组织教工排球队跟学生冠军队打比赛。在学校教工篮球队中除了教练,我年龄最大。我的宿舍成了篮球俱乐部,聚在一起喝酒是常事。我的两层木头单人床的床底下,摆满酒瓶。如此放纵,不病才怪!不过,从某种意义上说,我也得感谢华大。因为高校相对于社会来说,毕竟不那么脏乱杂,比较静,比较纯,充满文化与学术氛围,这是我最喜欢的地方。华大当时的校园文化其实很适合我,华大就是我的防空洞、避风港。再加上华大不重用我,我就有更多时间了。参加各种各样文化体育以及沙龙活动等等,我可谓如鱼得水。80年代是中国的文艺复兴时期,华大也欣逢其时。但毕竟远离大城市和政治文化经济中心,搁在泉州的东部郊区,信息总是滞后。加之它复办之初,各方面缺乏高水平的领军者,在思想解放运动中,人文的传播较为乏力。学生们自然渴望接受现代的文明与文化,然而,此类讲座,特别是文学讲座偏少。因而,在我被整的后期,耐不住寂寞的学生文学社,悄悄地在学生第一食堂办了一次讲座,由我主讲。虽不敢贴海报,仅口头通知,竟也来了一百多人。我记得讲座内容是当代文学与大学生的关系。

2000年12月,华侨大学,赠书仪式

我恢复自由不久，校学生会邀我开第一次讲座，地点在华大唯一的梯形教室。学生都知道我刚被整了。而来听讲座的学生还有教师爆棚，一百多个座位坐满了，两边过道和后排后面的过道，都挤满了人。我讲的题目好像很另类，记得是"新闻与美学漫谈"，也吸引听众。一站到讲台上，我见听众满满当当的，兴奋度就高起来。这是我一生中最难忘的讲座，内容新鲜、案例生动，观点不一般。我不时抛开讲稿，自由发挥，高潮不断，掌声也不时爆起。我自以为是很成功的一次。当场我提出，也是第一次提出：毛泽东说虚心使人进步，骄傲使人落后，固然没错，但是我认为也可以是虚心使人落后，骄傲使人进步。话音未落，全场响起热烈的鼓掌。校学生会会刊《华大学生》迅速将我这个讲座做了报道，在校内引起很大反响，很多教师都经历过"文革"，没人敢讲这种话，也从来没听过这种话，为我担忧。如果在"文革"讲这话，会被抓去枪毙的。我在讲座上这样说："我从这个角度讲没错，大家都虚心，谁都不会进步，都说自己不行，那就真的不行。我们中国人，不要讲我不行，要讲我行。"全场热烈鼓掌。我好像读了某位诗人的一句诗："我骄傲，我是一棵树。"一棵树都骄傲，我们人更要骄傲。全场掌声雷动。我的这一观点一讲，讲了近四十年，现在还在讲，很多人赞同我的看法。在湖洋中学，我是讲课者，在华侨大学，我开始成为讲演者。这个身份，一直伴随我，走到今天，我很喜欢这个身份。我还曾经在大学讲台上，开了一门必修课，叫"演讲学"。

你以前问我，在华大有没有教书。我告诉你没有，真是没有，但却在大学里开过课。没有文凭，在大学里开课，这种事，在上世纪八九十年代，或许是少见的吧？

我什么时候结束被整？这事件持续了大约两个多月就结束了。此后，我在华大再也没有遇上什么穿小鞋的窝气事了，教务处保护了我。那两三年，我在《人民文学》《人民日报》《散文》《福建日报》《福建文学》等报刊发表不少散文诗歌,华大上至校领导,下至一般教师,对我都有了新的认识,不少学生也敬慕我。特别是1987年2月,《泉州晚报》发表了林鼎安先生所撰的人物通讯《从闽西到闽南——青年作家谢春池印象》,在泉州文坛引人瞩目,更在华大校园产生不小反响。多位领导和教师对我说:你成了作家,可喜可贺。"青年作家"这个身份,在80年代很耀眼,我没有一点窃喜,但知道这个身份有利于本人在这所大学谋生。

80年代末,没想到我又短时间地回到讲课者的位置,在大学里开课。一个没有文凭的科员,竟然在大学里开课,这种事情在上世纪八九十年代的中国高校,肯定少见。1987年,仰恩大学创办是以"仰恩学院"挂靠在华侨大学的,从院领导到专业教师,都由华侨大学派出。第二年,仰恩学院招收第一届学生即88级学生,其中的动物饲料专业招收了两个班,人数七十多人。据说该专业学制五年,它的课程是参照美国而编制的,二年级下学期有一门必修课,译为中文即"通话",是训练学生口才的课程,我称它为"演讲学"。1988年年底,该院教务处负责人郑向敏是华大青年教师,和我都是校教工篮球队队员,彼此关系不错,他对我的情况较熟悉。他找我,说仰恩学院动物饲料专业于1989年上半年得上"通话"这门必修课,找不到教师。他们教务处打算请我教这门课。我答,我没有文凭,也没职称,怎么行呢? 他说:"老谢,你最合适啦。"我又问:"怎么个聘法?"他答:"我们聘你为讲师。"我再问:"有没有教材?"他又答:"没有,国内高校没设这个专业,所以,你还得自编教材。"我答:"没教材得编,我不能接受聘请。"我婉拒了。仰恩学院设在泉州偏僻的乡村马甲,从华大坐学校专车得40几分钟时间,而且,每天只有上午一班去,下午一班返。对我来说,划不来。没想到几天之后,郑向敏找到我工作的华大教务处,向处领导请求支援。又对我说:"老谢,实在找不到师资,就算你帮我个人的忙吧。"

朋友的话说到这个份上,我只好答应下来。还好,仅上一个学期,每星期仅两节课,两节课排在一个下午,连着上。我一个星期累一天,还有60多元讲课费。对我这个穷文人,一个月多了200多元收入,也不错。

我这个人,凡答应了的事,就力争做好。于是,我赶紧上图书馆借来相关的图书资料,又到新华书店买相关的书。1989年春节前后整个寒假二十多天里,我埋头苦干,将一个学期的教材编写出来,保证了我一个学期教学所用。新学期开学,我第一堂课则有些意外。大教室里学生坐得满满的,好家伙,竟有七十多人。一问,才知道这个动物饲料专业两个班,合在一起上"通话"。给三十几个人的班上课,我不会觉得吃力,而给这七十几个学生的大班上课,没扩音设备,讲课必须大声一些,当然累了。况且,我的身体还处在虚弱当中。不谦虚地自我评价,我的课,非常吸引学生,他们喜欢上。我像在湖洋中学教书一样,热爱学生,学生当然尊敬我。偶尔个别学生小声讲话,我绝不客气,只要我停止讲课,眼睛一瞪,那里就鸦雀无声。

虽然,我登上大学讲台,当了一回大学教师,但我不会认同这个身份,更不会去说自己在上世纪80年代当过大学教师。因为,那是两码事。沽名钓誉的事,我不干!一个演讲者,在大学里开了一门叫"演讲学"的必修课,他虽然是讲课者,更是演讲者。我喜欢演讲者这个身份!

2003年,我从市文联创作室回到《厦门文学》编辑部当法人代表、任副主编,主持工作。编辑部有一位年轻编辑,叫王永盛,已到市文联工作八九年,正在读研究生,颇上进。我上任不久,就提拔他当编辑部主任。1994年,他从厦门大学中文系本科毕业,分配到市文联工作,见到我以"谢老师"称呼我。他说他上过我的课。然而,我并没有印象。1993年初夏,厦门大学中文系教授、著名文艺理论家林兴宅到市文联找我。他告知正在给即将毕业的93届学生安排几堂有特色的大课,拟请我去讲一次有关地域文学的大课,并指定讲福建当代文学。当时,福建省评论家很少接触并谈论这个课题,而我已经写了多篇相关的评论文章发表。1990年,我写下《福建散文艺术刍论》,似是关于福建散文创作(整体)的第一篇评论。我是上世纪90年代最早关注福建本土当代文学创作的评论者,才被林兴宅看上。记得那天下午,兴宅教授陪我来到厦门大学的一个梯形教室,并为我做了开场白。我在讲台上一站,一看,真是大课,与我在仰恩学院开的那门课一样,六七十个学生。当然,这对我来讲,是平常事。这一堂课据说让厦门大学学生第一次了解了福建当代文学创作的实绩。前来听课的学生不仅有93届本科毕业生,也有他们下一届即正读大三的94届本科生。王永盛是94届之一员,如果他听过我的课,自然就是这一次了。

不过,最后我还想说的是,我这一生有好多个身份,最重要的身份是哪一个呢?是从我18岁至今永远的身份,即:知青。我如今年近七十,我们这一代人都年逾六十,老一些的有七十四五岁。下意识中,仍然会认定:我们是知青。我有一部重要著作《我知道,我是一个永远的知青》,这个书名,不仅是书名,更是对自我身份和命运的认定。

六 感 情

毫无疑问,人是最有感情的,否则,就算不得人。当然,人又是复杂的所谓高级动物,所以,其感情又是多种多样,非常复杂的。我的一生,一直为各种各样的感情所困。年近七旬,依然这样。这一次,我会谈一些以前从未见诸文字的往事与经历。或许,还会谈一些以前从未披露,甚至连提及都没有的内心隐秘。我非常认同马克思关于人的一个经典的论点,完整的原话我记不住,大意是:人俱有的,我皆有。我以为自己正是这样一个人。

那么,进入感情这个话题。我不谈对物的感情,只谈对人的感情。先来谈谈我与父母的感情。我以为,这种感情是人类最最重要的感情,不可替代。世界上极少数父母对儿女一点都不喜欢甚至讨厌和排斥,少数父母对儿女感情不深,很少关心。反过来说,极少数儿女对父母没有一点感情,少数儿女对父母感情不深。这样的父母,我所知道的至少两对。这样的儿女,我所知道的至少有三家。而大多数父母和大多数儿女之间的感情是很深的。我属于大多数中的一位。当然每家的情况不一样,感情形态也不一样。此外,我不谈父母对我的感情,只谈我对父母的感情。我们这一代人,所受的学校教育,没有"孝"的内容。不少所谓的革命青年,如我,从小都不太听父母的话的。除了十几岁成长少年的叛逆期,更有政治教育的负面效应,特别是"文革"初期那三年。那个年代我们只听领袖毛泽东的话。虽然,我们也爱自己的父母,却几乎不听父母的话。父母若是所谓的"走资派"或什么"黑五类"、有历史问题,参加过国民党或三青团,或是社会上的一些被打入另册的人,我们中的不少人,是以阶级斗争的眼光看待父母的。有的还与父母划清所谓的界线,更有甚者揭发批判父母,将父母当成敌人进行斗争。最可笑的是"文革"派性对抗,若与父母观点不同又处在不同的造反派组织,则誓不两立,你死我活。我虽没有这么"革命",却也对父亲颇有怨气。我非常愚蠢不讲情理地对母亲说,别人的父母会加入共产党,当上八路军、新四军,我父亲为什么去当国民党乡公所的警察呢？1968年,根据那时公安部的某文件,列出所谓"六种人",我父母就被归于其中一种,成为"内部专政"的对象,正在"清队"阶段。我在厦门四中因派性被整,也为父亲所谓的"历史问题"连累。妹妹秀玫刚入读厦门八中(即双十中学)不能加入学校的红卫兵组织,则完全被父亲殃及。母亲听了我的埋怨,就将我的怨言告诉父亲。我父亲听后,沉默很久。若干年后,想起自己的混账,我自然后悔不已。我伤害了也在困境中的父亲。那一刻,父亲一定神色黯然,十分心痛,甚至深感内疚。说到这里,我真想站在父亲的遗像前再次忏悔。回家后,我要点两支香,三拜父亲。这是我一生唯一一件对不起父亲的事,还是大事。因为深爱父亲,所以,我至今还非常内疚！

　　五四运动,打倒孔家店；"文革"期间,掀破旧立新狂飙；批林批孔运动又无端地狠批孔孟之道。"父母在,不远游"这个古训,也让我盲从无知地批了一通。我在乡下给父母写信称,革命青年志在四方,所以我奔赴闽西；"父母在,不远游"是封建时代的反动思想。你说我这信写得可笑不可笑。这是在1971年。可我1969年写给父母的信里则不乏思念父母的段落。平日里,远在数百公里之外的异乡,也时时牵挂双亲大人。因要聊这个话题,我翻找了当年写的一些不合格律的所谓旧体诗词,录下一些这种内容的句子。你看,1969年8月写的"黄梅时节愁分离。望中尽是亲朋眼,梧村月台送行时""擎樽痛饮岂忘家""峰峦重叠路难赊""虽隔数月若数年""回鹭把酒酹江天"。1970年11月,我写下《寄慈母》:"素笺易见慈母泪,朱笔难书游子心。"12月,我写下《归家》:"人生若有寸草愿,岂恐千里行路难。"我时而会问一问自己,感情怎么如此矛盾呢?那个时候,我还不懂得人是一个矛盾体。母亲生了比我小四岁的女儿,俗话说,儿女命,父母缘。不少不了解我的人,听说我是我们家唯一的儿子时,都认为:你爸妈肯定最疼爱你的。恰恰相反,父母虽也疼爱我,但最疼的是我妹妹。因为她乖,我叛逆;她柔弱,我顽皮;她须大庇护,我则很独立。坦率说,小学时,我是个坏孩子,也干坏事,比如,偷钱,偷家里的,偷外面的。为此,我被父亲几次用绳子捆住,用木柴打。即使我被打得浑身疼痛,心里也没一点恨意,我知道错在我。

由于母亲慈祥,我与母亲比较亲近。父亲比较威严,我与父亲有距离。"孝"这个字,小时候听大人说过,但我真正懂时,已近而立之年。从此,"孝"是我对待父母的唯一准则。虽然生活难免有矛盾,有时也与父母怄气,但总觉得自己一直漂泊在外,未能好好地伺候双亲大人,亏欠了他们的养育之恩。所以,在母亲病危期,我在病榻前守了一个多月。1984年农历七月初九,新历我忘了,凌晨3点钟,母亲病逝。我和父亲守在床前。母亲享年70岁。那一年,我33岁。后来,父亲病危,持续了四十多天。白天,我妻子林莺、二姐谢亚玉、小妹谢秀玫轮流看护;晚上,我儿子谢翊看护上半夜,我看护下半夜,从凌晨1点至6点。父亲走时,也是凌晨,早一些,两点多。地铺前,就我一个人守着。父亲享年91周岁,即是2011年4月14日,当时我已过60周岁生日。我尽了一个儿子该尽的责任,但悲痛的心情,至今还未彻底的消逝。

1969年6月2日,与送别的家人亲戚合影

  亲情中,对我而言,与父母的感情排第一,也最重。与外婆的感情为其次,可见我对外婆的爱不一般。其实,我这么排或许不太妥。但,我的心像一把秤,不同感情一放到心里,我都会称出其分量。我少年许多美好快乐的时光是在同安乡下度过的。此时讲起我外婆,和外婆在一起的情景历历在目。我在母亲和父亲生命的最后一刻陪在他们身边。此前的1970年夏天,哪月哪日我记不准确,妹妹告诉我是农历六月初九。我查了一下万年历,这一天新历是7月9日。我大约是7日无缘无故从插队的上杭返至厦门家中。8日有外婆同村的乡亲到厦禾路老屋告知,外婆病重躺床已有数日。我心一惊,觉得是不祥之兆,母亲也有同感。9日上午,我随母亲乘客车抵同安县城,再乘载客的自行车赶到外婆的村子。进入那座老宅,直入外婆房间。躺在床上的外婆已昏迷。家住同安果园公社的二姨母比我们早到一会儿。不久,二姐和二姐夫也从杏林纺织厂赶来。母亲俯身喊着外婆。喊很久，外婆才微微睁开眼睛。母亲在外婆耳边说：阿池来了。我也俯身喊着外婆，外婆身子动了一下，头转向我，看了一眼，从眼角滚落两颗浑浊的泪珠，嘴角动了动，随即闭上眼睛，走了。母亲和二姨母号啕大哭。当时是下午，似是3点多钟。外婆享年80岁，那年我19周岁。外婆辞世47年了，我对外婆的怀念，依然很深。这个时候说起，内心依然沉痛！

大姐和二姐是母亲和她第一任丈夫所生，我父亲是母亲的第二任丈夫。我和妹妹是他俩所生。我们兄妹和两位姐姐同母异父。大姐大我17岁，二姐大我15岁，我对两个姐姐都有感情，但对二姐更深。二姐逝于2013年，享年77岁。大姐逝于2017年，享年83岁。两位姐姐病逝前两年，由于她们的某些行为与做法，让我对她们的感情淡了许多。但她们先后故去，我都很伤心。在灵堂送她们火化时，我都潸然泪下。

和妹妹的感情比和两位姐姐的感情深，不仅因为同母同父；还因为，我和妹妹年龄差距小；更因为妹妹从年少至现在，算得上很不幸。况且，我们姐弟姐妹四人，妹妹最小。妹妹做人处世，有自身一些问题。但无论她有什么错，有什么不对的地方，我都包容她。因为，我爱妹妹！但，如果没有足够的篇幅，会让读者误解。我说一些要点吧。不是说儿子来这个世上是为母亲来的，女儿来这个世上是为父亲来的吗？！不是说女儿有恋父情结，而儿子有恋母情结吗？！回头看我们家不太符合这些说法。我几近没有恋母情结，妹妹似乎也没有恋父情结。我儿子既不恋母，更不恋父。反而像某种世俗之说：父子是一对仇人。我非常希望自己和儿子能够像汪曾祺那篇写他与儿子的感情散文《多年父子成兄弟》那样。然而，努力了四十几年，遗憾未能"成"。当然，我和儿子也不是仇人。儿子生于1971年冬，如今也四十有七，中年人了。自走向社会,做什么事都不顺利,屡遭挫折,生存极为艰难。原因很多,客观的、主观的都有。他个人存在某些毛病与不少问题,命运也不断捉弄他。我遗传给他的不是我的优点,而是缺点,也是不可忽视的原因。因而,作为父亲,我竭力帮助他,至今从未停下援手。我对儿子有恨,那是恨铁不成钢;我对儿子有爱,这爱很复杂。两人之间的感情很复杂,爱就很艰难了。至于他的儿子谢曜远,我唯一的孙子阿曜,我当然爱在心里了。我是单传,我儿子是单传,我孙子又单传。传宗接代是大事,是中国人传统观念中的重中之重,我不太认同这种观念。但我孙子非常可爱,非常值得我和家人爱他。他生于 2005 年春节,正月初八,今年 13 周岁,在槟榔中学读初一,个子一米七十以上。我虽然不像周围很多的老三届同学、知青兄弟姐妹那样将第三代当成生命一样酷爱,却也非常疼爱他。不被他称为奶奶而称为姨婆的我妻子林莺,对阿曜的爱也非常深。我只说一件小事,我外出一般不会给家人买礼物的,至今,我外出好像从未给小孙子买礼物。但,林莺很多次外出,都给阿曜带回礼物,让我特别欣慰。

　　我一生最难舍的一种感情,就是友情。我对友情很看重,某些时候甚至把亲情摆在友情之后。这种"错位"在于一种观念,即:家人可以随便,友人不可怠慢。前面所说的,1971 年过春节,我未至南阳中学与妻儿在一起,却随杨舒芃、邱梅萍夫妇返厦门,就是一例。我一生交友,不负友人是我的准则。我敢说年近古稀,没有一次违背这个准则。即使做得不那么好,我都得给一个交代和解释。我可以骄傲地说,我这一辈子没有出卖过一个朋友,没有后面捅过一个朋友,没有给哪个朋友设过陷阱,没有利用过一个朋友去达到个人不高尚的目的,连恶意欺骗朋友都没有过。而且,我大可夸海口,我的朋友中,没有谁像我有那么多好的、真的、铁的朋友。这么说吧,男性的知己,女生的知己,不少于一打,即十二人。我以"不为物喜,不为己悲"要求自己,似不该如此用朋友来炫耀自己。是的,不该。但我一想来到世界走这一遭,竟然拥有那么多男女朋友,真的很值,就忍不住对你眉飞色舞地夸自己了,请多见谅。这不等于我与朋友之间没有分歧,没有矛盾,没有误会。不愉快的事情总会发生,分道扬镳也发生过几次,可以成为陌路人,绝不能当仇人。这世上不乏小人,朋友群里也有若干小人,从前我会对这样的小人反击,后来,我不反击。我甚至对把拳头舞到我面前的人,把瓜子丢到我身上的人,予以完全的容忍,从此不把他们当作好朋友,甚至不把他们当朋友就行了。当然对那些不再来的,我心里向来尊重的朋友,有的不了解情况便无端公开非议,我也不公开辩驳。有时我因误解和一时性起发火,过后我会一而再、再而三道歉,去化解其心中的纠结。我深感内疚,但我珍惜,非常珍惜所有的友情。我觉得我的人生若缺乏友情太可悲。我至今仍认为友情如金,友情无价。否则就没有"友谊万古长青"之说啊!

友情有男性的,有女性的。如何看待这不同的两种情感,这关系到观念、意识、性别、情怀、审美。我接下来谈你一直很感兴趣的我和异性的情感、我的恋爱和婚姻。当然,这也是世人普遍感兴趣的问题。

谈这一方面的经历,很危险,也很敏感。因为,可以伤我自己,不能伤到别人。中国不是西方,文化与价值观截然不同,认知与认同,差异极大。在西方,人们可以几近毫无顾忌非常放开地"裸"谈;在中国,我们不能这样做。我敢兜底谈及自己,但,我不能把相关女性的事情和盘托出,我还不能将谈及的女性的名字说出来,我必须保护她们。

坦率说吧,我或许是同龄人中较早有性别意识的人。朦胧中对女生有些感觉,是在小学五六年的时候。那个年代别说小学生,连初中生都没有早恋现象出现。因为不懂,更因为社会风气使然,缺乏性方面的基本常识。2000年,我出版长篇散文《最后的母校》一书,曾经写了我们初一年级上生物课的情形。生物课本有一章关于性知识,教这门课的那位女教师,却越过这一章不教,只说了一句:同学们自己去看。出于什么缘由我至今不知道。但在那个封闭禁锢的年代,恐是不言而喻的。

在小学与初中求学的那两个阶段,我这个极为贪玩调皮的孩子,偶尔会关注某几个有个性又长得好看的女生。小学同班有一位辛姓老师的女儿和一位吴姓老师的女儿,还有姓石的女班长,虽然几乎没什么接触,但她们小时候面容姣好的可爱印象,一直留在我的脑海里。不由得想起1964年考入厦门四中初中,8月底去学校注册的情景。那天,我和金木同学找到一字楼我们初一(6)班的教室,走进去的时候,看到中间前面第二排一个女孩子,一下子我眼睛一亮。她穿着白衬衣,梳着两条小辫子,端坐着,静静的,很美。我就觉得这就是我想追求的女生。虽然,初中两年我没跟她说过一句话,离校前也从未接触。上山下乡时,她去了古田,我去了湖洋,此后,再也没有见过面。但,最初一见她的美就再也没有从我脑海里消失过。上世纪90年代初同学相聚,我问起她,据说她精神有些问题了,几近不出门。又说她好像没有嫁人。听了心里难受。当时就想着娶妻子要娶她这样的人,因为她非常的静、甜美。静跟甜美应该说是我一生中选择女人最重要的标准。我的这位初中女同学几年前走了。听到这个消息,一时我很难受。此时我说起她,难免伤感。我记不住她的姓,她的名字我永远记住,很美很温馨的一个名字,叫"微微"。

"文化大革命"去北京大串联时认识的那个天津女孩,是我的初恋,我把她写在散文《初恋并不遥远》里面。1966年11月,我们住在北京林学院红卫兵接待站。这是一座教学楼。她们四个天津女生和我们都住三层,而且是隔壁。初到北京那几天,她们和我们在解放军的带领下到处参观游览,我和她渐渐熟悉起来。她十七岁了,我十五岁。她关心我,来跟我聊天,主动又热情。11月26日下午,毛泽东第八次接见红卫兵,在西郊机场,我们都是在一起的。印象中几天后,她们回家,我们迟几天。临别前的那个晚上,她找我道别,有些依依不舍。我有些不知所措,既激动,又忐忑。这是我一生第一次与女生如此亲近。交换礼物的时候,她亲手把一个精致的毛泽东像章别在我的外衣胸前,隔着厚厚的冬衣,我可以感觉到她手的柔软与温暖。第二天上午,我送她们四位女生到林学院大门口乘车。她最后一个上车,回头深情地点头道别。回来之后,开始通信了。虽是情书,却非常革命化。1967年到1968年,整整写了两年的信,二十多封。上山下乡时我一直带着。调动到泉州华大后,在我住幼呜他们的家,后来搬到华大宿舍,都还在。我用盒子装起来的。怎么丢的都不知道。调厦门之后,我竟找不到那一盒子信了。

她在一封信谈到她参军的姐姐回来探亲,她把我们的事给她姐姐讲了,她姐姐表示支持。我很高兴。她离开北京的那天上午,我送她上车时很想握一握她,却始终不敢。那时候的我们男生女生的距离真是非常的大。北方可能好一些,农村也可能好一些。南方城市,至少在厦门,我们在学校男女之间很少说话,几乎不接触。

送走她,我第一次感觉到了深深的惆怅。她天津,我厦门,那是真正的天南海北呀,什么时候能见上一面?或许,此生再也不能见面。

这就是我的初恋啊。她是1968年上山下乡的。此前,我连续两三个月没有接到她的信。我感到非常奇怪和焦虑。大概是等到1969年初,春节过后不久,她终于来信了。奇怪,寄信地址怎么是内蒙古呼伦贝尔。迫不及待打开信封,抽出信,一看"春池同志",

我懂得，这称呼一变，这段恋情也就结束了。我一时很生气，极不理智地把她写给我的信中比较亲近的文字抄了一遍，仿照那时一张有名的大字报《邓小平论邓小平》，拟了《×××论×》的题，寄给她妹妹。我问："你姐姐是怎么回事？"她在信上告诉我，她去了内蒙古上山下乡插队。我不死心竟动念想申请到内蒙古去插队，什么理由？我说不出来。人家内蒙古会不会接受呢？冷静后我想通了，知道这是根本不可能的事。她这么长时间不跟我谈这个事，或许有什么难处，其实她已经有另外的选择了。从此，她就没有音讯了。如今，她天津家的地址我还抄在一个笔记本上，记得有"袜子胡同"这个名称。从上世纪 80 年代，我就开始寻找她。华大有一个天津籍男助教，与我很熟，和我住同一幢单身教工宿舍。我住三楼，他住四楼。那一年暑假，他返天津，我将详细地址抄给他，请他帮找，没找到。第二年，这个老兄调回天津，我仍然请他寻机代找，他爽快答应，但终没下落。百花文艺出版社在天津，我在该社的《散文》月刊发了好几篇散文，其编辑谢大光出差来厦，与我会面时，我也烦他代找，却没音讯。但，我没有失望，凭直觉，我认为她早回到天津就业，肯定也成家为人妇为人母。总之，一有机会我就寻找。

2005 年 8 月中旬，厦门举办纪念抗战胜利 60 周年全国合唱节。天津知青"草原情"组团前来参加，我觉得机会来了。厦门知青艺术团和草原情艺术团举办了一次联欢酒会。该团多数知青当年就是上山下乡在内蒙古草原，我十分欣喜，将她家原来的地址抄给该团一位负责人。他答应发动团员们帮助寻找。两年间，一直没有音讯。2007 年 10 月底至 11 月初，我率厦门知青访问团赴北京天津与当地知青联谊，应"文革"前的知青模范侯隽女士和草原情艺术团的邀请，探访中国知青村，并与草原情艺术团联欢。我再次留下她的地址给该团知青，他们非常热情，答应一定寻找，还说，老谢,会找到的。应该是2008年春吧,具体月份我一时记不来,记得某个白天,好像中午时分,家里的座机响了,打来电话的是女声,北方腔,好像又有一些耳熟,让我猜她是谁。整个的天津腔,我应该想到她,但我无论如何也没有想到是她。她在那头乐了,说:"我是×××。"我愣了一下,即惊呼起来:"怎么会是你?!"急切地问:"从哪里知道我的电话?我请天津知青朋友找你,他们给你电话?"她说着,我听出她非常愉快的心情:"春池啊,这么多年过去,你还找我,真谢谢你啊。""是的,我一直在找你。"她告诉我,在《天津晚报》所属一个小报上,那个天津知青在上面登了一则"寻人启事"。她工作的那家医院的一位护士见到那则"寻人启事",见寻的人的姓名与她一样,就拿着报纸让她看,她一看就认下了。这是昨天的事。她说她昨天整夜不能入眠,此刻就打电话了。

  我终于找到她了,此后几年里联系不断,经常打手机,通电话。有情并不遥远!我给她寄了好几本自己写的书,其中有一本收入了我写她的那篇《初恋并不遥远》,还将我主编的每一期《厦门红十字》杂志寄给她,与她分享。她到北京她女儿那里,给我寄来厚厚的一叠彩色照片。有她个人的,也有和家人合影的。我最关心的是她的健康。她告诉我她有病,腿脚也不太方便。我多次邀她来厦门走一走,甚至要替她付全部的旅费。她让我去天津。特别是2008年,奥运会在北京举办,也在天津有比赛项目。她几次在电话里头热情相邀。我想去,却最终没有去成,有些遗憾。让我非常担忧的是不知何因,她竟又与我失联了,从2015年至今,没有她任何音讯,她的手机与家里电话都打不通,不知发生什么事情。你问我们恢复联系之后见过面没有。没有,想见,却最终没有见。见面也得有缘分。你问我追问了当年的失联的事没有。没有。为什么不问?没有想问,如果见了面,我也不一定提当年的事,人和人不一样。见了面也不一定写得出好小说好剧本,都是命。

六 感情

插队前夕与插队初期,我还有一段感情经历。我厦门四中有一个学妹,长得小巧玲珑,在我看来很可爱。插队之前的那几个月,我经常和她在一起。她当时怎么想我说不准,但是她肯定对我有好感。我们两个人经常一起去找同学,或者一起办些什么事。我经常到她家去,她也经常到我家来。渐渐地我爱上她了。她是一个很聪明的女孩,自然懂得我的感情。插队之后,我忍不住向她表达了情感。我盼望她接受,又料到她不会接受。果然她没有接受,说是不能对不起她父母,从此,两人隔得很远。这让我非常沮丧。这次失恋,跟天津那段感情相比,更痛苦好几个月。我情绪非常不好,堪称刻骨铭心!近五十年了,这一段感情至今还藏于心中,从未改变。

接着,就应该说一说陈幼鸣,我的第一任妻子。这么说吧,如果回头去戏说厦门知青插队闽西十年的十大新闻,那么,我和幼鸣的恋爱和婚姻,一定是这十大新闻之一。当年在闽西和厦门前所未有的轰动。此后,好像也没有一件类似的事情如此轰动。绝无一点炫耀的意思。因为,炫耀个人的私情是很浅薄的。当然,有精神问题的人可能也会。此事发生于1970年至1971年,至今近半个世纪时间,我从未较全面地对公众讲述,偶尔有一些文字涉及。我记得只写过一篇散文,叫《大雨夜婚礼》。无数知青所知道的大都是传闻,难免失真、走样,甚至编造都有,很正常。即使与我走得最近的四中同学,也只知其一,不知其二。此事至今还为很多知青兄弟姐妹关注,特别是1987年我与幼鸣离婚,他们的关注度更高。我正好借这个机会,说一说自己这桩感情之事。

我知道所有关注这件事的人最想知道的是两个问题,第一:一个女大学生怎么会嫁给一个初中的知青?第二:她比他究竟大几岁?1969年春节在厦门家里过完年,我就返回上杭县湖洋公社。没几日就是赶墟天,湖洋墟"文革"前与所有的墟天一样五日一墟,都以农历计算。湖洋墟逢三逢八,墟场就在我们知青点这个小山岗下面,距离三四百米。赶墟时间在中午10点到下午1点之间,一般情况我们都去赶墟。一天,我照常去赶墟,路上迎面碰到一个女生。我们三个知青顺着那条小路往下走,她往上走,稍稍低着头,显示了她的性格是比较安静不张扬的,而且似乎还有一点忧郁。她梳着两条大辫子,一米六几的个子。一看气质就知道是城市人。我以为她也是厦门知青,就问:"这个漂亮的厦门女知青,你们知道是哪个大队的?""不知道。"同伴答道。我心里在说:"我一定要认识她。"但没说出口。我觉得我遇到心里爱的那个姑娘了。我相信我一定会和她认识交往。其实,我猜对又猜错。她身上确有厦门女孩的痕迹,因为小时候她家在鼓浪屿。她在厦门生活了十来年,上世纪60年代中期求学又在鼓浪屿待了一段时间。她也是来湖洋来插队,也算知青。却是和我们不一样的知青,是领工资的大学生,和下放干部归到一类去了。难怪我们没见过她。当然,这都是后来才了解的。我和幼鸣认识后,才知道她是福建第二师院(即今闽南师范大学)数学系67届毕业生。这个学院早先设在鼓浪屿,而后迁到漳州。她算是老五届的大学毕业生。老五届指的是"文革"发生时还在校的大学生,即66届、67届、68届、69届、70届大学生,而老三届则指"文革"初期的中学生,这好像我前面讲过吧?老三届这概念有偏差。严格说是老六届,即66届、67届、68届初中高中两个年段,不止三届,而是六届。由于当时时局与社会、学校处于动荡之中,66届、67届、68届三届大学生来不及分配,还在学校里斗批改。至1968年,这三届大学生几乎在同一个时间段离校。与老三届上山下乡的同时,69届、70届两届大学生也离校。全国这五届大学生几乎无例外地全被弄到军垦农场去劳动改造。一年后,老五届陆陆续续由国家统一分配工作。但,还有少数由于种种所谓的家庭或个人的"问题",被歧视打入另册,未被安排工作,被弄到农村去插队。幼鸣就是少数命运不好的老五届之一。据说,她是因为父亲问题没解决,背了一个黑锅,被安排插队的。幼鸣确实不幸,同一个父亲,她二姐,福建师范学院老五届,66届还是67届,我忘了,也去了军垦农场。军垦结束,她与丈夫被分配上杭县庐丰中学任教,不必去受插队之苦。这或许是命吧。总之见幼鸣的第一面,我就萌生追求她的念头,而且很强烈,完全不可遏止。我第一面对她印象非常之深也非常之好,可谓一见钟情。那时上杭县要搞全县文艺会演,所以,春节到元宵节那段时间,上杭县每个公社都在举行文艺演出。我们公社也办了。那天晚上,公社大礼堂座无虚席,连过道都挤满了人,非常热闹,过节一样。这是大礼堂建好之后最为热闹的一个晚上。我坐第一排,做评委,看节目。演了差不多快一个小时。每个大队都有一个节目,幼鸣所插的那个岩康大队节目最好,就是我前面说的《送春联》,她演其中一个主角。后来,我才知道,原来她读大学时,是学校话剧团的成员,而且还是主角。但结婚后,她说那天晚上她才第一次见到我,以前从来没有见过我,被我吸引了。

这实在让我感到很意外。她说她第一次看到我,印象极佳。她又说她从大礼堂侧门走进来,看到评委席上站着一个她从没见过的男知青,眼睛一亮,一身很挺的绿军装,两道浓眉,两眼炯炯有神,与众不同吸引了她。我说那你是不是也一见钟情,她想了想说算是吧。只是她没想到她比我大。尽管我那个时候才19岁,我知道我的整个行为举止已是一个成熟的,有魅力的男人,而不是那种毛头小孩。

公社会演之后的四五天,我正式进入公社文艺创作组,很快写出组歌歌词《通桥战歌》。幼鸣也被抽调到公社来协助成立文艺宣传队。

我当然很高兴,老天给我一个多么好的机会,让我们两人认识

六 感情

不久能够在一起做事。仅仅几天,一批本公社的业余演员就进入文艺宣传队,节目确定之后,我的厦门四中同学女知青程光、施晰以及曾秋云,还有男知青方沂澜、林有赐(即林建军)也进入文艺宣传队。不必在生产队劳动,还有一些钱补贴,这让我感到快乐。况且,我还能和幼鸣天天在一起。

在公社文艺宣传队相处了一周,两人开始恋爱了。速度非常快,仅一个月,两人就确定了关系。这一个月,彼此了解了对方与家庭,明白两个人和各自的家庭的截然不同。沉浸在爱情的人确实是没有理智的,然而,我们两人又明白,这桩婚姻将会受到来自社会与家庭的巨大压力。我知道我父母不会同意我娶她,她知道她父母也不会同意她嫁我。她认为她的大姐大哥会反对,我的大姐二姐当然也不会支持,但她们没有话语权。我们两人海誓山盟,无论如何,绝不分开,即使付出生命也在所不惜。

我们两人说好,面对彼此不能有保留。我将我所有的事情一点不剩告诉她,她也告诉我好多自己的事情。我却隐约觉得她个人情感方面的事,对我有所隐瞒。家庭压力还没有产生,社会的压力很快地压过来,四面八方流言四起。公社领导以及下放干部的某些头面人物出面干涉,此时,我才明白,幼鸣有一件大事情没有跟我提起过,原来,她这段时间正和龙岩地区的一个下放干部谈恋爱。那个男的是地区公安局的,上杭县城人。据说在我之前他俩已经确定关系了。那个男的发现幼鸣与我谈恋爱,当然不甘。幼鸣后来和他结束了关系,他自然更不放过。所以,他开始到处活动,获得了组织上的同情,组织给予大力支持。能拆散我俩最好,若不行似乎就要置我们于死地而后快。我没有怪幼鸣,跟她说你不要管他,一切我来负责。我把本公社所有的厦门知青朋友发动起来支持我。大部分下放干部站在他那边,众多的知青则站在我这边。我自己则完全豁出去,而且放出狠话:以命相陪。因而,公社那边也不敢太过分。下放干部的头面人物也收敛了。最终眼看无法达到目的，那个男的放弃。他最后一次到岩康大队找幼鸣，送了一份账单，索回他送的礼物或买的东西。如筒子面一斤2角钱等，连买了一瓶酱油的钱都要还他。幼鸣把钱如数奉还，她拿那张账单给我看，十分感慨地说：

"跟这样的人，怎么在一起呢？"

其实在最热恋的时候，我和幼鸣各自都还有一些理性。她毕竟不是一个十几岁的女孩，担心难免。她最担心是她父亲还没平反，她的身份就有政治污点。我并不看重这个问题。因为，我父亲也有一些莫须有的所谓历史问题。她说："无论怎么说你是工人家庭。"我说："是我高攀了你们家，你是大学教授的女儿。"幼鸣说如今这个社会他们家被踩到最底层，是她高攀我们家。她家反对的最大理由就是我们家的门户和我插队知青的身份。我家不同意，也是因为门不当、户不对。但，我们俩一致认为，在这个时代，男女双方的结合，完全不必门当户对，那是封建时代的陈腐观念。当然，我和她都错了，若干年后的婚变就是明证。

你不了解，我这一生最缺的就是奴性。这是遗传，我父母的遗传，他俩人是我见过的我们这一代长辈里少见的几乎没有奴性的人。是的，我家是平民，社会底层。但我们有自尊，从不低三下四地做人做事。

我父母绝不愿高攀，自然也不会去高攀什么教授。虽然是出身底层，但从来不趋炎附势的。像我，从来没有觉得娶了教授的女儿，身份就有多高，从来没有的。我们家有自己的准则。父母俩都是不屈就的人，都是昂起头做人的人。因此，这两个家庭一开始就对峙了。1971年春节，幼鸣初到我家，我母亲开始并没接受。但见到幼鸣还中意，态度有所转变。春节过后，我随幼鸣去福州大学她家见她父母亲。两位老人尽管没一点热情，却也没有为难我俩。

我父母和她父母明白生米已煮成熟饭，再反对也无济于事。1971年5月16日，我们结婚了。那时她在离我插队的湖光大队三十里远的福庄小学初中班教书。9月，全县还在插队的大中专毕业生全部再分配，本来可以安排我们在一起，但是为了整我们，就偏不安排幼鸣到湖洋中学。相反，把她弄到一百里以外的南阳公社中学去教书。这件事对幼鸣打击不小。结婚了，以为不再孤独地一个人去面对十分艰难的山区生活，最终还是夫妻两地分居。最没有人性的是公社、县教育局，甚至县里某领导。他们知道幼鸣身体一直有病，而且怀孕了，依然将她"发配"到更偏远的乡村。一个知青，一个准知青，在社会底层挣扎的两个小人物，再愤怒也没有用，只能任人宰割。三年后，我在湖洋中学当民办教师，前后七年间，我好几次动员她申请调到湖洋中学，她执意不肯。她不愿回来她人生的伤心地，我也无可奈何。此等事情，再怎么都勉强不得。

早就有人说，谢春池与幼鸣结婚，男的赚了，女的亏了。理由是一个初中生，一个本科生；一个吃工分，一个每月有48元工资，女的养男的。从世俗，或者从旁观者的角度看，并不是没有道理的。我也认为，这样的说法很正常。在这个婚姻里，幼鸣的确付出很多。我告诉你，我与她谈到结婚时，她的一句话，让我非常感动，至今难忘。我说我若一直不能被招工没有调走，一直待在农村，生活怎么办？她说："我这四十八元工资，够我们过日子的。"这是让我更为坚定和她结婚的理由。实际上，幼鸣也这样做了。从1971年5月结婚到1974年我重回湖洋执教，大约三十四个月里，在我没有任何收入时候我的生活费用由她负担。我其实并不愿花她的钱，特别是儿子出生后，我更不愿意。除了内心的自尊，还不愿让幼鸣负担过重。从儿子出生至1981年初的十年间，除了两度约有七八个月，幼鸣将儿子带回南阳中学和在华大工作的上世纪80年代中期，儿子回到我们身边，她每月一般寄15元，手头紧时寄10

元给我父母,作为我儿子的生活费。这十年间,若再给我八九元钱的生活费,她仅剩二十多元,自然不宽裕。幸好在那三十五个月里,我也有一些机会"为稻粱谋"。(1)1971年五六月,公社调我去参与全县中草药展览本公社的图文以及设计工作,长达一个半月,每月补贴二十多元;(2)1972年五六月,我在湖洋中学代课两个月,每月24元;(3)1972年7月至1973年1月,我被县里借调到县汉剧团工作,主要任务是编剧,时间长达半年多,我记得每月补贴26元;(4)1973年11月初,前往本省长乐县参加《福建文艺》(即今《福建文学》)编辑部举办的毛泽东思想文艺创作学习班,至12月上旬返上杭,来回交通费、住宿费、餐费皆由编辑部负责,还有一点出差补贴。这几项加在一起,近一年时间,我自食其力。很惭愧,还有一年半时间,我靠妻子的资助过日子。真枉然做了一个男子汉,还是一个四肢健全、头脑发达的有才华的男子汉。四十几年过去了,我仍然要对幼鸣表达深深的谢意。如果没有她那八九元钱,我一定过得更加艰难。我更要对幼鸣真心的爱情表达深深的感激!

这么说吧,我和幼鸣其实心里都明白婚后生活的不容易,首先,我们俩都要有在上杭这个地方生活下去,或许是要生活一生的准备。对这一点,幼鸣嘴上没说,但我知道她不太愿意。而我不同,我无所谓,甚至能达到愿意这个程度。因为我认为一个人在哪里生活都可以。

有若干人的看法与大多数人不同,他们认为谢春池最糟糕。显然,我和幼鸣结婚,等于宣判个人前途没有了。最现实的问题摆到我面前——招工没份,上调无门。也正因为这是残酷的现实,所以绝大多数知青别说结婚,连谈恋爱都不敢,他们怕一辈子留在农村当农民。我不一样,前面我已经说过,我自信本人不会一生待在农村。

从恋爱到结婚的这一段是很美好的,但两人之间并不是没有问题,只是问题被遮蔽了。结婚的头几年,那些被遮蔽的问题逐一显露出来,我们两个人都没处理好,开始产生隔阂,有了裂缝。这么说吧,结婚第一年,因为某一件事情,不是小事,关系到两个人的感情以及信任的问题,我很在意,没想到她不加以解释,却恼怒地发火。就在那一刻,可怕的预感出现:或许,我和她最终会离婚。当"离婚"这两个字出现在我脑海时,我吓了一跳,非常痛苦。我儿子在我和他母亲冲突很厉害时对我说,我和他母亲是不应该走到一起的。若干年前,我也认为我和幼鸣的婚姻是一个错误结合,如今我的看法有些改变。

离婚是一场战争,从1981年至1987年,前后七年,可谓旷日持久,两人都很痛苦。离婚之后什么感觉?坦率地说,解脱了。幼鸣的感觉和我一样,但我揣测她会比我心理更好。其实,拿到离婚证的那一刻,我并不高兴。婚变的过程,我一直问自己还爱她吗?回答是肯定的:还爱,虽然薄了、淡了。离婚后,遗留在心里的那一点爱情并没有消逝。我不愿违心,那一点爱,至今还在。

算起来,我与幼鸣的婚姻前后持续有十七年,离婚至今也三十二年,从前熟悉的人,还有一些老朋友,不少原本不认识或不熟悉的知青,还会关注我的这一段婚姻,甚至心存好奇。大致两个问题,他们想知道,其一,我和幼鸣究竟差几岁?其二,那张我和幼鸣合照轰动的内情。今天趁这个机会,说一说。

我们俩的年龄差距问题,是外界最喜欢谈论的一个问题,可谓众说纷纭。有一个传言很广泛,说我与幼鸣相差8岁。一般情况我不说差几岁,我只说出生年月,幼鸣生于1946年12月,我生于1951年2月,若说虚岁是5岁,若说周岁,实际上是4岁。当然,我和幼鸣的恋爱,一时轰动,广为传播,是我们两人的那张合照引起的。这事与一家照相馆有关。长话短说,1968年下半年,全国狂热地兴起所谓"三忠于"运动,即:忠于毛主席,忠于毛主席思想,忠于毛主席的无产阶级革命路线。全国各个单位甚至农村的生产队,都布置"三忠于"展览室,到处都在绘制毛泽东肖像。我们正复课闹革命回到学校,坐落在中山路十字路口边上的新风照相馆经人介绍,请我去画毛泽东的肖像,我去了。我给他们画了一幅长约4米、高约1.2米的《毛主席走遍全国》的水粉画。我还给他们画了很多张毛泽东的像,没有拿一分钱的津贴。所以我在那边拍照不要钱。这是他们给我的补偿。他们给我和幼鸣两人拍了好几张合照,其中一张他们没有告诉我就放大12寸,并做成彩色的大照片摆到临街的橱窗里。照片1971年春节拍的,几个月后摆出来,一直到1972年春节还摆着,数不清回厦门过年的知青去新风照相馆看,这张照片轰动了全厦门。幼鸣很不高兴,我责备相馆的朋友,怎么未经我们同意就摆出来呢?那时,也不懂肖像权什么的。最后,这张拍得非常艺术的双人照从橱窗里撤了。不久,照相馆将照片作为礼物送我,我交给幼鸣收藏。这张照片将我的婚姻弄成一个公众事件是我始料未及。算不上什么好事,也不是什么坏事。不过,我还有些高兴,因为提高了我的知名度。你不知道,那时我对出名看得很重,对新风照相馆心里暗存感激。

我觉得离婚是离婚,该来往的还要来往。我觉得夫妻分手,没能成为朋友,也不必成为仇人。所以离婚后,我还帮幼鸣家做一些事。离婚后幼鸣的第一个生日,正好一位我带过的篮球队员学生回到华大。这位毕业了几年的学生,从上海给我带来一个很大的奶油蛋糕。那个时候,我们厦门、泉州这一带还没有这种蛋糕。我赶紧让儿子将这蛋糕作为生日礼物给他母亲带回去。离婚这么多年,幼鸣的好几年的生日,我都给汇过钱,好几次都假借儿子的名义给汇钱的。这一二十年,儿子去华大探望他母亲,我经常让他带一些好茶叶或食品给他母亲。不过,幼鸣从不回应。我知道,她心里一直有怨气。如今是否还有,我不知道。我不怪她,我能够理解。她这一生的确也过得比其他人不容易。况且,"不应有恨",是我做人的一个重要准则。我唯有祝福给她。

华大十年,是我一生中感情最为煎熬也最为欢畅的十年。在我缺乏亲情和夫妻之爱的时候,友情填补了我空虚的心灵。我的几个好兄弟,都算得上是男人,很讲义气,特别是校教工篮球队那伙人,至今让我很感念。特别是比我年轻的校图书馆工作人员李原,我和他住在北区3号楼3楼,门与门斜对,几乎天天在一起。他平时把我当兄长看待,我两次生病,都是他陪我去医院。其中一次他背我下三楼,又背我到医院,宛如亲兄弟。说起当年的事,历历在目,一生难忘。1982年春节过后,一批77届大学毕业生分配到华大。1982年七八月间,一批78届大学毕业生又分配到华大当教师。我这个当年的落榜者,见到他们格外亲,很快,我融入他们当中。有趣的是,和我交往的这些年轻教师,年纪都比我小。来自北京体育学院77届的陈仁俊和赵俊荣,我称之"北体双俊"使校教工篮球队实力大增,可以和校外任何篮球队一比。来自厦门大学77届的周晓立多才多艺、专业又好,凡事皆有个人的看法。仁俊兄和晓立兄成了我一生的挚友。仁俊兄的恋人陈诺娜是上海体育学院78届毕业生。她同校的79届毕业生曲京寅,学篮球专业,分配到龙岩体校,在我的努力下,调来华大,两人都成了我的好朋友。可惜小曲兄英年早逝,让我十分悲伤。

我的这批好朋友中,有若干个女性,用情深意长来形容我和她们之间的情感,一点都不为过。

那个时候,77届、78届大学毕业生当然是中国社会的天之骄子。而那些女生,都是每个大学的校园之花,其中的漂亮女生,更成为校园明星。整个校园的目光都注视着她们,她们骄傲得不得了。

77届、78届大学毕业生未分配到华大之前,我因在福建文坛有些名气,虽是一个小小科员,却敢说敢担当,不仅有故事传说,又有流言蜚语,加之被校方整过,可谓"华大谁人不识君"。他们来了之后,也很快知道了我。那些"校园之花"和"校园明星",对我也颇关注。所以,我的77届、78届朋友,有男的,还有女的,我称这几位女生为"女友"。你的女友概念和我的不一样,你的女友即女朋友,亦即恋人或情人,我的概念则是两者都可以这样称呼。我在上世纪90年代写过一篇散文《女友四人》,后来又写过《女友巴黎来》,都发表了,写的都是77届、78届分到华大的四位女生。

　　这四位女生,走在校园里就带来春的气息,她们是我如今还眷恋的女生,三位77届,一位78届。77届中来自浙江大学一个,厦门大学一个、福州大学一个,78届则是来自南京大学,四位年轻漂亮女教师像姐妹一样相处。按年龄大小,以英文字母给每个人一个爱称,福大的是A,浙大的是B,厦大的是C,南大的是D。她们同住一个寝室,该寝室在北区4号楼,一座专给女教工住宿的楼,和我们住男教工的北区3号楼紧邻。她们常到宿舍,我则更常到她们寝室。总之,我和她们,喜欢在一起聊天闲谈。其中最重要的一点是她们四人都喜欢文学,喜欢读书,喜欢音乐和艺术。总之小资情调很浓,自然也喜欢和我这个作家小聚。好几回,我夜里写完一篇散文或一首诗,迟至十点多,就到她们寝室去读给她们听。某一个深深的寒夜,她们四人蜷在被窝里聆听我朗诵刚写完的散文《祖国》,每个人的神情都那么专注,整个寝室非常暖和温馨,我很感动。我们曾相邀出游,一起前往D在惠安的老家。A借调福大之后,其余三人和我以及D的男友,骑自行车夜游洛阳桥。我借调厦门时,她们三人和D的男友专程至厦门我家中小住两日,像一家人一样。如今可谓各奔西东了,A在母校福州大学当教授,几年前从省科技厅副厅长的位子上退下来,专心教学与科研,我与她见了很多回。B在澳洲谋生，记得她是1988年去的，她是四位女友最后一个离开华大的，和我相守时间最长。去国外三十年，据说仅回来两次，都没能见上一面。

好在我与她大姐、二姐较多来往，走得很近，多少安慰我思念B的心境。C早B一年走的，C先调到北京与夫婿团聚，其夫婿赴法国留学，她又去陪读，最终把家安在巴黎，从2000年至今，我在厦门和她见面三次，是很难得的重逢。D由华大公派去日本，记得比C早两年离开，在B和C还在华大时，她回来一次，从此，我再也没见过她。偶尔有她一些零星传说，几次托熟人和她的华大朋友寻她，至今没信息，时而让我牵肠挂肚。这四位女友，时常会出现在我梦里。这三十多年来，她们寄给我的信件、明信片、贺卡以及其他小礼物，都被我藏在柜子，她们的每一张照片，都成为这一生的珍藏。我心里把她们当作情人，更把他们当作妹妹。真的，当年我是爱她们的。如今，我还爱着她们。这是一种永远不变的情感。

女友四人走了一个之后，林莺由我引入了这个小小的朋友圈。她后来成了我第二任妻子。周围好友没想到，我自己也没想到。林莺个人恐怕也是始料未及。我与她结婚至今有二十九年，非常感谢她在这漫长岁月里对我的好！

认识林莺因为巧遇，其实更因为厦门话。1984年暑假过后开学，大概是9月上旬的某个早上，我从北区3号楼3楼下楼，要去上班。2号楼前，停着一辆三轮车，踩三轮车的师傅正和乘客——一位大学生模样的女孩算车费。我从他俩身边走过去，我一听女孩说的厦门话，回头就问她是不是厦门人。她说是啊。我又问是不是来报到，她又说是啊。我说你扛不动行李，稍等一下，我请人来帮。我跑到邻近2号楼，叫了仁俊兄过来，帮这个厦门老乡。我和仁俊兄一人一个箱子扛到4号楼3楼的一间寝室，就这样认识了她。

这位厦门老乡告诉我,她叫林莺,从上海华东化工学院毕业,分配到华大来了,她学生物化学工程的。1980年她高中毕业于厦门八中,就是现在的双十中学,她的高考成绩很不错,可以上厦大,但她不愿意,她喜欢上海,志愿报了华东化工学院,被录取。她不愿到华大当教师,想回厦门,一时没接收单位,只好来报到。

2012年10月,与妻子林莺在上杭瓦子街华喦雕像前

当时,华大的厦门人很少,学生不多,老师更少了。据我所知,厦门籍老师原先就四五个吧,年纪都比我大。这几年多了年轻人,总数不超过十个,女的好像只有三个。两个本校留校的,外校分配来的,似乎只有林莺一人了。无形当中,她有些孤独的。我告诉她,有事找我,我会帮助她。我们就开始交往。

在工科女生中,书读得好、专业好的很多,但这两方面好,又有文艺情怀的不多。女友四人就是这样的工科女。林莺和女友四人一个样,加上又是厦门老乡,所以,她很愿意接近我,自然而然地融入我们这个小小的朋友圈。多愁善感的女性,都为浪漫的男性文人喜欢,我也不可能例外。正是这些年轻的女教师,还有好几个在读的、有如我妹妹的女生,在我布满苦楚的日子里,以她们的真情抚慰了我。这些女生有来自厦门的,有来自福州的,有来自苏州的,有来自深圳的,有来自澳门的,A、B、C、D,除了B身材修长,如古代仕女,其余三人以及林莺都长得玲珑小巧,都充满现代感,很是可爱。林莺生性活泼,不仅喜欢文艺,也喜欢体育,喜欢打排球、打羽毛球,最爱游泳。她十分好学,我最看重是她做人不贪,且心地非常善良,特别热心帮助人,整个人比较纯净。我与她结婚二十九年,我所看重的这些本质,依然如故。我和林莺是在我1989年调回厦门以后才结婚的。这以前,我们两人的感情已经很深了。但我和林莺的约定是只相爱不结婚。因为我觉得过去十七年的婚姻生活对我而言很痛苦,很折磨人。不是怕,而是实在难以承受。不过,应了那句话:事物不是一成不变的。

到了1989年初夏我调回来,情况变了。她一个人待在华大,调回厦门的愿望更强烈。我想,如果她是我妻子就能调回厦门,那就结婚吧。这是最简单也最可行的办法。1989年9月18日,我从厦门返华大,两人到街道办事处登记了,领取结婚证。然而,一直折腾了3年还是没办法调到厦门高校,连厦门广播电视大学都调不进去。我甚至托人找到鹭江大学的校长毛涤生,没有用。最后只好退而求其次调到厦门的某家企业,林莺才如愿以偿回到厦门。

我果断地告诉林莺结婚吧,她很高兴,也相当的意外。接着,我又给了她一个意外,我说我们结婚是有条件的,不生孩子。她略为想了一下,即答:可以,不要孩子。我告诉她自己是经过再三考虑才提这个条件的,我现今一个孩子都应付不了,再有一个,日子更不好过。我儿子与她会有矛盾,两个孩子矛盾更大了。我们登记之后,没有举办结婚仪式,没有设婚宴,没有拍婚纱照。她没有觉得不好,没有认为不正常,我也有同感。这样做是两人商定的,我自然不觉得亏欠了她。她家什么态度?我似乎是一个女方家总不待见的人。你想,我大林莺整整12岁,我生于1951年2月,这年38岁,她生于1963年8月,这年26岁,我儿子生于1971年11月,小她10岁,16岁了。再说我是离婚的人。因此,她家里自然极力反对。但木已成舟,生米煮成熟饭。况且林莺毅然决然要跟我,一切都不可改变。多少年后,总有人问我和林莺有没有孩子。得到回答之后,不少人指责我对林莺太不公平。我不能不这样答:两相情愿,何来不公平?我心里明白,其实委屈了林莺。

在华大被校方整的日子,在华大心情极度苦闷的时候,不少年轻的教职员工关心我,那些年轻的女教师更带给我温柔的真情,抚慰我痛楚的内心。不仅他们,还有两位算得华大学生给我真挚纯洁的友谊,他们像我的弟弟和妹妹一样时常到我的宿舍陪我,安慰我。我特别感谢来自我们厦门的黄华、张子陆、陈玉衡、王伟中、颜达义、周坚、王仲麟,来自福州的张晓红,来自苏州的张必丹,来自澳门的陈迎庆,等等。无论岁月如何变迁,他们在哪里生活,我都永远感念他们当年的肺腑之情。

我得承认,我这一生的红粉知己不止十来个。我所爱的,真爱的女性也好几个。而爱我的,真正爱我的女性也非三五人。所以,我写下相关的一批诗文,如《思念是河边青草绵延不断生长》《雨滴使回忆晶莹》《永远的赠花》《怀念雨中人》,都值得一读。感情是至高无上的,我一生最重的是感情,是爱。男女之间,如果不是真感情的真爱,仅仅是玩一玩,我是绝不会要的。应该这么说吧,这些人生的感情经历,深深地滋润了我的心灵,给我带来一种创作的力量、写作的情怀。

七　写　作

前面说了,我从小最感兴趣的是美术,画画,自己好像也有几分天赋。而这一生阴差阳错,写了五十年文章。我说过我上山下乡目的是写一部长篇小说,当作家,但这个选择其本质是人生道路的选择。所以,我说过我插队的梦想就是当作家,后来当了作家,自然"青春无悔"。绝大多数知青去插队,是被迫的,自然"青春有悔"。我无权以自己的"无悔"代替他们的"有悔",也不能反驳他们的"有悔"。其实,我这一生做文学,是文学选择了我。你们只要了解我"文革"初期如何开始写作,就明白了。

我是有一点写作才能的,但并不是才华横溢。小时候上学读书,最喜欢的是体育课,其次美术课,第三语文课。上语文课很轻松,写作文也不太当一回事。但从小学到中学,有若干篇作文被当作范文宣读或贴到墙报上去。上山下乡那些年,有一次,遇到同校的一个初三的学长。他告诉我,说他们初三毕业那年,上语文课我的作文被拿到他们年级做考高中的范文。那篇作文我还记得。我读初二上学期时,语文老师布置写作文,题目叫《游园》。中山公园每到国庆节挂很多灯笼,很多人游园。同学们都写游园怎么热闹,怎么玩耍,怎么快乐。我与众不同。我写了两个红领巾少先队员,去游园时碰到一个走失的小孩,两个少先队员顾不得游园,带这个小孩到处找她的母亲。最后找到了,夜也深了,两个少先队员回家了。我没有写游园,只写了公园的夜景。记得用了"璀璨"形容公园的灯光,仅勾勒一下背景,就写了这么一个故事。我估计拿到初三年去讲的应该就这一篇。

我想,没有"文革"的爆发,我就不会误撞误闯,走上写作之路。

我的这一本口述,本来应该有一章"文革"的,没有的原因是我"文革"初期三年的那一段经历,都已经写成那部长篇散文《最后的母校》了。另者,这本口述的一些章节,也不可避免得讲到"文革"。所以,就没设专门一章。由于我的写作,严格地讲,起步于"文革",因此,在这里简要地回顾一下。

"文革"发生的1966年,我十五周岁,读初二下学期,正在期末考。记得语文、数学、几何、政治、历史、地理等必考的科目,我有一科不及格,就是数学,好像是四十七或四十八分。要升到初三了,这科必须补考,如果补考不及格,我可能就得留级,再读一年初二。这个担忧,没想到被"文革"化解了。因为,全国大中小学都停课闹"文革",不必补考了,我欢呼起来。"文革"初起,工作组进驻学校,校领导挨批斗,不少教师也被贴大字报,一时间斯文扫地。最起劲的是初三至高三的学生,最出风头的是那些所谓的"红五类"出身的同学。而我们初一初二的学生绝大多数年纪较小,什么都不懂,新鲜、好奇,当观众,看热闹,革命造反和我们这些小小中学生似乎无关。大约过了一个多月,初一初二年级也有同学写大字报,但内容空洞。我有参与"文革"的强烈愿望,冲动起来了,给我们初二(6)班的班主任写了一张大字报,不少同学签了名。大字报的题目我还能记住,是《请问班主任徐福媛老师几个问题》,说的都是鸡毛蒜皮的小事,所问的都不是问题。我一个无知的小孩子,能问出什么问题?因为大字报,二十多年后,见到徐老师的第一句话,就是向她道歉。

大概在9月,学校里一夜之间成立好几个所谓的红卫兵战斗队,我们多数同学成了有组织的人了。10月我发起成立了"雷电战斗队"。成立的当天,我写了一张《雷电战斗队宣言》,自己抄写,贴在校园大字报栏。前几年,和一位高中学长谈起当年,他记忆犹新,竟然说:"春池,你那张《雷电战斗队宣言》很有激情,写得'雷鸣电闪',大气得很。"这让我很意外。我已经记不住自己写了什么了,感觉当年这一纸所谓的宣言,有一些豪言壮语,仅此而已。很快,二十几个相识和不相识的同学加入我们战斗队,有高二的、初三的,多数是我们初二的。我请那位高二的球友当队长,他推辞,我只好当队长。那时,参加红卫兵战斗队的同学只有一个心愿:串联去首都北京,接受毛主席的检阅。

10月底,我带着本战斗队十九个成员,分两批,乘坐火车,去串联了。先到福州,再到上海,大概在11月中旬,抵达北京。11月下旬,哪一天一时记不起来,在西郊机场,毛泽东第八次也是最后一次检阅来自全国的百万红卫兵,我们去了。西郊机场一望无际的红卫兵,欢呼声可以把天震塌下来。毛泽东乘车出来检阅我们,我被身边站起来的和我一样疯狂了的红卫兵们挤得无"立锥之地"。不要讲毛泽东本人,我连检阅车的影子也没看到,眼泪差一点流出来。同学们问我有没有见到伟大领袖,我还撒谎说:见到了。

12月,我和几位同学取道上海,回到厦门,"雷电战斗队"已经召集不起来了。1967年1月,我加入厦门四中新四中公社红卫兵独立团,成了可悲的"文化打手"。

1969年,我上山下乡去了上杭,应该是年底吧,我完全没想到市公安局竟然派人到我厦禾路的家抄家,不是"文革"初期的那种大抄家,但也是抄家,小抄家。1970年春节前些天,我从上杭回厦门家中,在床底深处寻找我藏的一个小木箱,不见了。问父母,父亲迟疑一会儿,才告诉实情。他说市公安局的人到家里,把小木箱

1966年，北京，红卫兵大串联

子搜走了。1968年秋，设在市工商联大楼的"八二九厦门大中（专）总司令部"，就是厦门促联派，我们这派的全市学生组织，被市军管会派的军人强行进驻，只得解散。我带回了这个小木箱，里面装着厦门大中专总司宣传部的公章，还有一些文件、资料、报刊。我非常幼稚地想倘若以后"东山再起"，这些东西或许用得着。估计我被知情的派友给出卖了，我父母肯定无端地受了一场惊吓。我一时很沮丧，赶紧劝慰了父母一番。

我为什么扯到大中专总司来呢？因为，这个地方见证了我写作生涯的起步。大约是1967年四五月，我从新四中公社，也就是四中促联调到大中专总司，负责宣传这一块，主要任务是办好竖在中山路十字路口绿岛酒店门口的那个大字报栏。文章可转抄，更要自己撰稿，三五天出一期。我给这个大字报栏取名《战火》，不到两个月,这个大字报栏火起来。每出一期都有很多观众聚在那里阅读,大部分文章由我撰写,很有针对性,也较尖锐。《战火》弄得对立派,就是革联非常愤怒。某天,竟然三更半夜开了一辆解放牌卡车,用粗铁线绑住大字报栏的竹框架,开动汽车把它整个扯到地上。那个时候我们大中专总司有一张派报,名叫《革命造反》四个字,也就是像《厦门晚报》那么大,四个版,好像每月出一期,由厦大生物系一个学生主编。此人是厦门人,为人和善,也热情,与我交好。有一次他跟我讲:"春池,你给我写一点什么吧。"我不知天高地厚,答应了。几天后,我给他写了两首诗,反正都是标语口号的。其中一首诗发出来了,不久,两位年纪稍大的先生接办《革命造反》,将报名改为《厦门八二九》。

1969年2月,与厦门八二九大中专总司令部的派友们

这是一首完全不合格律平仄的所谓的旧体诗词,叫《满江红·悼魏忠义烈士》。魏忠义是一位解放军战士,驻扎龙海一带,好像是民兵训练,手榴弹即将爆炸,他为救民兵被炸死了。这首发表在6月出版的《革命造反》报,我署笔名"剑锋",这是我印成铅字的第

一篇"作品"。作品要加引号,因为,根本称不上作品。这也是我的第一个笔名。接着,我在当时厦门促联派最有影响的铅印报纸《厦门前线》《厦门八二九》《厦门工人》以及厦门四中与厦门八中(即双十中学)两校同派的组织联办的铅印报纸《鹭江风雷》和四中促联自办的《新四中》发表了一批诗文,至今我还存有一本剪报,统计篇数超过五十篇。难怪"文革"初期那三年,全市中学即后来称之为"老三届"的这个大群体,那么多同龄人都认识我这个"剑锋"。实在不是美名,而是丑名。重读五十年前写的那些文字,可谓不堪入目。如果有价值,那是作为反面的史料存在。

前面我说过我是误撞误闯走上写作之路的。其实,我们这一代人的文学之路,都非常特殊,也非常坎坷。如果是"文革"初期开始提笔写东西的知青,更是非常的不容易。大多数人的起点不可能是文学,而是所谓政治,准确地讲是当时的"无产阶级政治"。其关键词是当时定义的"革命",也就"无产阶级文化大革命",简称"文革"。那个时候政治就是一切,所有的文字都围绕"文革"书写,极少有人可以例外。当年都在为极左和"文革"唱颂歌的那一批人,已经没有几个至今还在不倦地写作了,更很少有人反思或者批判自己当年写的那些非人性的文字了。我很庆幸自己还在写作,而且一直在审视并拷问自己。否定自己从前的那些荒谬的作为与那些龌龊的文章,当然是极为艰难的一件事,但给我带来的却是浴火重生。

显然,我那一段岁月的那些文字,并非文学,更谈不上创作,所以,我在回顾自己的写作生涯时,无论如何不用"创作"一词,更不用"文学"一词来叙述,因为不真实。你问我的创作活动或文学道路从什么时候开始,应该从上山下乡的那几年开始吧,也就是那几年,我写的一些诗文才有些像诗像文。

综上所述,我给自己数十年的文字生涯用"写作"一词去定位,这样的定位我以为才是恰如其分的,自己也才会心安。2007年,我给自己举办"写作四十周年"的纪念活动。2017年,我给自己举办"写作五十周年"系列纪念活动。有人质疑:谢春池为自己的功成名就而庆贺。我回答:谢春池让亲友们多过几个节日,分享一些快乐!

一代知青作家,大多数人的起点说客气的,不高,说不客气的,偏低。除了少数有家学渊源的,或者有遗传基因的,或者是天才,否则,初期的写作,都很艰难,也写不出像样的作品。我是大多数人中的一位。况且我从小只有当画家的理想,从未想到我会从事文学和编辑这种职业,竟弄了个作家的头衔。父亲年轻时虽会写些文章,解放初期虽是省报市报的通讯员,但家中藏书不多。家穷,也没什么余钱买书。我既不是天才,也没有遗传基因,误入写作这条十分狭窄又拥挤的道路,看来是命中注定的。

我写作面非常广,不仅题材,而且包括体裁。现在回头去看,除了长篇小说、电影电视剧、相声外,其他什么体裁我好像都写过。诗歌(包括旧体诗词)、散文、中短篇小说、评论、剧本、说唱,连对口词、三句半都写,新闻类的也写很多,特写、通讯、报道等等,写了无数的"编者按"。据我所知,我周围的好几个作家,小说写得不错,却连一张请假条或收据都写得很不像样。换个说法是懂创作,不懂写作。对比自己,还真有趣,我应用文,特别是策划案,写得很好。看来,我是比较懂得写作却创作不强的人。

一开始我写的是旧体诗词,不懂格律,不懂平仄,只懂得一点押韵。真是无知者无畏,什么词牌、七律五律、七绝五绝都敢标出来,让内行的人看了窃笑,自己还洋洋得意。我也写新诗,而且极左,非常的"革命"。因为,自己深深地陷入极度的个人迷信与崇拜,不自量力地写了一部七言长诗,名叫《毛泽东之歌》。每段四句,一百多段,一千多行,把毛泽东的生平分行排列而已,根本谈不上有什么文学性。尽管我狂热地表现政治，但是我内心对于文学的那种向往和追求，想要达到文学所谓的高度这一点，还是一直存在的。在上世纪整个70年代的写作中，我写新诗遇到的最大的问题是一般化、概念化、公式化，充满标语口号，原因在于底子薄，没什么积累。我不像林培堂、陈志铭以及舒婷等已经读了一些古今中外的名著和经典，有底气。我读的书不多，看的作品少，整个写作过程呢，我基本凭着课本上读来的有限经验。我一边写，一边也会和一些好的作品比较，但是还没有真正借鉴那些名著和经典。

我真正接触到名著和经典作品，已经是在70年代末80年代初了。这一段整个写作，当然就是根据毛泽东提倡的民歌加古典诗歌的这种路子去走。其实我们在运用民歌加古典诗歌来写新诗，这个过程我们做得并不好，相反台湾那边就做得比较好一些。因为，我们的诗歌写作与其他文体的写作被政治严重干扰了。我一直不同意一个说法叫作"红色"，我觉得这样来定位中国当代文学是非常的不客观、不准确、不科学的。如果说有红色经典，那么有没有白色经典？在国统区，一些文人作家写的是什么色？他们也写抗战啊。这种界定不准确，这个问题可以探讨一番。回到我的诗歌写作，到了上世纪70年代末，我才觉得有一点点的进步。因为我已经懂得整个70年代，所谓的诗歌都是些口号标语式非常概念化的东西。这一些实在不能称之为诗歌了。尽管它也分行，也押韵，但缺少了一种内在的东西，一种文学性，更缺乏一种诗性。

我上世纪60年代末70年代的诗歌写作，是60年代"文革"红卫兵诗歌写作的延续，就带有鲜明的极左元素。由于作为知青上山下乡，诗歌写作的题材变了，写农业劳动、知青生活，1969年七八月我发表了插队后第一首诗《收割》，在本县办的《上山下乡》见报。当时是这样署名的：湖洋公社湖光大队上山下乡知识青年剑锋。这个"文革"的笔名用了最后一次，从此"死"了。这期间，我在

《上山下乡》报发了《新社员迎着东风唱凯歌》《丰收捷报送你行》，在《福建日报》发了《心红志壮绘新图》，在试刊的《福建文艺》（即今《福建文学》）1974年第2期发表组诗《山路》，引起福建文坛的关注。可是满意的几乎没有，能够拿出来谈的，大概只有那么三五首。一首是1972年初写的，某个夜里，在南阳中学，幼鸣去教室，我在她宿舍里，抱着儿子得来的写作灵感，题目是《为了什么》，不过，没有公开发表，1998年，我出版第二本知青文集《我知道，我是一个永远的知青》收入了这首诗。我儿子那时候还不到半周岁呢。他在床上哭，我抱起他，哄他，他在我怀里睡着了。看着儿子熟睡的小脸，我突然想写一首诗。

那时，我写了一批闽西革命历史题材的诗，大概将近两百首，但自己都不满意。1979年，古田会议召开50周年，我连续在《福建文艺》发表诗歌。在1月号发表了《小楼·长桥》，写周恩来在闽西；《油印机—压路机》发在3月号，写朱德攻克上杭的；《打"铁"歌》发在8月号，写毛泽东撰写古田会议决议的；《雪夜迎春》发在12月号。我查了一下资料，这一年，我还先后在《福建日报》发表写毛泽东在闽西养病的诗歌《牛牯牦竹寮》和写周恩来在长汀长桥的散文《春雨长桥》。我和友人合作的两篇散文《饶丰曲》和《风展红旗过濯田》收入福建人民出版社的散文集《伟大的战友》。由于见诸报纸刊物的诗歌文章较多，一时间好像影响不小。其中，仅有《油印机——推土机》一诗较有特点。大意是红军印传单和文物的油印机呢，是革命的压路机，压平了一条通往胜利的大道。这当然是一种比喻，不过，还不大自然。1978年在《福建文艺》发表组诗《放歌汀江畔》两首，其一《古田的大街》，写毛泽东逝世的诗。其中"悼领袖，柏油大街像黑纱，/佩在古田的臂膀上"的句子，当时为同行所称赞，自己还很得意。而同年被收入福建人民出版社的诗集《古田颂》的《光荣亭赋》中"光荣亭，是他留下的一枚纪念章，挂在才溪大地的胸前……"则有相同的效果。1980年发在《羊城晚报》的诗歌《珍藏的红旗》,写叶剑英的,堪称此类题材我写得最好的一首,如"他在暗夜里,/藏了一个晨曦……""这是亲人留下的一枚书签;/夹在闽西革命史册里!"那几年,我也写了一些乡村题材的诗。1978年发在《福建日报》的《汀江晨雾》的"开窗把头探,/碰了一脸雾"两句备受夸奖,至今我还能背出。这一段时间,我非常努力地试图把这些标语口号以及概念写成诗,因此,有了些好句子。除了个把首过得去,绝大多数诗歌都是"非诗"的文字堆砌。

70年代后期,我写诗的题材比较多样,不仅写革命历史题材,还写乡村题材,知青题材也写了不少。前面提到的那几首,以《山·路》较好,还有1973年发在《上杭文艺》的《铁肩运粮风雨路》,1975年发在《福建文艺》的《写春联》,还写了一首160多行的长诗《前进,前进!》在地区的刊物《龙岩文艺》1974年第1期发表。这么长的知青诗歌,当然引起知青们和社会上的关注。我秉性喜欢写长诗和大诗,像《前进,进!》这样的政治抒情诗我写了好多首。发在《闽西文艺》1976年第1期的《伟大的进军》,八十多行,有气势,在那时不多见。所以,在本地区影响较大。在本省的报刊发表的诗歌多了,就不满足了,想上《诗刊》。真是梦寐以求啊!为什么这样呢?想在全国出名啊!可是,我又没有写出什么好诗,真是望洋兴叹!70年代后期,我在古田会议纪念馆查资料,无意之中,发现了贺子珍与毛泽东的婚姻史实,很吃惊,很为贺子珍抱不平,萌生了为她写一首的想法。1980年上半年,我完成近六十行的长句诗歌《我歌唱一个人的爱情》,自觉这是本人在那个时候写得最好的诗歌。当时,贺子珍是禁区,我明明知道,却将此诗寄给《诗刊》,试一试吧。《诗刊》编辑很快回信拟采用。我已经是一个有不少经验的业余作者,除非印出来又发行了,否则,随时会生变。当然,我还是高兴的,毕竟被《诗刊》认可肯定了。果然,我的担心成为现实。不久,我接到该编辑的信。大意是这首诗写毛泽东与贺子珍结婚,那时,杨开慧还在狱中,所以这首诗无法采用。编辑觉得遗憾,把这首诗的清样也随信附上,毛边纸打的清样,有编辑改的字和整首诗撤掉的蓝色笔迹。这份清样,我至今还保存着,如果那时候这首诗在《诗刊》发表,必然产生一些文学之外的轰动效应和影响。1980年10月,在三明的诗歌沙龙,我朗读了这首诗。1993年,我出版个人的第一本诗集《子夜时分》,收入这首诗,2012年《谢春池诗集》由厦门大学出版社出版,我自然将这首诗收入诗集。此诗直露、内涵不够,语词一般化,不过,真实、真诚、有感情。

最可悲的是到了80年代初,我还未能摆脱意识形态第一,结合所谓的中心任务或节日而写作的非文学状态。70年代中期,我的"红卫兵情结"还时而发作。1975年,哪一个月,忘了,在上杭县城,我和陈志铭、刘瑞光二兄参加县文化馆举办的一个文艺创作学习班。某天晚上,一同观看电影《决裂》。返回县文化馆宿舍,我邀二兄合作,以诗写观后感。两三天后,写了《写在反击战的火线上》,在《上杭文艺》增页发表,怒批所谓的还当权的走资派。白纸黑字,四十多年后,这组诗歌的剪报,见证了我极左的荒诞与愚昧。1976年上半年,我竟还执迷不悟地写出《红卫兵楼》的诗,长达64行,这首《福建文艺》定于该年第5期要发的诗歌清样,我还存着,偶尔翻到,内心非常惭愧。让我必须批判自己,并好几次反思忏悔的是我写了两首声讨所谓天安门"反革命"事件的诗。1976年4月5日,天安门事件发生,震惊全国,我竟站在镇压群众的刽子手一边,写了《冲向斗争前沿》,发在大约是5月份的《福建日报》文艺副刊;又写了《用战斗保卫天安门广场》,发在《闽西文艺》,第几期忘了。在我看来,这两首极为拙劣的所谓诗歌,是我自愿充当小丑与工具的证据。当然,这两首垃圾诗,也像警钟一样,时常敲醒我:何为人民的立场!何为我的人生?你会不会觉得我给自己上纲上线了。我知道"文革"结束之后,直到今天,如我这样批判自己的作家很少。别人是别人,我是我,不这样,我的心会不安的。灵魂已经不干净了,不能清理扫除了,更不能再添脏的东西啦。

上世纪80年代,革命历史题材诗歌,我写得少了,90年代就大体没写了,倒是本世纪初,我写了一首长诗《蓝色河流》,280多行,我节选了100多行,以原名在《解放军文艺》发表了。这首诗把红军长征作为意象融入诗中,形式也较为现代。从70年代末开始出现朦胧诗,其实就是中国的现代诗。我喜欢现代诗了,但我又参加了对朦胧诗的批判。你觉得很奇怪是吗?那时候,自己也很奇怪,不明白这是为什么。实际情况确实是这样。我是一边批判朦胧诗,一边赞美朦胧诗。而且,开始模仿写作像朦胧诗那样的东西。1981年10月,我的《祖国啊,我爱……》发在《厦门日报》,诗评家孙绍振就直言不讳地批评,说我是模仿舒婷的名篇《祖国呵,我亲爱的祖国》,孙绍振接着说,"但差远了"。他是在省里一次一百多个作家诗人的朗诵会上听我朗诵后,当众批评的。评价很正确,我私下则以为他高抬我了。我并非模仿,而是受影响,以为自己也有舒婷对祖国的那种情感,也可写一首。只要看两首诗的文本,就知道是两首完全不同的诗歌,舒婷的那一首,在70年代末80年代初是非常现代的,而我的这一首则依然十分传统。1981年5月号的《福建文艺》发表了我的《我依然喜欢——红色》,广受写传统诗的朋友的好评。当然也被一些反"文革"的人批评。比起我此前的诗歌写作,虽然也直白,但有了一些内涵,有了一些真正的诗意、诗味、诗境。而此后我的这类传统的诗歌写作,都不如这一首。

我是在不知不觉中喜欢现代诗的。1972年,我第一次读到舒婷的诗。那是舒婷用钢笔手抄的《致杭城》,纯蓝的墨水,娟秀的字迹,好像是方格稿纸,很有诗意。我读了,第一是感觉,好诗。第二是感动,喜欢。第三是感慨,无法公开发表。我对那位让我看诗稿的初识友人谈了这三个感受,他完全认同。不过,我完全没有写此类诗歌的意识。到了 70 年代末,我才有这样的意识。但由于政治观念深入内心,我一时难以摆脱。怎么努力,都无法写得像样。1980 年春,我好不容易写出《心,留给你……》。很高兴,这首被在三明市文化局任职的诗人范方编入该局出的诗集《青春协奏曲》。这是福建的第一本现代诗集,有相当影响,朦胧诗派的众多诗人的诗歌也在此集亮相。我记得除了舒婷,还有北岛、芒克等"今天派",还有顾城、徐敬亚、王小妮,记不全了。我不仅在华侨大学创办学生文学社,还关注厦门大学的大学生诗歌创作。厦大有一个采贝诗社,出了大学生诗刊《采贝》,在南方的高校中很有知名度。80 年代中期,我应邀担任《采贝》顾问。大学生诗歌激励了我的现代诗写作。现在任厦门广电集团总裁的沈艺奇,是厦大中文系 80 级学生。他和几位不同系的学生,现代诗都写得很好。艺奇兄是厦门人,所以,他和我有了交往,彼此给对方写了不少信,都在谈诗歌写作。我用五六年时间,才陆陆续续写了一些像样或不像样的现代诗。较好的一首是《即使冬天,海也歌唱》,较长,题目就是厦大中文系 82 级一位女生写给她同学的毕业留言。80 年代末,我写了《南京秋雨》,这是我整个 80 年代最好的诗作,收入多个诗歌集。本世纪初年,我的好朋友仲义兄还对这首有较好的评价。90 年代末,我又写出一批自以为还现代的诗作,结集出版了《握住生命的圆满》,仲义笑批我这本诗集仅仅跟上朦胧诗,意指我依然落伍。直到本世纪初,哪一年我忘了,大概是 2001 至 2003 年之间吧,我自费出版了我和第三代诗人,也是插队知青的海上的同题唱和长诗集《同名故事》,才让仲义兄第一次首肯我的现代诗写作。他认为由于海上的引领,我取得重大转变,实属不易。非常感谢仲义兄的鼓励。他主动为这部诗集作序,认为我在当年的中国诗坛

"制造出一个小小的诗歌事件"(大意)。我高兴,但绝不得意。我自知虽有提高,但仍然未脱胎换骨,身上传统的桎梏并未彻底砸碎。我觉得我一生都做不了一个纯粹的现代诗人。这三十多年里,我时而写一些将传统与现代结合起来的诗歌,最具代表性的作品是长篇诗歌《厦门:永远的恋歌》,长达三千四百多行。仲义兄评它是一部"诗报告"。虽然,它不是一座诗歌丰碑,却是献给故乡的一个厚重的礼物。这部诗歌有很多我个人的情感的东西,仲义兄则认为我写来写去都是那个模式,他不喜欢。其实已经带了很多我个人的东西进去,我完全是以个人视角去写的。比如说,炮轰金门的那些日子,我的感受是怎么样的,我这一代人的感受是什么,我把它上升到我们这一代人的视角来写厦门的。我关于厦门题材最有代表性的作品不止这一部。《白鹭之旅》是长篇报告文学,《百年厦门》是长篇历史纪实。《百年厦门》是一种档案式的东西,它把厦门的很多人物和事件串起来。

至今,我已经出版了七部诗歌集,我很看重其中的一本,就是《厦门沦陷纪事》,都是抗战的诗歌。解放后到今天我并没有看到有谁出了抗战题材的诗歌集。有诗人写过抗战诗歌,但是没有写过整本的抗战诗歌。2005年,抗战胜利60周年,我出版了《厦门沦陷纪事》,60年,60首。我们还特意为这本诗集举办了一场朗诵音乐会。这也是厦门有史以来的第一场个人诗歌作品朗诵音乐会。据目前的资料,没有看到哪一个抗战之后出生的诗人写过一本关于抗战的诗集。纪念抗战胜利60周年,我觉得应该要表现一些厦门的东西。我对厦门那段历史掌握了不少资料,觉得以诗歌形式写出来,最能表达我个人的情感。这部诗集有人说好,有人说差。这都不重要了,重要的是我发出了自己的心声。

朦胧诗开始出现的时候,大量地吸收现代诗歌技巧。今天,四十年过去了,整个诗歌的写作也变得更加开放,更加现代了,更加懂得去进行一种艺术的学习和探索。这期间,我从来没有放弃过诗歌写作。我有一个习惯,诗句冒出来的时候会随手抓一张纸头来记,甚至有时候晚上梦里出现了一两句诗歌,我也是赶快起来,床头抓一张纸,不然明天就忘了。而且,这个不是一次两次。特别是这十年,有一批诗歌的句子是在梦中得到的。很有趣的是旧体诗我中断了三十几年,这几年又重新写,梦里得到的句子比新诗多得多。重新写旧体诗缘于知青兄弟陈胜利的《不登堂集》。胜利兄退休后,竟然诗兴大发,几年里写了一大批旧体诗。我鼓动他,并为他编辑出版了旧体诗《不登堂集》,还为此书作序。胜利兄的作品,激起我内心旧体诗的情结,使其死灰复燃。从2014年上半年开始,我无法抑制地写,五年里,写了几百首,可谓不亦乐乎。写了若干首好一些的作品,但多数是平平的,而且格律平仄也不对。我为了写得自由一些,给自己的旧体诗命名为"仿"或"非",比如:仿七律、仿七绝、仿五律、仿五绝,或是:非七律、非七绝、非五律、非五绝。行数、字数都一样,是格律平仄不愿意那么严谨、工整。仿的都用平韵,非的都用仄韵。写得很痛快,过瘾,表达了我自己,而且自由,获得了写作的快感,这就够了。我真没想到,写了数十年诗歌,我又回到原点。

2007年,我写作四十周年,出版了我诗歌评论的文集,书名叫《我是一个诗人》。2012年,我写作四十五周年,我从个人的七部诗集中选编了《谢春池诗集》出版。2017年,我写作五十周年,从个人的十六部散文随笔集中,选编了《谢春池散文》出版。在我五十年的写作中,散文随笔的数量多,质量也过得去。不少人认为我的散文胜过我的诗歌,我本人也认同这样的评价。《谢春池散文》自序,是我散文写作五十年的全面回顾。在这里,倒可以好好和你聊一聊。

如果说其他的文体,甚至连我酷爱的新诗,都有停顿一段或长

2012年12月,第二届厦门知青诗歌节开幕暨《谢春池诗集》首发式

或短的时间,那么,我的散文写作基本没有停顿。我散文写作第一次被印成铅字,与诗歌不仅同时,连方式也一样。时间大概也在1967年夏天,也刊登在派性小报。一年多时间,也有十多二十篇刊印出来。我谓之"歧路",大体都不是文学,而是"文革"派性与极左政治的产物,归于垃圾一类。性质与那时的诗歌一样,甚至面目更可憎。我把这一段写作看作"引子"阶段。上山下乡的十年,应算是我散文写作的第一阶段。我开始懂得一些谋篇布局,一些表现手法,懂得语言的重要性。这虽然是常识,但以前并不懂。这期间,我有多篇散文在《福建日报》副刊《武夷山下》和《福建文艺》(即《福建文学》)发表。那时,整个福建省只有这两个发表文学作品的园地,一年能够发表一篇已经很不容易了。我还有两篇散文被收入福建人民出版社出版的散文集《伟大的战友》。总之,散文开始写得像那么一回事。在编选《谢春池散文》时,那十年所写的,没有

一篇可入选,因为缺乏文学性。那时有没有写一些私人性的散文?还真有,带小资情调的。我记得有篇写我早晨从田野上摘了一束不知名的野花,插在一个玻璃瓶里,还灌满清水,供在桌上欣赏……觉得还不错,但我知道这是不能发表的,所以藏入抽屉。此类文字都丢了,有些可惜。

我散文写作真正走上正道,是在80年代,这是我散文写作的第二阶段。那时在华侨大学,诗歌写得少,散文则写得多。加上有些思考,诗歌不能够表达。这十年发了一大批散文,在《人民日报》《散文》《散文选刊》《奔流》《福建文学》《福建日报》《厦门文学》《厦门日报》等。其中有若干篇引起文坛注目,特别是《在外婆的家》在《人民文学》1983年第10期发表,让本省诸多同行颇感意外。此后,《晨之诙谐曲》和《唉,惠东女人》先后在那些年很有影响的《散文》月刊发表。这两篇题材较为独特,显得很新颖。前一篇写大学校园生活,笔调略为诙谐,不少读者很喜欢,还被选入《新时期教师优秀作品选》一书。后一篇是写惠东女人最早的散文作品。那时,关于惠东女人的美术作品非常多,但文学作品少。除了本土作家陆昭环的中篇小说《双镯》和朦胧诗人舒婷的诗歌《惠安女子》,就是我的这篇散文《唉,惠东女人》了。此文没有那两部作品有影响,但也使人印象深刻,它表现了生命之美和悲剧之真。当然,我还努力挖掘内在的哲学本质,在中国社科院文研所的评论家楼肇明读了此文,来信说这是一篇佳作,我得到了很大的鼓励。有的评论家认为我的这一类文字获得好评还在于有哲理,有某些超越。

那十年,我较为专注惠安题材的散文写作,写了一批这样的作品。影响较大的算是《崇武二题》。那一年,应是80年代后期,《散文选刊》举办全国散文大奖赛,我这篇《崇武二题》获了二等奖,还被收入一本全国性的散文选集。此文也带着哲理,还有诗化,写法较现代,老作家柯蓝给予赞扬。我记得他用一段话评价了这篇散文,其中有"令人深思""挖掘很有深度"的评语。应该说此文是我散文写作第二阶段的重要收获。

不过,这个阶段,我的散文最重要的成果是《海山之献》。自从1983年我在《人民文学》发表了《在外婆的家乡》之后,我信心倍增。现在想来,上了国刊,作用真的不一样。很自然,我还想在《人民文学》发表作品。写《海山之献》的时候,很有体验,写得也很顺,写完之后,感觉很好,以为可以再寄给《人民文学》,就寄了。大概在《人民文学》1988年第12期发表了。再次上了国刊,我获得一片赞扬之声。我是高兴的,但我并没有得意忘形,和古今中外的经典散文一比,我就知道自己的东西是什么水准了。不过,我知道,我个人的某些风格与特点,已在这篇散文开始显露出来。这篇散文在《人民文学》发表,至今已有三十年,一些读者,特别是一些中青年作家,还记住了它。去年,在上杭,青年作家李迎春和青年诗人熊永富还和我谈及《海山之献》,除了称赞,还谈及这篇散文的意象以及哲理表现。这让我多少有些意外,也有些欣慰。

上世纪90年代,是我写作的高产期,也有评论家认为是我的"井喷期"。我的散文写作进入第三阶段,数量之多,令我自己都意外。一批较好的散文以及随笔在全国数十家报纸刊物发表。记得发在《文汇报》的《男子汉哭声》,还入选人民出版社出版的全国散文年度选的《1981—1993年散文选》。这个阶段,我还写作了大量知青题材的散文和随笔,并得到不少评论家的肯定。孙绍振教授认为我取得"某些成功""表现相当突出",但他同时指出我并没有"取得过人的成就",实在中肯又深刻。溢美之词,我用耳朵听,而批评之声,我用心灵记。南帆兄的批评则让我有更多的启悟。他希望我的散文应该有"一种出其不意的顿悟,一种特殊的人生洞见,一种奇思异想,一种线条驳杂的情绪紊流,或者一种有起有伏的情感历程"。我将南帆兄的这一段话,抄在纸片上,贴在自己书案所靠的墙上。不过,我让南帆兄失望了。三十几年过去了,我不断努力,还不能达到那段话的要求,十分惭愧!

我讲过这一阶段个人散文写作包括了四个题材:知青的、闽西的、厦门的,还有个人的。我写的一批亲情题材散文,与这四个题材都有密切关系。在这里略说几篇。发表在《厦门晚报》的《走了一趟步云》,引起读者广泛关注,得到普遍好评。此文写了留守闽西的唯一农村户口的一位厦门女知青,写了她异常艰难困苦的生活和认命却不趴下的人生。读到这篇散文的人无不感动。此文还获得"首届老舍散文大奖赛优秀奖"。其实是四等奖,"优秀奖"好听一些。其实,至70年代后期,我已经认识到散文写作必须要有"我",也就是写作主体。80年代初期,我开始这样做,但个性并未显现出来。90年代,我散文写作的个性渐渐突出。而且,在如何写这方面,也下了不小的功夫。这一切可在文本里看出来。这个阶段我最看重的散文有发表在《福建文学》的《献给梵高》,我心灵里的大师;有发表在《散文天地》的《走向那个城》,写瞿秋白的。这两文以情感、思想、意象、诗境乃至哲理见长,而且写法很现代,至今我还十分喜欢。发表在《萌芽》的《人病时节》写法虽然传统,也较实,却简练,含蓄,该刊时任主编名字我忘了,他在该期《萌芽》的卷首语里说我这篇散文比一般状物抒情的散文要略胜一筹(大意)。还有一篇写实散文也值得说,就是发表在《厦门文学》的《我和舒婷》。此文虽然不是写舒婷的最好的散文,但一定是无数写舒婷的散文里面最有个性也最真实的。所以,得到一些作家和读者的好评。总之,我散文写作的第三阶段,自认为有很大进步。虽然,没有写出可以传世的名篇,却有若干值得一读的,似乎可以自我安慰了。

你肯定想知道我这一生最重要的作品是什么吧。我可以告诉你,是长篇散文《最后的母校》。你读过老鬼的《血色黄昏》,你一定没有注意到这部名作由哪一个出版社出版,由谁责编。它由中国工人出版社出版,责编是我的挚友岳建一。他是一位资深编辑,更是一位知青文化的著名研究者。他也认为我的全部作品,最重要的是《最后的母校》。这部长篇散文有近十五万字,是福建第一部写"文革"的长篇作品,是对厦门"文革"历史的第一次叙述,是一个城市"文革"初期三年内乱的真实记录,更是我个人作为老三届红卫兵的"文革"忏悔录与自我批判书。

为什么写这么一部长篇散文?我想说是一个机缘让我写的。当然,心里头很长时间都有写一写个人"文革"经历以及反思的愿望,机会来了,就赶紧动手了。1999年,中学母校厦门四中(即大同中学)筹备2000年建校75周年活动,我参与策划,提出编辑出版《大同文集》的构想。在组稿过程中,我决定写一部个人与中学母校以及"文革"相关的书,纪实的,又是文学的,定名《最后的母校》。

这部长篇散文从2000年1月20日开始写,到了9月14日大体完稿,前后七个多月。基本上是在繁忙工作之余挤出时间来写的,写一段算一段,写一点算一点。写这部长篇散文,难度太大,主要是资料不全。有些资料有问题,要去核对。我不断去寻找档案来补充,也到图书馆去找材料。我把厦门"文革"初期那三年的历史写进去了,这个不能只凭我的记忆,需要找史料。我把这部长篇散文放入《大同文集》,原本六卷的文集,变成七卷本了。时任校长庄水坑先生也很支持。这部作品得以问世,我非常感谢庄校长。他是个好人。我相信,这本书在将来的知青史和"文革"史上也是非常重要的史料。至今,关于"文革"的书,据我了解,写一个老三届学生在一个学校的三年经历的大作品,几乎仅有我这一部。我这部作品的另一个价值是它是至今为止,仅有的一部讲述厦门"文革"初期三年全过程的书。那三年厦门所发生的大事件,我要么是参与者,要么是见证者,要么是了解者。我是以一个不是"文革"造反派高层的普通红卫兵角度来写的，自然做不到全方位讲述，但这确实是我一生最重要的作品，我当然非常钟爱它了。我认为这一部作品超过了我所有的散文以及纪实作品。

《最后的母校》是这样构思的。我从我个人的经历说起，我写的是我的整个青春年代啊。我写了我对"文革"的批判，写了我对人性的反思，写了我对所有老师的歉意和忏悔，统统都在里面了。我初二准毕业再也没有读过任何学校了。这不止我一个人，对百分之九十的老三届来说，中学就是他最后的母校了。我这个母校是很有代表性的。前面我说过大同中学即厦门四中，当时全校一千六百多人，至少一千三百人没有再读书升学再深造的。这部作品从我个人对于"文革"中母校的全面回顾，来审视我们这一代人也就是老三届那些年的荒诞人生。就像舒婷说的，为了牺牲的一代人，我拿起笔。要写厦门四中"文革"三年，要写我"文革"的经历，就会牵扯到厦门"文革"三年的那段历史。这是一种必然。评论家说这部作品有不少段落写得非常精彩，因为那都是我切身经历的东西。虽然是断断续续写了那么几个月，但写的过程呢，经常都很不流畅，因为内心实在是悲伤惨痛。正是因为这个情绪，加上时间问题，也就写得断断续续。写这部作品，我感情投入最多也最复杂。这也就是我一直说的人道的反思。我的这种反思从90年代初开始到2000年，达到一个顶点，应该说是到了一个高峰。

这部作品有一个较为突出的地方就是整个在场感很强。我所感受到的，看到的，体会到的悲伤快乐，二十年后写来，当年的在场感还是很强烈的保存着。这些年来，中国很多文学作品包括小说，都让人缺乏一种在场感，好像总是隔了一层。

我料到这部作品问世之后，会产生相当大的反响，果然如此。特别是我将大多事件当事人的姓名写出来，有若干人，甚至有我当年的派友。有些人虽没有兴师问罪，但显然很不高兴。当然，批

"左"批"文革"的人为这本书叫好。2000年10月下旬,我个人的"文学作品研讨会"举行。厦门大学中文系副教授林铁民专题评介《最后的母校》。过后他将发言稿整理补充为论文,较全面地评价了这部长篇散文。他用了"筚路蓝缕之功"评价我,肯定、赞赏的同时,也有所商榷。此后两三年里,远在北京的岳建一兄,断断续续地读完此书,给予极高评价。大意是这样:"我读到的是一如闪电击亮的不堪历史,是时间的真相……"

这部长篇散文缺陷与不足也是明显的,此生若有机会再重写,我一定将它做得更好一些。这部世纪之交的作品,我将它定位为我生命与心灵的里程碑。有时想一想,作家和作品的相遇,实在不是人力所能为的。

说了你不一定相信,写了大半辈子的所谓的艺术性散文,或者说是文学性散文,我一直不满意。我这么跟你说,没一句假话。为什么呢?我认为上世纪90年代的散文写作应该更现代一些,至少写法要与从前的不一样,最好是很不一样,整个散文艺术必须脱胎换骨。

虽然有一批人在探索、实验,但都不尽人意,成功者极少。绝大多数散文作家又回归传统,令人遗憾。我极力避免落入旧巢,有时却也难免。不过,我从未放弃过对现代的尝试,至今还在实践,失败没关系,再写。

本世纪以来,我的写作,主要还是散文与随笔。当然,评论也写一些。像前面所言,合适就写,绝不硬作,遵从内心。这近二十年,我称之为个人散文写作的第四阶段,不断有所收获。厦门和闽西这两个题材,数量最多。厦门题材的散文,个人以为乏善可陈。我实在愧对故乡。可见好作品可遇而不可求。闽西题材的散文写作就不同了。虽没出精品,却有若干篇佳作,甚至力作。比如《大湖洋》《中都气派》,全文七千多字的《茫荡洋诗篇》,被评论为气势恢宏,构思独特,充满诗情,立意、手法与题材高度融合。较为突出的是近三万字的长篇散文《武平大赋》,作为压卷之作编入人民文学出版社 2013 年出版的文集《梁野飞歌》。2017 年,武平县的两位作家郑启荣、林永芳与我合作,扩为十多万字的长篇散文,由县里出资在北京一家出版社出版。叫什么出版社,我还真记不起来。我以个人的视角和情感写出我的武平。这部散文一问世,就广泛传播,为读者普遍赞扬。顺带说一说两篇短文。极短的一文题为《泰拔文化广场记》,应该是 2013 年写的,泰拔就是太拔,舒婷插队的公社,如今改为镇,2013 年,建文化广场,乡领导委托我请舒婷题写广场名字,舒婷特意将"太拔"写成"泰拔",乡领导觉得有必要作一题记,嘱我写,我写三百余字,不仅释疑为什么舒婷将"太拔"写成"泰拔",还将其中深意越俎代庖地阐述。另一短文八百余字,是受何英女士几次邀约而作,就是《风灯公园记》,以为写出个人较好的水平。这两篇短札,可算散文,更是随笔。因为要刻在石头上,过后从石刻中再读,觉得对得起嘱我的友人,也对得起旅游者。

前面,我已经说了我的散文必须写出现代风貌,还得坚持不懈。2017 年 9 月中旬,何英女士带领我们一行十人,到福建北部的建宁县中畬村采风。回厦门的两个月后,我写了《站在高高的中畬村》。我很高兴写了一个全新的文本,具有文学个性,又有地域特色,两者都较为强烈。它不仅是我这些年最好的散文,而且是我此生至今最好的散文。我敢说这样的文本肯定与众不同,我在一篇创作谈里说道:既自我又非自我,既不写实又非虚构,既相当传统又力呈现代。岳建一兄也认为:此文的确是老谢最好的散文。他有概括性的评介,我无法一一道来。大概是认为境界、感悟、难度这几个方面。此文是我以"内视"为核心进行写作的第一次尝试,而且,尝试是成功的,从而也让我获得"内视"写作的经验,收获甚多。我打算不断地"内视"下去,看能否走出一条完全属于自己的散文写作之路。这恐怕我这一生最难的写作之路了。2018年，我又写了《尘世之上》，这篇散文不及《站在高高的中畲村》那般"内视"，却也可以归入此类，算是一篇不错的散文。如此写下去，不成功也没关系，探索了，实验了，对得起自己了。

前面谈的都是狭义的散文写作，广义性的散文，也有人称之大散文，其中的随笔写作，我还未谈。其实，回顾我这五十年文字生涯，四个阶段的散文写作，都涉及随笔，第一阶段那些大字报式的批判或评论文章其文体应归入随笔。从九十年代，我写的随笔数量激增。如发在《文艺报》的《寻找那棵橡树》，发在《读书周刊》的《垮掉与崛起》，发在《厦门日报》的《五十六岁感言》，发在《厦门知青艺术报》的《鹭岛朗诵艺术团宣言》等。而最重要的是《批判自己》，这篇随笔好像是发在大型文学期刊《黄河》，有点记不起，是南帆组的稿。我特别看重的这篇随笔，揭露了自己一生中的两件丑陋的往事：一是1976年，就是丙辰清明，发生了所谓的天安门反革命事件，我写了两首诗给予声讨；一是1980年在福建召开的"新诗问题讨论会"，我对舒婷的诗歌进行批判。两件往事一直纠结在我心里，我曾在公开场合和一些文章里提及，并反省。这篇随笔以这两件往事为主体，揭露并批判，才让我的心安定下来。

前面已说到90年代，我进入了写作的井喷期，这个说法并不虚。因为我写作了多部的中篇和长篇作品。特别是1995年前后，说得上是接二连三地推出，不仅让文坛颇有意外之感，一时间也让读者惊讶。井喷首先指的是数量，没有数量，谈不上井喷；其次指的是大型作品；其三，所发作品的刊物，要在名刊上，否则达不到"喷"的程度。90年代我发表的散文在我的写作史上，数量之大也是前所未有的。但，如果仅仅是这些散文，评论家也不会认为是我的井喷期。我先给你说一说造成所谓"井喷"的那些作品。先说报告文学，1989年，四万多字的中篇《惠东女人》在《福建文学》发表。

1993年，我又写了一部四万多字的中篇，也是惠安的，叫《惠安石说》，在《福建文学》发表。我第一次让福建文坛眼睛一亮的是这部《惠东女人》。虽然我是福建作家当中，在"四人帮"倒了之后，比较早在《人民文学》发作品的，但并未引起福建文坛的瞩目。不少同行并不以为然。多数人的眼光不是审美的，而是审题材，审篇幅，审热点的。所以《惠东女人》一发表就引起很大反响。那时候这个题材已经写了很多了，《惠东女人》以报告文学形式被推出来，在全国是第一次。要感谢《福建文学》。1989年，报告文学形成了一股热潮，席卷中国文坛，大多数文学刊物都在选题组稿发表，出来了一批好作品。福建也不甘示弱，《福建文学》也接二连三地推出重磅的作品。时任该刊的编辑、诗人蒋庆丰，就是哈雷，来信约我写惠东女人。我推荐崇武的作家蒋维新和我合作，为此，庆丰兄专程从福州至华侨大学来谈此事。会约我写这个题材的报告文学的起因是我在《散文》月刊发了《唉，惠东女人》，给读者留下好印象。庆丰兄还陪我与维新兄在崇武一带采访，按要求我写了五万字全稿，维新补充并修正。因为，他出生和生活在崇武这一带，懂得很多民俗，了解不少故事，有生活。没有他的合作，难以写出这样有血有肉有情有体验有文化还有精神的作品。

《惠东女人》之所以引起轰动，我想第一，因为题材本身有吸引力；第二，表现这个题材的绘画和摄影已经数不胜数，成了热点；第三，舒婷的那一首《惠安女》，在全国有影响。所以人们也期待着更多这个题材的文学作品问世，特别是希望有一部纪实性的大部头的作品。《惠东女人》算是应运而生。但是我改了她们原本的符号，给予重新命名。当时她们全部被叫作惠安女子。舒婷那首诗就叫《惠安女》，我认为不准确。因为惠安的女子只有东部崇武那一小片的地方是这种风俗、这种穿戴的。所以我沿用几年前发在《散文》月刊那篇散文的名字《惠东女人》，这个命名开创了先河。

这部作品迄今已发表三十周年，依然是这个题材最好的作品。难怪这几年，还有同道认为它是福建报告文学最好的作品之一。

我的第二部惠安题材的中篇报告文学《惠安石说》，仍然沿用了多年前发表的一篇散文的名字。1985年，我在《散文》月刊发表《唉，惠东女人》，1986年，我又在《人民日报·海外报》发了散文《惠安石说》。当然，更主要的原因是《唉，惠东女人》发表后，《福建文学》要出一个惠安题材的文学作品专号，其中出资者要求有一篇关于惠安石雕的报告文学。《福建文学》编辑部邀我创作，我自然答应了。限定4万字，跟《惠安女人》一样，三个月之内完成。这两部作品，特别第一部现在还有影响，还有同行点赞。闽西作家黄征辉几年前就对我说，他认为迄今为止我最好的作品是《惠东女人》。这两部作品确实给我带来了荣誉，也提升了我在福建文坛的地位。但是，我并不把这两部作品当成是我这一生最好的作品。因为，从艺术上来讲它们可能还不如我的某篇散文，当然是出色的散文。为什么这样自我评价呢？报告文学《惠东女人》究竟好在哪里呢？评论很多，我自己认为带有比较强烈的个人色彩。我对于惠东那个地方有强烈感受，每年会去一两次，每次都有不同的体验。还有一个是写法，较之当时的大多数报告文学，我们这一部非纯客观，因为把两个合作者作为文本的一个不可缺的元素，自然就与众多的报告文学区别开来，别具一格了。

如果仅有这两部质量较好的中篇报告文学，自然谈不上什么我写作的"井喷期"。我列一个作品的单子给你，你自然就会认可了。你看呐，1992年，十二万字的长篇报告文学《才溪世纪梦》在《厦门文学》以专号形式推出，这部作品是我和上杭作家何永先、刘少雄合著的。还有一部与他俩合著的是长篇报告文学《崛起的圣地》，十六万字。另一部长篇报告文学《那条江与那个城》，十四万字，则和长汀作家康模生、陈天长合著。这两部作品都由鹭江出版社出版。1992年,我在《解放军文艺》发表中篇小说《喷薄欲出》,五万多字;1993年我在《昆仑》发表中篇小说《东征之旅》,八万多字。从1992年到1996年,短短的五年里,我发表和出版长篇报告文学四部,中篇报告文学一部,中篇小说两部,堪称果实累累,确实也让本省文学界十分意外,从而刮目相看。不少同行惊讶,谢春池五年里竟推出那么多作品?! 在福建,我成为一时风头很健的作家。实话实说,短时间里,自我感觉良好,有些洋洋得意,好在没有忘形,内心深处太懂得自己的分量有几斤几两。真的,每当我面对排在书橱里的经典名著,就明白自己的那些作品是什么东西。我时常告诫自己,千万不能做一只理想仅是一把谷糠的母鸡。

《才溪世纪梦》《崛起的圣地》《那条江与那座城》这三部长篇报告文学都是写闽西的。第一部看篇名就知道写的是当年苏区第一模范乡上杭才溪;第二部有一个副题,叫《中国老区第一镇古田启示录》,写的是上杭古田镇的革命历史和改革开放的岁月;第三部也有一个副题,叫《来自国家历史文化名城长汀的报告》,写的是一千七百多年的汀州历史与文化。这三部长篇报告文学虽然是与当地作家友人合著,但我都是第一撰稿人。没有第一部就没有后面这两部。

1992年,大概是3月,为写作《东征之旅》我去长汀采访。回到上杭,与时任上杭县长的张志南认识。他热情接待我,请我给毛泽东《才溪乡调查》发表60周年写一篇报告文学。我答应了。《才溪世纪梦》发表后,我们还在上杭召开了一个作品座谈会。小型的,十几二十个人。我记得有厦门的朱水涌、俞兆平、陈耕、苏浩峰,福州的蔡厚示、施晓宇、谭华孚,龙岩的张垣、张惟两兄弟,北京的温金海以及本县的作家。我记得还有我当年湖洋中学的同事谢光荣,还有我的学生、诗人林华春等。座谈会开得很好,为什么好呢? 因为,说的都是真话实话,不乏批评甚至是否定的看法和意见。这部作品是闽西的第一部长篇报告文学,既写实又充满诗意。发表后,在闽西和厦门影响不小。时任鹭江出版社社长游斌读了,非常欣赏,决定出版"红土地的今天"丛书。我记得要在1996年的国际扶贫年出版。他找我一同策划,又把张惟等几个作家请到鹭江出版社安排题材。记得当年写石狮长篇报告文学的《福建文学》编辑、女作家郭碧良,也从福州来了。我前些天找出这套丛书,除了我与人合著的写古田和写长汀的这两本外,还有张惟、张永和的两篇报告文学的合集《红飘带上的明珠》,张耀清与人合著的全景式报告《闽西大跨越》,郭碧良写的"才溪新篇"《再度出发》。据我所知,这是闽西正式出版的第一套文学丛书。很悲伤的是丛书全套出版之前,游斌兄不幸重病去世。

《白鹭之旅》是我写作"井喷期"最弱的一部长篇报告文学,但在厦门的影响却很广泛,持续的时间也很长。很多年后,还有若干作者在引用《白鹭之旅》的片断或史料。

如果从文学的角度来谈《白鹭之旅》,真是没什么可谈的,但从特区历史的角度来谈就有很多东西可以谈了。厦门特区的发展一直不如深圳特区,这是一个不争的事实,即使文学创作,上世纪八九十年代,除了舒婷的诗歌,厦门也无法与深圳一比。我记得1990年深圳特区成立十周年,出了一部讲述深圳特区的长篇报告文学,1995年,他们又出了第二部同一题材的长篇报告文学。水准高低不论,至少有两部大作品摆在那里。所以,多少厦门人都在等待自己城市的一部长篇报告文学问世。市领导和市文联领导的心情也是一样的。我1989年调回厦门也有同感的。

我记得1991年,厦门特区建设十周年,张力写了一篇这个题材的报告文学,发表在《厦门文学》,不长,好像万把字,可能还更短,那是为厦门电视台拍纪录片用的脚本。厦门的作家功利心强,水平不差的,都很聪明;有的则较为淡泊或闲散。撰写长篇报告文学肯定是笨重的活,况且又是所谓"主旋律"的题材,吃力不讨好,谁做呢?1996年,厦门特区建设十五周年,市里决定好好纪念一下。1995年下半年,时任市文联主席的著名书法家谢澄光很重视,市文联党组计划由林生等几位本市著名画家合作创作长卷山水画《鹭岛新姿》,也打算由本市作家撰写一部特区建设十五周年的长篇报告文学。几乎同时,我也有了同样的想法。找了谢澄光先生谈此事,两人不谋而合,相谈甚欢。年底,我领下这个艰巨任务,游斌兄得知此事,立即将这部书列入选题。当我完成书稿时,他已经病逝好几个月。

1996年春节过后,我立即行动,采访和搜集资料。大约是六月,开始写作,只用了五个月,就完成全稿。时间如此短,写出能够出版的近四十万字的一部大书,让市文联的分管领导非常惊叹。我懂得此功不是我一人的,至少有近百人为这部书的撰写与出版付出劳动。我仅仅了却了一个厦门儿子为厦门母亲唱一首颂歌的心愿。

想一想,一个作家和他的作品也是需要缘分的。你看呐,《白鹭之旅》是厦门第一部关于特区的长篇报告文学。十五年的特区建设,厦门变化是巨大的,即使没有天翻地覆,也可以说旧貌换新颜。不可否认,它不如深圳,进程较为缓慢。人家就说政策给福建没有用,给广东才有用。但无论怎么说,质变是深刻的。这种改变,对于一个作家,特别是本土作家来说,会给他带来非常多的新鲜感。可是厦门的作家几乎没有动起来。我1989年才调回厦门,此前八年,厦门几十个作家没有一个去为厦门写一部大的作品。在我之前厦门应该有人去做,但是没人做,我来了才开始做。所以我说,厦门成全了我。所以,我感恩生我养我的故乡。《白鹭之旅》和我七年后写的九十万字的《百年厦门》,其报告与纪实意义远远超过文学。作为厦门的两部重要的历史著述,我完成任务了。

我一直想为我的故乡厦门写一部具有较高文学水准的书,至少写一两篇达到我最高水平或是在全国有些影响的散文。至今我还没有写出来。作为厦门的儿子,我愧对这块土地。大概是上世纪90年代中期,我应邀参加《厦门商报》组织的一次研讨,主题是如何重塑闽南文化。彭一万、易中天等人也参加了,还有其他几个厦门文化名人。有过两三次讨论。易中天问我:"你认为你们厦门人的城市文化是什么?"我告诉他是家园文化。他说:"哇!那你讲得太对了。"我说厦门这个城市跟任何的其他城市不一样,几乎每个市民都热爱它。厦门人不仅仅热爱这个城市,更是把厦门当作一个家。我向他约一篇厦门的散文。他把我这个观点写到《闲话厦门人》里,这篇有一万多字。我一看很高兴,在《厦门文学》给发出来了。后来,他写《读城记》,把这个观点写进去,他打电话给我,说:"老谢,我用了你的观点来写。"我说这个没关系。《读城记》出版后,他又给我打电话了。他说:"老谢,我的书出来了,送给你一本。我用你的观点去写厦门,厦门就是一个家园,厦门就是一个我们大家的家。"其实易中天还是有批评的。让我这样写,好像写不来。

我知道,很多人对自己的家乡会有种种的不满。但是厦门人很少有抱怨厦门的。厦门人都把它当成一个家,喜欢这个家。泉州人不仅不抱怨,还把他们那个地方讲得有多好。所以,泉州人有句话:"满街都是圣人。"泉州人把泉州当天堂,其他地方都不行。厦门人从来不会这么认为。他只说自己好,不太喜欢说别人不好。我就说这里好,我不说江西不好,也不说上海不好。厦门这个城市很宽容。

至于为什么一直没有写出让我满意的关于故土的作品,可能有这几个原因吧。第一是时机没有来,而有些时机可能永远等不到。第二是我总觉得,生活在这座城市,经常有一种模糊的陌生的感觉。机会如果来了就写,没有来就算了。余生能否写出?不见得,不过,我一点都不遗憾。这一生我注定不可能有什么传世之作,就别去想。我不会沮丧,认了。

较之于其他体裁,我的小说发表的篇数最少。其实,我所作的小说不少,但大多数我个人不满意。你说你读了《昨天的石楼》觉得很不错,最终未能在大刊物发表可惜,这话题待一会儿再谈。我前面已经说到《喷薄欲出》和《东征之旅》,我们就继续说这个话题吧。写作与人生一样,经常会这样,有意栽花花不开,无心插柳柳成荫。真的,经常会这样。

你知道,我上山下乡的目的是当作家,终于当成了。但写一部长篇小说,革命历史题材的,这个愿望始终未能实现。1969 年 6 月,我到上杭县湖洋公社插队,仅一个月,我就独自到县里,找到县文化馆,索要有关毛泽东在闽西上杭的史料。那时文化馆办公室坐着两位干部,后来我认识了他们,一是何星祥,一是李兆华,上杭人。他们见到我这个厦门知青,小年轻人来访,热情接待。问了来意,何星祥说:"小谢,你来我们这里来对了,我们有这样的史料,打印的,只有一份,内部的,不能给外人,你从湖洋走路来,回去又走路,有四十多里,不能让你白跑一趟,供给你抄一抄。"何星祥先生的关爱让我一再感谢。这一抄,抄到中午 12 点多,他一直陪着我,抄完后,我告辞。他让我跟他到家中吃午饭,我一再推辞,还是拗不过这位年纪比我大好几岁的长者,真的到老西街他家旧宅。他吩咐他妻子给我煮了一碗加了蛋的汤面。小小年纪的我,在异乡,一个不相识的文化馆的干部,这样款待我,内心十分感激。我称他"老何",从此,我和他成为好朋友,时有见面。一饭之恩,让我铭记至今。

那份内部史料写的是毛泽东几次到上杭和红四军当年的故事。我记住一个史实,林彪当年带领红军进驻湖洋的古楼村,还在一棵樟树下做演讲,号召农民起来闹革命。四十年后,我与时任湖洋乡党委书记王安麒、乡长傅松英一起做那本大型乡村文集《湖洋之春》时,我讲起林彪来湖洋的事,安麒兄很惊讶,说他在湖洋工作了十年,闻所未闻。后来他请教了县里做党史的人,确证了此事,他感叹道:"谢老师,你的记性实在太好。"

其实,我一插队就开始写长篇小说,已经将近六万字,以我们新四中来湖洋公社的这群同学为原型,应是老三届知青题材。可惜的是1977年,被住在我知青点的学生卷走了。虽然革命历史题材的长篇小说没有写成,却写成了革命历史题材的中篇小说《喷薄欲出》。

从1969年开始,我就到处搜集闽西革命历史的资料,多次到古田会址和才溪乡、蛟洋文昌阁、苏家坡等革命遗址去采访或参加文学活动。除了写下一批诗歌,也酝酿写一部关于古田会议的小说。二十年后,终于写出中篇小说《喷薄欲出》。古田会议召开之前,红四军发生了党史上著名的"朱毛之争",小说如何处理这个史实,是棘手的事。以现实主义的手法去写,一定成为纪实文学而非小说。我几经考虑,我决定采用全新的手法,试一试。即使整个文本确实有别于此前其他作家写革命历史题材的作品,还是不尽成功。依然被有些人认为不是小说。我要追求艺术高度,这个难度太大。这么多年,我不断试着把诗歌表现的形式放到散文写作中,现在我要把它用在小说中。《喷薄欲出》我把朱毛的形象用比较艺术的方式表达。此前有人写过这段历史,但是是纪实类的。我则把它整个转化成一种艺术表现。我用诗的思维、诗的语言、诗的意境去写,表现得好坏就另当别论。是的,有人认为《喷薄欲出》是歌颂革命的,包括应锦襄老师。她对这部小说也有类似评价。不过,给我这部作品助一臂之力的朱水涌有不同看法。还有人指认我是在给毛泽东唱赞歌。我不争。作品摆在那里,仁者见仁,智者见智。但是,我并不认为自己在写歌颂的东西。作品有歌颂的成分,这不等于它是歌颂式的。问题在于它的真实性。我认为它具有历史的真实性,不足之处在于艺术性不够。

《喷薄欲出》动笔于 1990 年底,1991 年 1 月完稿。2 月,我将此稿托时任《福建文学》编辑康洪,也就是北村,带回他们编辑部,交给主编蔡海滨。不久,老蔡认为他们无从把握,将稿子退回。虽然在预料之中,但心里也有一些沮丧。于是,将此稿寄《解放军文艺》。《解放军文艺》里我没有认识的人,拖了数月,没音讯,以为没希望。大概 10 月底,该刊编辑部主任陶泰忠来信,告知拟用,邀我去北京改稿。我喜出望外,去北京,住在北太平庄书库的一个招待所。做的第一件事是去见中央文献办公室的一位专家。泰忠兄告知,我的小说是这位专家审阅,有些地方得按他的意见修改。记得在北京我待了十二天,用了八天修改,通过了。终于如期在 1992 年 1 月号《解放军文艺》发表。

离开北京时,泰忠兄对我说,福建革命历史题材很多,让我再写一部中篇小说给《解放军文艺》发表。回厦门半年后,我给他报了一个选题,就是 1932 年红军攻克漳州。泰忠兄很肯定,让我抓紧写出来,要求五万字。元旦过后我就前往漳州和长汀采访。4 月,我又参加红军攻克漳州 60 周年纪念大会,采访当年参加这场战役的老红军。稿子于 5 月底完成,感觉不太好,取篇名《东征之旅》。字数超了,有八万多字,恐怕《解放军文艺》不能接受。果然,稿子转至同属解放军文艺社的大型文学双月刊《昆仑》。忐忑不安的等待后,《昆仑》决定采用。是一位女编辑给我来信的,我又一次意外的惊喜。这个女编辑也是作家,记得她姓江,好像叫什么柳,对,宛柳,江宛柳,散文写得不错。据说,还是审读《喷薄欲出》的那位专家看过了,提了若干意见。我照办,做了修改,通过了。《东征之旅》在 1993 年第 6 期《昆仑》发表。

我为什么要上山下乡去当作家,不在城市里呢?这要联系当时整个背景——革命。那时,我们想当作家,肯定是当革命的作家,而所有革命的作家肯定是左派。那时我才十八岁,相信伟人的教导,只有深入生活,才能写出好作品。那么,我在厦门,怎么深入生活?既然有个上山下乡的机会,我就要去深入生活。特别是到闽西去,它是老区,是革命根据地。我就可以在那边写出一部关于革命题材的长篇小说。这就是我当时真实的想法。五十年过去了,我没写出这部革命题材的长篇,倒是写了两部革命题材的中篇。

　　显然,这两部中篇不是我最好的作品,也不是我特别喜欢的作品。但是,它们给我带来最多的荣誉和虚名,我查了资料,《喷薄欲出》一发表,即被八一电影制片厂列入拍摄计划,很快被《解放日报》连载,后又被《厦门日报》以五个整版五次转载。还获得该年度的解放军优秀文艺奖、福建省第七届优秀文学作品奖一等奖、福建省首届百花奖三等奖、首届厦门文学艺术奖优秀作品奖。解放军文艺社还在厦门为这部作品与另两部厦门作者的作品,开了一个作品讨论会。《东征之旅》则在《厦门晚报》连载,获得福建省第八届优秀作品文学作品奖,又是一等奖。南帆、张贤华、何为、蒋夷牧、何也等作家、评论家给予评论,水涌兄为这两部作品写了一篇较长的评论,在《解放军文艺》刊发。这两部作品后来合为中篇小说集出版。这两部中篇小说风格迥异,前者是诗化的文本,后者是写实的文本。当代闽西革命历史题材的文学作品,至今未有超过它们的。甚至,在长篇报告文学作品中,闽西至今也还没有哪一部,可比《才溪世纪梦》的。当然它们都不是精品,可以写得更好,只是已经没有"下回分解"了。

　　诗歌是我钟爱的文体,小说更让我心醉,记得80年代中期,在厦门参加一个文学创作活动,陆星儿女士就说我应该写小说的,还说我的经历和性格就是小说。她给我写信时，还谈到这个问题。我对小说也有强烈的欲望。如果从我1969年开始写的那一部仅仅几章的长篇小说算起，到今年整整五十年，写了数十篇，好几部中篇，两三个长篇的开头，没有我个人满意的。在柜子底层还压着一大叠手稿，已成废纸了，一直未去惊醒它们。我从80年代开始，就酷爱现代小说，因此，我不写传统的所谓现实主义的小说，尝试写了不少自以为现代的小说。可以说，都失败了。其中一部较像样的中篇取名《昨天的石楼》，这部作品五万多字，采用现代诗的写法，是我的一次现代小说探索。其所叙述的是某个男人的大学校园生活。当然，原型是我自己。这部小说我从1988年8月开始写到1990年三四月完稿。寄给《收获》，很快被退稿。程永新兄的退稿信写得真诚中肯，我没有能力再改。后来收入我的中短篇小说集《昨天的石楼》，于2000年出版。小说集仅收入六篇作品，除了中篇《昨天的石楼》之外，还有短篇《过渡》《潜流》《迷途》《今夜无题》《没有太阳的日子》，都是差强人意的小说。尽管如此，我却很看重这部薄薄的书，敝帚自珍吧。《昨天的石楼》，确实是我呕心沥血之作。你也读过，为它未能真正问世惋惜。我真没惋惜，因为我没写好。评过这部作品的有应锦襄、段金柱、泓莹、方航仙等先生和同道，他们的意见都对。有一次，南帆兄来厦门，住厦大，在水涌兄的旧宿舍。他接过我递上的《昨天的石楼》手稿，陷在沙发里快速地读完。真亏了他，让我很感动。他是谈小说的高手，其意见与他人有相近之处。但我一直固执地认为，最主要的不是他们所提的那些问题，最主要的问题是我这个文本是夹生的，换言之就是我没写好。我坚信小说写作和散文及其他文体一样，无定体，否则博尔赫斯那些短篇就不是小说了。这就是一个非大师作家与大师作家的区别。事隔近三十年，再读这部中篇，我这个看法没有改变。

然而，不少好朋友对我却有更高的期待。2000年，由中国当代文学研究会、福建省作家协会、厦门市文联、厦门市大同中学联合举办"谢春池文学作品讨论会"。俞兆平兄发言,希望我的作品在全国有更大影响;沈世豪兄发言,希望我写出一本在全国有相当影响的作品。几年后,仲义兄认为,我出了这么多书,为的是最后出一部最好的书。如果我没有理解错,这样的书应该是长篇小说。因为,从当代文学来看,似乎只有长篇小说才能完全代表和体现一个作家和一个时代的最高文学水平。可是,我在90年代中期就感觉,我这一生无法写出那样的长篇了。如今,人将古稀,更确信二十多年前的感觉是对的。理由待后面再说,容我先讲一讲自己的评论写作。

其实,除了各种体裁的创作之外,我还写过很多评论。我评论的文字最早就是"文革"初期的那些所谓的批判文章,此类文章就是读中学老师说的"议论文"。尽管那时我的评论就是骂人、歪理,但,也必须有逻辑。最早一文是评介"革命样板戏"《红灯记》,叫《做人要做这样的人》。我插队的第二年写的,在《福建日报》刊登,署名"上杭县湖洋公社上山下乡知识青年红农"。那几年,我写过关于文学作品和现象的评论,在华侨大学也写过几篇泉州、晋江、惠安个体或群体作品的评论。我到了《厦门文学》以后,《厦门文学》的评论会搞得那么热闹,那么有起色,那么多名家在这里发表文章,使评论成为这个刊物的特色,在期刊界产生了影响,引起瞩目,还就是因为我自己也写评论。而且我写的评论不是只有文学,还包括艺术评论,比如电影、电视剧的评论和美术评论。你不会想到,我还评过米开朗琪罗呢,在《文艺报》发表。那年北京一家有影响的艺术类刊物,弄了个世界经典推介栏目。编辑跟我素不相识,不知从哪里弄到我家的电话,跟我约稿。他们错把我当成研究米开朗琪罗的专家。我应约给他们写了一个关于米开朗琪罗的小传,还提供了几张米开朗琪罗的作品。文章发表后,连较熟悉的朋友都很惊奇。我的评论涉及面非常广,但自知深度不够。我的文学评论更侧重地方性,因为我觉得很多地方本土作家没有被足够重视。而本土评论家又不太关注本土的作家,这肯定是一个问题。这对本土文学的繁荣,非常不利。我刚好是做《厦门文学》的,干吗不关注?一定要关注,一定要推本土作家,特别是青年作家、诗人。所以,我撰写了一系列的评论文章,在《厦门文学》发表。第一篇是《福建散文艺术刍论》。此文是借《厦门文学》海内外福建作家散文专号,撰写评述当时整个福建散文和散文作家的文章,此前没有谁做过这样的事情。福建师大中文系散文研究是强项,但主要是现代散文,不是当代散文。特别是对本省的,闽南的,尤其厦门的没有研究。不久,我又在《厦门文学》发表了关于本土文学创作的评论,记得有《"闽西作家群"简论》《"晋江散文现象"简论》,评论了陆昭环、李灿煌、黄明定、刘宵、张永和、陈元麟、黄橙、今声、宋祝平等。评舒婷的《寻找那棵橡树》在《文艺报》发表,产生一些反响。国内的我还评了张承志,国外的我评了美国"垮掉的一代"。

我还写过世纪末中国文学的思考文章,诗歌和知青是我评论的两个重点。朦胧诗发端时,我写了两篇评论给予批判;而新诗潮到来,孙绍振等给予严厉批评,我则撰文在《文艺报》《厦门文学》给予反批评。知青文学的评论写得最多。我大体坚持写评论,没有话就不说,有话才说。这几年我除了知青文学之外,其他评论很少写了。前些年,有闽南作家群、闽南诗群、厦门诗群等,近些年有上杭诗群等,我都为此写了一些评论。但是对整个文学现象的深度阐述是不够的。

我和学院派的评论不同。我没套路,想怎么讲就怎么讲。比如关于中国知青文学的评论,我在《文艺报》发过《从告别风暴到告别青春》,是那个版的头条啊。在《南方都市报》读书专栏,我发表过《从体验浪漫到体验现实》。我自己对中国知青文学的发展没有一个系统的梳理,但我有我个人看法的。很多评论家,尤其是很多学院的研究生,对文本的解读不到位,这促使他们只能从理论到理论。而我作为作家和编辑,更懂得文本。这个可能是我的一个优势。

我这一生一直想用诗歌来写小说,没成功。但我并不因此遗憾。我顺应内心的呼唤,做自己能做的事。我想写几部数千行长诗,大概有两三个题材已经进入构思了,都是史诗性的。但至今没有动笔,没有几个月甚至一年时间是不行的。

目前我基本不写小说,报告文学也不写了,主要写些散文、诗歌和随笔,评论也会偶尔写些。写报告文学,题材一定要让我感兴趣的。比如我撰写的《百年厦门》,就是我感兴趣的。但没写成报告文学,写成史料性的纪实。总之,我在文学方面没什么大造诣,也没什么大成绩。自认为做过一些开拓性的工作,或者说别人不一定愿意去做的事情。已经快接近人生的尾声了,我对自己的评价是,人有个性,但是作品个性不是非常突出;作品有艺术性,但是艺术性不是非常高超。

2017年,我用了五个月时间为自己写作五十周年举办了系列活动,从启动仪式至闭幕式,大约有七八场活动。启动仪式现场的喷绘背景上写了我的一段感言:重要的不是当一个作家,而是做一个人;重要的不是获取什么,而是付出什么;重要的不是有多少学问,而是感恩。谢冕、岳建一、刘小萌、杨健、章德宁、王克明、朱水涌、俞兆平、沈世豪、陈仲义、陈福郎、彭一万、任毅等或为我题词鼓励,或参加活动。厦门知青文化活动组委会和知青文学沙龙、知青摄影沙龙、知青书画沙龙的兄弟姐妹们一场场地前来赴会。而蒋东明和陈铭则为《谢春池散文》出版给予鼎力支持。让我感动的是,谢冕、陈素琰教授夫妇、岳建一兄,从北京专程赴厦门上杭参加活动,知青兄弟陈金火、张伟明、翁新杰给予捐款赞助。施建初则为我制作了十分精美的大型艺术摄影集《谢春池肖像》。他们让我感恩,让我一生铭记。

  我绝不是开玩笑地说我这一生很值。当然,这个自我评价很世俗,也仅从功利的出版著述的角度来说的。年轻时,期盼这一生能够出版两三本书,足矣。至今年的这一本散文随笔《人在做,天在看》出版,已有四十一本著作问世了,我无法一一道出书名。记得第一本书由鹭江出版社出版,是报告文学集《惠东女人》。还有几本不是写作类的,有两部我的书画集,一本是知青作家谢春池书画展作品全集,叫《五十不知天命》,一本是《谢春池标题彩墨画集》。还有两部我的摄影作品集,一本是《中国:灰瓦与野草》,一本是《撞击光和色彩》。后面这一本是现代摄影,完全是玩出来的。摄影集还有两本,今年会出,一本是《黑白与彩色》,另一本是《厦门知青肖像》。

  当然,这四十来本书几乎没有精品。它自然是我人生过程的四十来块路碑,是我走过的生命之旅的文字与图像的记录,让我觉得来到人世有所作为,离开人世,心安了。

八　编　辑

我讲几个词给你听,第一个:自通,第二个:遗传,第三个:宿命,第四个:前世。你会有自己的看法或阐释。我倒着讲一讲我个人的看法。我从小到大,一直到35岁之前,都不知道什么是前世。母亲在世时,讲了很多前世怎么样怎么样,不过,我不信。即使我很近的前辈或同辈,讲过此类的事,我也从未信过。皮毛地读了一些佛教的书籍,特别是学了气功,接触了生命科学,我的观念有了根本性的改变。因为,以现代科学,无法解释人世间发生一些玄妙的、超人的事件。有些事是我亲历,有些是我家人或朋友亲历的灵异事件。到底有没有前世呢?如今我相信每个人都有前世。你可以说这是伪科学,甚至反科学。我不反驳。你不信,我信。

第三个词,宿命。35岁在华侨大学大病一场之后,我开始相信宿命。没有谁能扼住命运的咽喉,只有命运会扼住人的喉咙。

遗传和自通这两个词我不必说太多,你肯定认同。而自通有一个前置词,就是"无师"。我开始做一些编辑的事务,与我写作同一个年份,就是1967年。本来,想把编辑这一项和写作结合起来谈。一想,会互相干扰,以后有机会再来,回忆回忆,叙叙旧,与朋友们分享,那是另外一种人生享受。

我以为我从业余编辑成为专业编辑,最终在文学编辑的岗位上退休,是宿命的结果。年轻时,我完全没有料到我今生的主要职业甚至专业竟然是编辑。我的编辑能力有父亲甚至母亲的遗传,是从前没有悟到的。父亲去世之后,我再次翻阅父亲留下的一些资料才悟到的。无师自通是我早年很自得的一种本领。我这一生,所从事的职业,所做的一些工作,没有哪个由老师授业,也没有在社会上拜哪个人为师。编辑是一个非常专业的工作。不客气地说在这个行当里,不乏好的或优秀的编辑,但卓越的编辑,就是专家级的编辑极少,包括国家级的报刊以及那些名报名刊。总之,小材多,大材少。你问我是小材,还是大材?我绝不是小材,是不是大材,让事实说话。我确实笑傲群雄。没那个金刚钻,不敢揽瓷器活。

想一想自己什么时候接触编辑的活,对了,在小学大概六年级的时候,我十三岁。那时,我担任学校少先队大队委员,右臂戴一个三道红杠的白色方牌子。我是一个顽皮的学生,怎么会当上"大队委"呢?当时,我是大同小学画画最好的学生,负责出全校的黑板报。记得给我配了一个五年级的小女生,住在我家近旁的邻居,当助手。稿子是老师拿来的,我负责画报头,设计版面,插图。我们出的黑板报受到老师的表扬。这是我最初做编辑的经历。至今记忆还很清晰。

开始真正编东西是1967年春,我加入厦门四中红卫兵独立团,其前身是"厦门四中井冈山战斗队"。头头让我负责宣传,不过,仅仅让我写标语,画宣传画。这样,我自然很清闲,觉得不干点别的活,对不起伟大领袖,对不起"文革",不能成为一个合格的红卫兵战士。于是,给自己找事情做。第一,我开始写文章,就是那种大字报式的所谓批判文章。第二,我创办一份油印派报,取名《井冈山之声》,集毛泽东的草书为报头,每期刻两张蜡纸,四版,油印一两百份。我自己当主编,当文编,当美编,当作者,当组稿人,当刻蜡版工,当发行人,当送报工。总之,"一条龙"地干活。这是厦门四中"文革"开始的第一份小报,得到本派不少同学的赞扬。

第三,我突然也不知哪一根脑筋触动,竟然,可以说是不知天高地厚,要编一本诗集。大约五六年前,同年级同派的同学何岩生还告知我,他藏有这本诗集。我喜出望外,希望让我看一看。他始终没拿出来,是以为太珍贵不愿示人？或怕我掠人之美？或找不到了？我几次问及,岩生兄都语焉不详,我只好作罢。开本是小30开,封面是米黄纸,比较厚的那种；翻开封面,是扉页,扉页前装订一张略为朦胧透明的纸,厦门人称"玻璃纸",问专业人士陈铭兄,答说那是硫酸纸；内文是薄的书写纸,对折装订。书名我不会记错,叫《井冈山诗抄》。诗集较薄,不会超过四十码,因为是对折,也就有八十码厚。我从本市的、外地的一些油印或铅印的派性小报或资料里选来编进去。这大概也是厦门"文革"的第一本由红卫兵编印的诗集。是不是唯一的,我就不敢断定了。这么一本诗集,编印出来,让人耳目一新。很多同学索要,好像只印了一百本,一下子分光了。我自己留了一两本,我去插队,没带走,藏在厦门家中。不久,父母将我留下的中学课本、一堆《厦门八二九》《革命造反》《新四中》《厦门前线》《鹭江风雷》等铅印派报、"文革"资料,连同《井冈山诗抄》,全当作废纸,卖给收购废纸的人,我非常生气。

其实,我不懂得这是我今生编辑生涯的起步。就在做这本口述时,我才突然明白,而且明白,自己成为一个编辑是命中注定的。几年前,我在某个夜晚,突然明白,我懂得编辑的道道,有遗传。因为,有遗传,才无师自通。再想一想,父母其实就是老师。

父亲逝世后,留下一些珍贵的稿件。这些稿件中有一本他抄写的宋词,超过百首吧,一本是他制作的千字文篆字,两本都是钢笔书写的,深蓝墨水的文字。他的两本手抄书,大体是在我上山下乡前一年或当年抄的。还有两本精装日记本,一本小的平装日记本。以前,父亲的这些物件我见过,也翻过,借用过,不止一次,只觉得这是父亲的才情和爱好。待到老人家走了,我几次再看再读这些本本，特别是读了他的遗著，数万字的自传，才终于悟到，我会写作以及绘画书法，是父亲的遗传，我会编辑，更是父亲的遗传。父亲的编辑能力与生俱来。那本宋词，抄在一本A4的笔记本上，字迹极为工整。父亲以词典的方式进行编写，制有目录，按词牌笔画的多少的顺序编排，相当的专业。不客气地说，如今出版社的很多编辑，完全达不到这样的水准。而那本千字文篆字，也一点都不业余。我发现父亲连字体都有所讲究。因为，父亲的美术字写得很好，也使得他的手抄书非常像样。我读小学就见过父亲发表在省报省刊市报的豆腐块文章剪贴在日记本上，觉得父亲很厉害。一个工人竟会发表文章，还给报刊插图。那是上世纪50年代初期啊！没有几个人，特别是劳工，能够这样啊。

我为什么会说有母亲的遗传呢？父亲一生，做事时常有头却没尾，而且淡泊，得过且过，凡事不会坚持到底。还有，就是不够细致缜密。我母亲则截然相反，细致、缜密、坚持、执着，甚至追求完美。母亲的这些品质，都在我当编辑时充分体现出来。

我从新四中公社调到厦门大中（专）总司令部，编辑出版大字报专栏《战火》。我把它当一张报纸办，讲究报头、版面、版式，办出名声，赞扬不断，是中山路最受群众欢迎的大字报专栏。大中（专）总司的机关报《革命造反》改刊为《厦门八二九》，头头让我兼《厦门八二九》记者。这么一个锻炼的好机会，我当然不放弃。那时，该报由两位三四十岁的先生负责。一个是卢丹青，那时在厦门进修学校教书；另一个是李熙泰，好像是红旗小学的教师。老卢"文革"初期被整，不严重，据说是三青团员，有历史污点，因为参加促联派，1969年全家被下放至宁化县山区。调回厦门后，他先到厦门酒厂工作，后来加入某个民主党派，于是官运亨通，任该党派市委主委。去世前，任市政协副秘书长。老李是我大同中学的校友，好像是上世纪50年代初在我的母校任教，据说他本来在厦门大学中文系教书，不知什么原因变成小学教师。"文革"结束后几年我不太清楚，不过他最终又调回厦门大学。这两位先生都是厦门教育系统最大的派别"新厦门教育公社"的成员。该组织属于大中（专）总司管辖的，两人就到《厦门八二九》，负责这项工作。卢比李更懂得办报，是没有任命的主编。他不仅编稿有水平，甚至会划版式。每期的文章汇到他那里，他用毛笔蘸红墨水在旧报纸上画版面，每栏以Z字形标出来。我想他一定从前在报社待过。后来，我知道民国时代至解放后，报纸版面都是这样发稿的。我第一次看他这样划版式，就懂得怎么划了，其中的道道我全明白。

好像当编辑的人，都兼跑记者。我是先跑记者，再当编辑。我到当时厦门两派武装对峙的促联占据的厦门酒厂采访，写了相关的通讯，写了厦门四中在枪声中复课闹革命的新闻等。我还请了厦门一中新一中公社和我们新四中公社一同进驻厦门日报社的68届初中女生林祁和67届初中女生苏晓明，写了本派在厦门日报社夺权一周年的纪念文章。我为该版制了一个标题：《三百六十五个日日夜夜》，题下有一个类似题记的文字，四句："一年三百六十天，日以继夜战车间；捍卫真理为革命，胸怀红日谱新篇。"林祁与晓明的短文我留有剪报，我为林文制标题《咂！黑板头灰飞烟灭》，为苏文制标题《不准为〈新厦门日报〉翻案》。

大约是1968年春节过后不久，老五届大学生的66、67、68届一同毕业，必须离校。一时间，厦门大学在大中（专）总司的十多位各系的那三届学生都离开了，《厦门八二九》编辑部只剩下五个人。不久，卢丹青病了住院，好像是胃出血，出院后在家里休息，李熙泰也没来了。整个编辑部剩三个人，记得是厦大中文系的翁其效和钟树文，他俩也无心做事，总司头头让我这个初中二年级的小青年，担起《厦门八二九》的重担。我也不懂得推辞，一口答应下来，成了没有任命的主编。真是光杆一个，既当"校长"，又当"敲钟"的校工。一直到毛泽东"再教育"的"最高指示"发表，1968年12月底，我出了最后一期《厦门八二九》，这个派别终结了。我说得这么准确是我有相关剪报留存，这剪报有这样一段文字，我抄下来，念给你听听："伟大统帅毛主席发出'知青青年到农村去'的战斗号召，几百名八二九红卫兵小将闻风而动，决心奔赴山区接受贫下中农的再教育，滚一身泥巴，炼一颗无限忠于毛主席的红心，干一辈子革命。这个革命行动好得很！好极了！让我们再一次向首批上山下乡的八二九红卫兵小将表示最亲切的慰问和致以最崇高的致敬！"坦率说吧，我一个人办一张报纸，不觉得吃力。那几个月翁其效与钟树文二位兄长会写几篇文章给《厦门八二九》，其余的事务，他们不管。我一个人组稿、采访、写稿、组版、划版式、送印刷厂、校对清样、调整版面，甚至到车间去帮工。报纸出来，倒是有其他同伴发行。如此一个包干，让我对这个行当熟悉了，连细节都了如指掌。这为我后来的编辑生涯，打下了很好的基础。

让我至今还感叹的是1968年8月，我查了自己的剪报，没错，那一期的《厦门八二九》，是第52期，出版日期是8月21日。整期都是关于福建省革命委员会成立的内容，四个版的大部分文章都是我写的。第一版的头条是关于八二九厦门公社与厦门驻军指战员召开庆祝大会的报道。我在报道中写到自己代表大中（专）总司上台发言写了一大段，竟有三百来字。其实，那次发言，我又不是大中（专）总司的头头，当时的一号人物吴墨水有他的考虑，我只好勉为其难。工人文化宫广场，也就是现在的市公安局，人山人海，超过三万人。我虽然是最后一个发言，也做好了心理准备，但一走到麦克风前，我的双腿就开始不听使唤。怎么会这样？场面太大，好在有一个讲台挡住我的下半身，两腿一直发抖，心里头默默地念着"下定决心……"的毛泽东语录，口中读着大概是翁其效写的讲稿，什么"巨大胜利"，什么"战无不胜"，什么"批透搞臭"，等等。为了克服怯场,还振臂高呼了好几个口号,让全场与会者为我壮胆。我在报道里还煞有介事地写道"他强调指出",现在想来,都是狗屁!其他几版发了大中(专)总司给省革委会成立大会的贺电、本报社论,还有一首颂诗。都是我这个十七岁少年的涂鸦,显然有些疯了!

有没有一点成就感?不可否认,还是有的。不过,虽然我一个初中生,和那么一些大学生还有教书先生一起做报纸,接着,剩下一个人做,但都是自己有兴趣的,觉得很自然。就像你这次要我做一本口述史,我不以为这有什么了不起。我从小就有些举重若轻的本事,还有些宠辱不惊的心态。

在武斗第一线采访害怕吗?没有,从来没有。我自己就曾经参加了两次武斗。一次是1967年7月21日,在厦门罐头厂攻打厂武装部大楼,一架长梯驾在这幢大楼与邻楼之间,三层楼高,我随派友们从那架长梯跑过去。另一次是同年8月2日,在厦门大学攻打造反楼,我贴着大门的围墙,朝里面扔了一颗自制手榴弹。我拉了弦,看它冒烟,快爆炸了,不慌不忙迅速抓起来,扔入墙内,爆炸了。我心理素质从小就很好,临危不惧,让我一生化解很多风险。

我们《厦门八二九》在厦门日报社印刷厂排印,那时新厦门公社,就是八二九厦门公社的机关报《厦门前线》也在那里排印。因此,我认识了一些人。他们是《厦门前线》的编辑。比如许怀中先生,厦大中文系老师,前来印刷厂改定清样,遇到过两回。他人很和善,主动询问了我,还给我一些鼓励。上世纪90年代前期,我出版自己的第一本文学评论集,求他作序。他在序中写和我初次见面在60年代中下叶,就是这事。还有厦门一中的语文教师刘溪杰,在该报发表诗作,笔名"马前卒",很有些名气。另一个诗人笔名是"梅李",听说在一个小学教书,他的诗都是长句,都两行一段,也很不错。多年后,他在《厦门日报》当编辑,我才认识他,大名叫"许祖泽",书生气十足的一位兄长。

插队去上杭时,我带上钢板、刻笔、蜡纸和数百张裁好的道林纸,觉得总会用得着吧。用得着吗?用得着,还真用得着。不过,不是一去就用上,而是几年后,我办了《红农诗刊》。我自己刻好蜡纸,带着一叠道林纸,跑到公社,一位林姓的党委秘书很支持,同意我用他们办公室的油印机印刷。印了多少张忘了,少说也五六十份,寄给厦门以及在各地乡村插队的同学朋友。那报头"红农"二字是自己写的行书,"诗刊"二字是黑体,略小一些,版式很专业。今天再看,除了印制不精,还是很像样的。出了几期?最多三期吧,记得有知青投稿,在武平县中堡公社的小学同学罗泽华,寄来两首旧体诗,我给发了一首。去年,我俩还谈及此事。我不知道《红农诗刊》是否是全国知青上山下乡期间唯一的一份民间诗刊,但从我所搜集或了解的上山下乡的史料里,却未见过第二例。在湖洋中学任教时,我还办过美术壁报。我的学生回忆说,美术壁报叫《红画笔》。

在插队的中后期,我还应邀参与了《上杭文艺》和《闽西文艺》的编辑。应该是1975年吧,省城下放干部、作家洪群调至上杭县革委会宣传组,编辑《上杭文艺》。他将原先的16开本改为32开本。他让我有空时,为该刊编辑一些文稿。这年夏天,我进县城,洪群兄拿出一叠自然来稿让我处理,我发现了蛟洋公社某大队一个叫"王伟伟"的厦门知青的诗歌《汗水写的诗》。一看是厦门知青写的,我很高兴,觉得写得很不错,可以发表,立即写了意见给洪群兄。他也认可。于是,我拿了一张油印的统一的"来稿复信",并在空白处写了"刊用"等字,用"上杭县文化馆"信封将采用通知装进去。下一期的《上杭文艺》将此诗发表。90年代成了我好朋友的王伟伟在一篇回忆录里写了这事,说收到我的复函,非常高兴,说这是他的作品第一次变成铅字。那些年，我一到龙岩，就去探访《闽西文艺》编辑部。大概是1976年，毛泽东选集第五卷出版的时候，后来在省城当厅级干部的方彦富，那时在龙岩特钢厂当工人，年纪比我轻一些，喜欢文学。我读了他写的关于"毛选"五卷的一首诗，觉得可发，打电话到他厂里。他骑自行车赶来会面。我和他谈了此诗的意见，并和他一起将诗歌修改，在当期的《闽西文艺》发表。数十年过去，他总说他的处女作是我给编发的。上世纪70年代我为闽西编的最后一份报刊是上杭县文化馆的《群众创作》。1979年12月，古田会议召开五十周年，我从华大借调回上杭协助筹办纪念活动，独自一人编了多期的《群众创作》，这是最后一期。我还在这一期发了对上杭县1979年的文艺创作综述评论的文章。

到华侨大学后，我前面说了，阴差阳错，我当上《华侨大学学报》自然科学版的首任编辑，参与该学报的创刊。不过，仅仅编了一期，我挨整，被撤职。虽然仅一期，但也不是乏善可陈。那时，因为还未创办哲学社会版，马列主义研究室的讲师庄善裕投了一篇论文，这位先生后来出任华大校长。面对这篇论文，我没退还作者，而是找分管学报的学校教务长林莆田，建议不必拘泥于自然科学版，可在创刊号发出。我的理由是，本校有一批文科教师，他们论文应在学报占一席之位。先在自然科学版上发表，以后创办哲学社会版，就不这样做了。教务长认为我言之有理，同意了。

大约是1984年冬，教务处领导让我接已经编印很长时间的《教学简报》，我以为合适，也有兴趣，就答应了。《教学简报》每月一期，实在小，A4纸大，对折，四个版。对我来说自然是小菜一碟，不在话下。每个月我仅用一两天时间就编完付印，而且编得很专业，一时得到各系的好评。其余时间，我都不上班。前面我已说过，这里不再重复。编了两年，觉得"简报"太内部，也过于小，和学校的大，不般配，我就向处领导提出"变身"。怎么变？办一份华侨大学的教学报，大版面，如《厦门晚报》，一年出个十期八期。此时我的处领导不仅已经很了解我的个性能力，也信任我，很高兴地同意了，还鼓励我一番。我找到好友、中文系的教师、书法家王乃钦题报名。1986年冬，《华大教学》正式出版，时任常务副校长的陈觉万先生还撰写发刊词《唯革新方能立足学府之林》。我存的《华大教学》不齐，约有七八期，每期报头以及某些标题、图饰都套红。以我今日的专业水准审看这几期存报，依然觉得非常专业，版式美，十分醒目；内容丰富，体裁多样，有新闻、特写、时评、论坛、文学、艺术、文化，等等；作者众多，有教师，有学生；可读性强。我的存报的最后一期是第11期（总63期），时间是1988年10月。1989年，应还出了两三期。

我在华大十年，与文学有关的事情做了不少，其中两件本人最为得意：第一，策划并主持"华侨大学文学周"，这在当时全国高校绝无仅有。有七八个活动项目，最引人瞩目，也最独一无二的是"中国大学生诗歌大展"，二十几个大学的诗歌汇集到华大，以纸质大幅抄件挂起展出。遗憾的是没有经费。否则，出一本诗集，一定成为那个时代的大学生诗歌的范本，也会成为档案史料传至今天。当年的参与者赵然，如今成了《华侨大学报》主编。他在该报开辟了"中国大学生诗歌大展"专版，至今还不时推出。第二，创办了全国高校难得一见的大学文学报《华侨大学文坛》。北京大学教授、中国诗界最有影响的评论家谢冕任顾问，我任主编，还组了一个编委会，有赵然和几个师生参加。谢冕为创刊号撰稿，记得标题很漂亮，叫作《花的使命是创造春天》，此文还收入谢冕的散文集。为了讲这事，我找出存报重温一下，这份小报和《厦门晚报》一样大，每期四版，报头、某些标题以及小图饰都套红印刷。由于是文学报，编排更为活泼有艺术性。创刊号在1987年3月与读者见面，校长、党委书记和两位副校长题词，联合出版的单位竟有三个，教务处、学生处、团委。创刊号寄语认为"它是全国高校第一张文学报",看来并非虚妄。有小说、散文、诗歌、评论,甚至有译作。"文坛"二字由王乃钦题写,字好,而且文气、大气。套红印刷,所刊不少篆刻,格外引人注目。总之,整个报纸可说精彩纷呈。

最有意思的是我前面讲到因1980年编印招生简章所谓的错误,我被整,1984年,有关领导又让我编印招生专刊。我开玩笑说不怕再让我弄出问题。我的顶头上司教务处长郑厚生只好苦笑。招生专刊编了两期,校招生办给予高度评价。1987年校招生办又邀我编招生特刊,只要编一期,较之1984年,编得更专业,更有吸引力。

我的编辑能力得到发挥,水平渐渐得到公认。1982年至1983年,学校里新创办的两本刊物,其负责人都找我帮忙,我非常乐意做。因为,这是我十分感兴趣的活。1983年3月,外语系要创办《外语教学》,这确实是一件大好事,负责人是老教师杨格先生。他说:"谢先生,你的编辑水平一流的,除了你,没有谁能编得更好。"杨格比我大十几二十岁,却是我的好朋友。我责无旁贷得接过这个活。第一期,也就创刊号问世,见多识广的老杨格禁不住用英语叫好。另一本刊物是《华侨高等教育研究》,由本校高教研究室主办。他们见了我设计的《外语教学》封面,很认可,要我为该刊创刊号设计封面,我答应了。这两本刊物的第一期样刊我还存着,两个封面至今还可示人。

两本刊物的封面与刊物的性质和内容很吻合,也有一些学术性的体现,我较满意。而1987年华大两本散文集的封面,由我自己设计,需要更为艺术一些。难度更大,我却没做好。

我在华大还编书,不过只编了这两本小册子。1987年,新学期开始,有关领导给了我一笔经费让我做一点事,恰好这时《华侨大学文坛》创办,我就提出刊印"华大文坛丛书",得到支持。丛书由谢冕当顾问,我当主编。第一本是《华侨大学之春》,第二本是

《走山访水》,前者是华大题材,后者是旅游或山水题材的,都是学生的作品。两书从编稿到成书,都由我一个人完成,协助者仅帮助校对清样和发行。这是华侨大学学生最早的文学作品集,一时在学生中广为传播。从《华大教学》到《华侨大学文坛》再到"华大文坛丛书",一批大学生文学新人得以成长起来,这或许是我对华大的绵薄贡献吧。

华大学生中有不少是我的朋友,因此,有些事,他们会来和我商量,请我帮忙。记得1984年冬,学校学生会决定办一本刊物《华大学生》,责任编辑、机械系学生陈如刚为请谁题写刊名发愁,找我讨主意。我想都没想就让他们写信给时任全国人大常委会副委员长、华侨大学校长的叶飞求字。陈如刚问:"行吗?"我答:"你不求,怎么知道行不行?叶飞如果不题,再找其他人吧。"校学生会就给叶飞写了一封请求信,没想到仅一个多月,叶飞的题签由人送到华大。创刊号在1985年1月出版,我还为叶飞的题签写了一篇卷首语排在封二。该刊几位学生都说:"都亏了谢老师出的好主意。"

上世纪80年代初期,朦胧诗问世,民间诗潮涌来,我不由自主地投入其中。1980年10月,我前往福州参加"新诗问题讨论会"。返回华大后的两个月里,我与诗人陆椿以及城东中学语文教师何方组建交响诗社。我创办了《交响》诗歌月报,油印的A4大四版,创刊号即在12月出版。头版刊发了著名诗人蔡其矫的诗作《歌声》,有数十行之长。我沿用《红农诗刊》的做法,一个人组稿、编稿、划版式、刻蜡纸。到城东中学,与何方兄一起印刷,再一起分发或邮寄给诗友。不久前我找到创刊号,代创刊词是我写的,标题是《来吧,朋友们……》,很短,我抄在这里,读给你听:"人世间——广袤无垠的舞台,朋友,让我们走到一起奏乐歌唱,不同的乐器,不同的歌喉,不同的节奏,不同的色彩,在这里交响,不,应该说是生活、劳动、心、情感在这里交响,旋律是和谐的,声音是美的,我们特别欢迎短章和青年们的演奏和歌吟。//来吧,朋友们,把各种各样的歌声乐曲捎来吧,它虽然是一座小小的乐坛,却努力让其有美妙独特的交响。"

我在"新诗讨论会"上批判舒婷,怎么还创办民间诗刊呢？很矛盾？确实如此。这就是人的两重性。我在未与"假大空"诗歌彻底告别的时候,已经开始加入民间的诗潮的队伍,最终才成了极左诗歌的叛徒。

1981年,我还应泉州市团委,就是现在的鲤城区团委之邀,为《泉州青年》编辑文艺副刊。我为之取名《新绿》。大约一年时间,编了好几期。还应当时的泉州市文化馆作家王毓欣邀请,协助他编印《刺桐》,一份本地的文学报。做这些活,都很愉快。

第二次在《厦门文学》编辑部任职,前面我只简单地说了一下。重返《厦门文学》确实不同寻常。不过,我好像一直没有谈到我从华侨大学调到《厦门文学》编辑部这件事,我先谈这件事吧。

去年是改革开放四十周年,偶尔在《厦门日报》读到一篇回顾本市司法的文章,关于全国首例文学作品入罪案。就是女作家唐敏中篇纪实小说《太姥山妖氛》诽谤罪那事。我告诉你,我和唐敏这个案件没关系,但我调入《厦门文学》编辑部和唐敏有关系。《厦门文学》在1989年改为月刊,由邮电局发行,其主编陈元麟是我插队时期相识的朋友,有交往,关系不错。他对我较为了解,知道我在华大就是做编辑的事,我会寄一些所编辑的报刊给他。他在思明区文化馆编过文学刊物《海角》,后来从市剧目创作室调到《厦门文学》任职也几年了。他懂得这个行当的难度,认为这方面我是擅长的。所以,一直想调我到他编辑部,和我谈过两次。我说他们那里那些人很强了。他答,他们的创作可以,但编刊物不在行。他要我调回厦门"为特区文学做贡献"。我没这个想法,告诉他我在华大很"幸福",不想到《厦门文学》去受累。我深知,去了必得挑重担。当案件缠身的唐敏打算辞职时,元麟兄要我回厦见个面。他兴奋告知唐敏一走,编辑部就空缺一个编制,机会来了。我还在犹豫,他说一句:"就算来帮朋友吧。"我这一生,凡朋友的事,我都不会推辞。再说,1988年12月我离婚,此前儿子已回厦门,父亲已近七十了,也需要我回来尽孝,于是我答应了。1989年哪一个月唐敏辞职我忘了,大约是7月吧。厦门市文联仅用了二十八天的时间,调令就发到华大人事处,时任市文联秘书长的李秋权先生很高兴地对我说,这是最快的一次调人了。

1989年8月,我进入《厦门文学》任编辑。好像是三四年后,任编辑部主任。1998年调离,在市文联文艺创作室,两年后任市文联创作室主任。2003年又调回《厦门文学》,任副主编。整整六年,没有主编,因我是法人,自然得负全责。2008年12月,我离任,等待2011年退休。2011年2月,我60周岁。顺便说一下,我的身份证是1951年1月18日出生,其实,我是2月23日出生的,那天农历是正月十八日,身份证的出生月日,是将农历的时间误为新历的。

我在《厦门文学》两个时段,加起来有多少年?第一阶段是1989夏季到1998冬季,九年吧。第二阶段是2003年5月到2008年12月,五年又七个月。总共是十四年七个月。我这一辈子的编辑生涯,在《厦门文学》时间最长,任务最繁重,前所未有的忙碌,最辛苦。烦人的事情不断发生,难题永远解决不完。付出的心血和精力多,收获也很大。《厦门文学》本来名不见经传,虽然从一个地市级文学期刊变成副省级,但仍然不是一个大刊名刊。舞台不大,却也演了一些令文学界关注的特别节目,有些还是大戏。这是我编辑生涯的顶峰。正如本世纪前十年,不少同道对我说,说到《厦门文学》不能不说到谢春池。我不以为过誉。这是一个事实,有目共睹的事实。我感谢上天赐给我这么一次机遇,至今说起来,还有那么丰富的成就感。

2003年,我重返《厦门文学》全面主持编辑工作。正好《海峡都市报》约请南帆兄作一组本省作家访谈,好像是每个作家一版,每周一篇。南帆兄选了五个人,就是阎欣宁、北北、萧春雷、黎晗,还有我。问题由南帆兄列出,被访谈的作家一一作答。我对自己的评价,让人有些诧异。我对南帆说:"作为作家,我是三四流,作为编辑(包括策划)我是一流的。"我还开了大言:"福建没有比我更出色的文学编辑了。"南帆是否赞同,没有在访谈里说出来。但我敢肯定,他没有异议。如今我年近古稀,聊发一下少年狂:十六年过去了,本省还出了哪一个非常优秀的文学编辑?

1998年,我调离《厦门文学》编辑部,2001年,我回顾九年编辑生涯,将自己责编的文章编成一部书。这真是一个好主意啊!1989年11月至1998年6月的《厦门文学》摆在面前,一百来册的刊物,我个人责编的作品竟然有数百万字,连自己都没想到数量这么大。我选择了全部评论文章。这年7月,名为《二十世纪末:我们的话语》的大部头的评论集刊行。它由两卷本构成:上卷《九十年代文学论》,下卷《当代福建作家论》。至今,我尚未见到哪个杂志的责任编辑将自己责编的文章编成书的。而其中的下卷,则是本省当代作家的第一部评论集。这是一部由我自己策划、自己编辑、自己设计封面的大型图书。也是我第一次在《厦门文学》任职的思想、水平、能力、经验、识见等等全方位的检测巡礼,深受读者喜欢。刚好碰上《厦门文学》创刊50周年,我这部书,自然成为纪念礼品。

懂得策划,这种能力对我而言,也是与生俱来的。在华大我已经有所表现,在《厦门文学》这九年,可以说表现得非常突出了。在那部评论集,就是《二十世纪末:我们的话语》里,有一辑附录,其第一份资料,汇编了从1990年到1999年我为《厦门文学》策划并组

1999年,编辑出版厦门老三届知青人生纪实文集

织主持或实施的活动,有各种采风、笔会、作品讨论会、征稿、大奖赛等活动,总计有近三十项。其中有"厦门知青作家采访团重返闽西"(就是首届红土地蓝海洋笔会前半场),第二届到第七届红土地蓝海洋笔会;海迪、杨少衔、青禾作品讨论会,张力、阎欣宁作品讨论会,闽南青年作家新春恳谈会,赖妙宽、何也、今声小说创作讨论会,王伟伟散文作品讨论会,李弘小说作品讨论会;老三届知青文学研讨会,厦门—闽西文学创作红炭山杯有奖征文;我个人的作品《喷薄欲出》与何光喜的《鼓浪世界》、阎欣宁的《极限》讨论会,我个人与何永先、刘少雄合著的《才溪世纪梦》讨论会;为《厦门文学》创刊40周年征集的冰心、冯牧、王朝闻、林林、谢冕、汪曾祺、林斤澜等一批著名作家、评论家、学者的题词;还有《厦门文学》杂志社驻石狮办事处的成立,等等。

这部书的那辑附录,还有几个资料。一个是我策划并编发的

《厦门文学》专号专辑和栏目,从1989年11月至1998年6月共有71个,专号11个,专辑60个,最有影响、最有价值与特色的是中国第一个知青文学专号,1995年10月的《厦门知青文学作品专号》,南帆来信说,这本专号很值得收藏。1997年10月的《走向新世纪中国诗歌专号》。我们从1996年1月号开始举办"走向新世纪中国诗歌大展",中国诗坛大多数有影响的诗人,都参加了大展。《文艺报》《诗刊》等都做了报道。这个大展成了《厦门文学》的名栏目,前所未有地提高了刊物的知名度和影响力。

某些专号专辑和专栏,对于研究福建、闽南、厦门的文学是很有价值的。比如,1990年"关于福建文学创作的讨论",1991年"闽南作家群笔谈",1989年的"闽南作家专号",1991年的"海内外福建作家散文专号""蓝海洋红土地专号""厦门作家专号",1992年的"福建作家散文专号""闽南作家小说专号""厦门作者专号"等,都是有史以来第一次。1990年"闽海评论界""闽南中青年作家评介""闽南作家群",1996年"福建散文界"等,都是新的栏目。而《结婚那一天》的同题散文的推出,反响之大,出乎我的意料,从1993年开始,到1995年,两年半,先后有章汉、丹娅、黄锦萍等四十多位作家的同题散文发表,佳作不少。郭风先生那篇最佳最感人。这个原创的同题作文创意后来被一些亲情类的刊物与报纸副刊一再克隆了。

目录的另一个资料是我编发专稿评介的当代福建作家的名单,从1990年至1998年,共有九十八人,几乎上世纪90年代较有成就或较有实力的作家都榜上有名。最后一个资料则是我当责任编辑发表在《厦门文学》文稿的总目录,以年度编排,从1989年11月至1998年10月。

重返《厦门文学》,我的身份改变了。我不做责任编辑的活,负责三审,也就是终审。再加上编辑部的行政、财务、印刷、外联,还有某些人事等。肩上担子虽然更重，但我还是亲自策划、约稿、组版、终校，连版式我也自己做。美编赵星兄病了，病愈调至市文联书画院。我自个当美编，事情非常多，工作量极大。对我来说，举重若轻。较之前四年，刊物面貌焕然一新，更有生机，也更为专业。在福建文学界重新获得声望。小说方面，我把一批在全国有影响的省内外实力派作家推出来，所发表的小说，整体更具现代性，质量也不错。特别是陈希我的很有震撼力的中篇小说《遮蔽》，其叙述与表现的内在力量，在那时全国的中短篇小说中，无疑是佼佼者。散文方面，发表了金庸、王小妮、张胜友等的佳作力作。诗歌方面，我提出了"闽南诗群"和"厦门诗群"两个命题，将本土诗歌推向一个高度。一大批青年诗人在《厦门文学》闪亮登场。北村的一组音乐性很强的现代诗发表后，让读者看到一位著名小说家的禅性。评论方面依然保持良好势头，发了王蒙与俞兆平的访谈文章，余光中与徐学的访谈文章，朱水涌关于百年福建小说的评论，林丹娅关于百年中国女性文学的评论，还有何满子的一篇序言。推了几个专号，堪称全国绝无仅有。2004年推出中国知青文学专号，2005年推出纪念抗战胜利60周年专号和以一个大学为题材的厦门大学专号，2008年推出以一个城市抗战为主题的厦门沦陷70周年专号。2007年推出厦门诗群专号；2008年又推出福建诗人专号，这是第一本福建本省的诗人专号。至于新栏目也不是乏善可陈，"百年福建文学"的设置，展现了《厦门文学》的大气、担当和历史感，这个栏目的影响非常大，让文学界对它相当关注。

两度在《厦门文学》工作，是我这一生的幸运，是我编辑生涯的黄金时代。无论如何，我感恩元麟兄给了我展现个人才华的机会和舞台。正因为对编辑这个行当的热爱，我才不计名分，竭尽全力地去干活。厦门话有一句"在职怨职"，我不是，而是"在职恋职"。这就使我再累再难，报酬少，麻烦多，遭到妒忌攻击诽谤诬陷，甚至被暗算背叛,也不管不顾,勇往直前。最大的收获是不断发现并发掘自己。把《厦门文学》办成福建最好的文学期刊,力争在全国期刊界有一席之位。为了这个目的,我和自己较真,也和编辑部所有的人较真。

一个好的编辑的第一个素质是什么呢？在我看来,是懂得约稿,会弄来好稿。手中有粮,心中不慌。据我所知,同行里,像我这样约稿的,并不多见。我每年寄出的约稿、谈稿子修改、发表与否以及与办刊有关的信件都超过三四百封。有一年竟超千封,连自己都惊异。有长信,谈稿子修改的大都是短信。也有的只有收信人姓名,我的落款,正文只有七八个感叹号。这信是寄给闽侯一位残障的青年诗人,告诉他诗歌不错可用。后来,他把这信寄回,让我自存。

锲而不舍,是我约稿的秘籍,当然,其前提是精诚所至。我有编辑情结,很深。这个情结中,约稿是最重的一环。只要有一面之交的写作人,我就会向他们约稿,大多数是名不见经传的作者。因为,我认为普通作者的好作品,比起名作家的普通作品更有价值。对那些一面之交的著名作家,我当然也不会轻易放弃。比如林斤澜先生,比如张抗抗女士,我一直给他们寄《厦门文学》。约稿信少说也写了五六封,最终他们都给了我散文。虽不是他们的上乘之作,但也不是勉强之作,在《厦门文学》发出后,都让读者眼睛一亮。当然,也有"久攻不克"的,比如汪曾祺先生,很和善一位老头,叫我"小谢"那么和颜悦色。我当面向他约稿,他没拒绝,说句"以后吧,以后"。以后的近两年里,我每期《厦门文学》都寄给他,也写了七八封约稿信,最终"泥牛入海"。我也就打住了,要知趣。

一个好编辑的另一个素质是真正懂得稿子的质量与水平,绝不会让好稿在自己手里流走。几乎没有好稿被我退的。即使三审过不了关的稿子,我也力争能批下来。记得广东有个评论家,叫王列生吧,是一个研究生,给了我一篇当代文学批评的文章。主编陈元麟三审,认为偏于学术性,不适合在文学杂志发表。我同意他的看法。不过,我又认为,此类稿子,偶尔在本刊发一发,既不会违背办刊宗旨,又会扩大本刊的影响,有益无害。元麟兄以为我言之有理,立刻改签意见。

好编辑,特别是优秀的文学编辑,最重要的衡量标准是"编","辑"则是次要的。业务上的"辑"较少,也较容易,而"编"最多,也难,有时甚至很难。这"编",已不是原来意义上的编了,时常是修改,或是较大的调整,删减,适当的代为做一些增补。古有一字之师的说法,其实一行之师、一段之师更难。毫无疑问,一个好编辑,肯定是杂家,甚至是通才。否则,原作的谬误或没发现,或发现了未能改好,或原作并没有谬误,给改出错来了。我不是伟大的编辑,却是一个十二分合格的编辑。这是我在《厦门文学》的自我评价。我多次对年轻的同事传授切身的经验。我告诉他们,看作者的文稿时你们是编辑;编作者的文稿时,你们是作者。这话什么意思?就是看文稿时,得用客观的审美的标准评判挑选;编文稿时,得站在作者的位置、角度,以作者的意,尽量按作者的语言风格、文本的语境修改。这才会编出好作品。

说两个我具体编稿的例子吧。一个是很有名气的小说家陆昭环的中篇小说《野火》,一个是本省诗人哈雷的一篇写得很现代的散文。前面这一篇,原稿很长,六万多字,这样的篇幅,《厦门文学》不可能接受。作者坦言,已经在外省的大型文学期刊走了两三家不被采用,才寄给我的。我细读之后,告诉作者,小说有相当的质量,写的是惠东女人,很适合《厦门文学》用,应删至三万字左右,否则,我们只得割爱了。昭环兄与我是好朋友,让我替他删节,很真诚。还说,我删比他自己删更好。这部小说两条线交叉,我大刀阔斧地删掉其中一条,还有三万字,发在第二年的一月号,头条。过不久，见到昭环兄，问他：这样删，满意吗？他连连答道：满意，满意！哈雷兄那篇散文，什么名字，我记不住了，只记得写的是死亡，意象、象征，较为隐晦，五千多字。我写信给他，请他删至三千字。他信得过我，让我操刀。他这篇散文较昭环兄的那篇小说，更不好处理，段落层次甚至文字，都相互咬在一起，实在不容易剥离。文章改后，发在当年的"福建作家散文专号"。哈雷兄称赞：删得很好，作者要表达的都保留了。

  2008年12月，我提前离岗，不再介入《厦门文学》的任何事务，更不参与市文联的任何工作。我最后为《厦门文学》做了一件事，大事，是在2010年接手的。本该在2011年《厦门文学》创刊60周年时完成，却拖至2013年冬才完成，这就是主编《厦门文学60年作品选》，上下两册。我以这部大书，为自己两度在《厦门文学》任职长达十四年七个月划上一个还算圆满的句号。

  一个文学刊物办了60年，非常不容易。能够在60年后，出一部作品选本，同样的不容易。这样的选本，在全国众多的刊物里，是否还有第二部，我不了解。前面我说了，我有"编辑情结"，这个情结中，"厦门文学情结"最为强烈。这也是命定的，1952年2月《厦门文学》在《厦门日报》上创刊，那时叫《厦门文艺》。到了改革开放之后，更名《厦门文学》。这个刊物诞生的那一个月，我也来到人世间。我与《厦门文学》同年同月生。我是她的同龄人，所以说是命定。虽然，2008年我最终离开这个我异常热爱的刊物，但仍然是心系《厦门文学》。2010年春节前，时任市文联党组书记的张萍女士和厦门文学院副院长兼《厦门文学》主编刘岸兄到我家探望患病的我，我向他们两人提出建议，2011年，《厦门文学》创刊60周年，可以出一部《厦门文学》60周年作品选。市文联党组采纳我的建议，刘岸兄请我出任这部选集的主编。我要刘岸兄一起任主编，否则，我不会干的。刘岸同意了。这年秋季，编辑部五位同事王永盛、朱鹭琦、王莹、黄哲真、苏惠真等投入初选。2011年春节前，初选结束。五位同事付出辛勤劳动，但由于他们所掌握的原刊资料非常欠缺，大体是上世纪90年代到本世纪前10年，再加上他们选稿的标准不太统一，所以经过张萍与刘岸同意，我重新选编。我敢提出我一个人做这一件事情，并非没有把握。因为，我收藏的《厦门文学》是最齐的。另者，对《厦门文学》历史的了解、认识、研究，没有谁超过我。《厦门文学》的办刊与编辑的各个环节，我最深入。还有一点更是无人可比，有什么人比我更热爱《厦门文学》？没有！再说了，我自诩是一流编辑。没有这个自信，谁敢来揽这个"瓷器活"！

2014年，谢春池主编的知青画册

虽然，我拥有很多"过刊"，也有一些是没有的。比如"报纸版"的，我就到市图书馆，查找，复印，夜以继日地选编。《厦门文学》创刊60周年纪念活动于10月举办,那么9月下旬,这部选本就得出书。我于5月编出总要目,7月底,第一校清样印刷厂赶排出来了。由于一些人为与客观的原因,选本无法赶出,错过了创刊60周年活动。半年之后,由于张萍的支持,也由于刘岸的决心,这项工作重新启动。记得是2013年初吧,我将独自一人校对两次的全部清样交给厦门大学出版社。同年10月,这部大型选本,终于问世了。没有张萍,没有刘岸,这部选本是出不来的。所以,这一份功劳,不是我一个人的。这一点,一定要加以强调。《〈厦门文学〉60年作品选》以编年的形式选编,分为上下两册,上册是"小说卷",下册是"散文卷、诗歌卷、评论卷"。

　　我在工作之余,为我的母校大同中学主编了大型的《大同文集》。2000年,母校75周年校庆,我第一次编了七卷本,近三百万字。这在全国的中学前所未有,引起很大反响。到2015年,陆续又编了五卷,这五卷超过二百万字,从1989年至2015年,我主编并出版了《大同文集》共十二卷本,总字数超五百万字,还为中学母校编了两三本校庆画册、两部学生诗集、一部教师诗集。为我小学母校大同小学主编了百年校庆丛书四卷本,前三卷总计六十几万字,后一卷是学生美术作品集。其后还为大同小学主编一册百年校庆活动的回顾集。我还主编了"厦门小学生作文丛书",和沈世豪一同主编了"厦门中学生文艺丛书"。2003年,我和陈仲义、邱滨玲主编了《厦门诗人十二家》。这是厦门诗人的一部最有影响的诗歌选本。最有价值,也最有分量的是2006年我和陈铭主编的《百年厦门新诗选》。这应是中国第一部百年地方性的新诗选本,厚达七百多码,收入三百多位厦门诗人的六百多首诗作,可谓盛况空前。2004年,我与陈胜利主编了一部煤电题材的文集《生命之重》,17万字,这是福建的第一部写煤矿工人的书。

九　知　青

你说的不错,关于知青的话题,前面已经讲了很多了,为什么还要专门一章来讲述呢?因为,前面所说的,都是插队前后的事,而我以及厦门知青这个群体,能让全国知青瞩目,能让厦门这个城市经常的眼前一亮,是在上世纪90年代之后。最突出的是厦门知青文化,被誉为"东南一枝独秀",在全国知青文化版图里,占有很重要的位置。厦门知青群体和厦门知青文化,已成为海内外知青的研究者不可忽略的重镇。所以单独一章,不可或缺。

包括我们自己,谁也没有想到厦门知青群体竟然在全国知青这个数千万人的大群体里,形成了独一无二的现象,被写进中国知青史。你觉得很意外吧?第一次被写进去,我很意外;第二次被写进去,我不意外了。

第一次是2002年,在中国工人出版社出版的《中国知青文学史》,作者是著名学者,也是知青的杨健。此前,厦门知青活动与文化方兴未艾,出现了"厦门老三届知青现象",我们将之概括为五个特征:时代性、平民性、多样性、文化性、持久性。我重读了杨健兄的这部论著,他对厦门知青作家的记述,有相当的篇幅,甚至有专节。该书第三卷《"文革"时期的知青文学》的《自觉组织化的知青文学活动》一节,有一段,其标题是《厦门知青的组织化文学》。这一卷还有专节,标题《厦门知青文学群落》,主要记述的对象是舒婷。这部论著论述的时间,至 20 世纪末期。第五卷《后新时期的知青文学》,时间界定在 1990 年至 2000 年,整整十个年头。在《知青回忆录的出版》这一节里,提到 1999 年由厦门大学出版社出版的厦门知青的第一部大书《告诉后代》;在《知青文学"私人叙事"的产生》这一节里,以《短篇小说〈谁为我们祝福〉〈归去来〉——"乡恋文学"的续编》为标题,论及我的中篇小说《谁为我们祝福》。这其实不是一个短篇,而是中篇,发表在 1995 年 10 月的《厦门文学》。而这一期《厦门文学》是中国的第一本知青文学专号,没有被提及,有些遗憾。

从 2002 年至 2005 年,仅三年,"厦门老三届知青现象"演进为"厦门知青文化现象"。因为,厦门知青活动完全被置于更大的文化范围之中,标志是我们举办了"首届厦门老三届知青文化年"。这一年是 2004 年,是厦门知青上山下乡 35 周年。其实,2001 年,我们就举办了"中国老三届知青文化周",这是厦门知青活动迈向文化的正式起步。我们有过几次回顾总结,还没有把"厦门知青文化现象"的特点与本质加以概括,早就想开一个研讨会,到现在还没有开。今年如果没开,明年应该会开吧。

第二次是时隔十年的 2012 年,在北京十月文艺出版社出版的《中国知青文学史稿》,作者是著名学者,也是知青作家,郭小东。小东兄的这部专著厦门知青文学沙龙邮购了一百多册,赠给六十多位知青兄弟姐妹。这部专著的第二十章《知青纪实的文本书写(下)》第二节,就是记述厦门知青的,标题是《红土地·蓝海洋中的岁月:谢春池等的厦门知青回忆录》。这一节,仍然提到《告诉后代》这部大书,同时提到《厦门文学》推出的中国第一本知青文学专号,弥补了我十年前的遗憾。

一种文化现象的形成,肯定不是"一日之寒"的。"冰冻三尺"的过程,有它的必然性。厦门知青文化与厦门知青文化现象,也是这样形成的。

全国各地知青的活动,特别是文化活动,生发的时间有早有迟。不少地方比我们迟了十几二十年;生发之后有停止的,有持续的,有断断续续的。厦门知青文化活动生发的早,在1990年,从来没有停止。到现在,前后三十年了。而且,从2004年开始,从频繁到日常,至今还是处于常态化。这十五年里,一个月活动两三次是最少的,多则高达六七次。这样的状态,估计在全国知青群体中绝无仅有,否则,称不上"现象"。加上策划、方式、力度、效果、成果、影响等方面,能够一比的,很少。所以,厦门知青文化活动三十年来,一直走在全国知青群体的前头。

2014年6月,主持老三届离校45周年纪念活动

1990年之前,厦门知青文化是否还没生发?是的。不过,这不等于没有一些文化的行动和作为。从1969年我们上山下乡开始,至少在闽西的广大乡村,已经出现了一些厦门知青文化活动了。仅以上杭为例:比如县四个面向办公室组织一支以厦门知青文艺人才为主的毛泽东思想文艺宣传队,走遍全县二十个公社,演出几十场。全县大多数公社文艺宣传队的骨干都是厦门知青,两三年的全县文艺会演,简直就是厦门知青的帅哥美女的大聚会。比如县文化馆多次举办毛泽东思想文艺创作学习班,三分之二以上的文学作者都是厦门知青。比如多数的乡村中学小学都有一些厦门知青在代课,在当民办教师,有的还转正当了公办教师,他们成了耕读文化传播的一员,无数客家子弟成了他们的学生。我还可以举一些例子。厦门知青给客家乡村带动了城市文化和海洋文化的风气。从1969年到1979年,在上杭、武平、永定三县的两万多厦门知青已经播下了二十多年之后形成厦门知青文化的种子。1979年至90年代前期十来年里由于就业、成家、生养教育儿女,人到中年,不少知青甚至遭遇失业下岗,再谋生,等等,知青没有群体,好像一盘散沙,除三五人小聚,没有什么活动,不可能形成气候。到了90年代中期,他们因各个中学母校的校庆,以老三届的名义回归母校,终于形成厦门知青群体,开始举办各种活动,为厦门知青文化的形成奠定了基础。

我应该谈谈自己了,不然,有点游离这本口述的主题。

在华大十年,我总在回顾我个人和我们这个群体上山下乡十年的那段岁月。当然,也会反思。所有的一切,仿佛都是昨天才发生。直到1989年初,我都没有为知青写下一篇文章,甚至一行诗歌。那时候,我并不麻木,但为什么会这样呢？甚至连动一个念头都没有啊！三十年来我也竟没有发现自己的这一事实。此时不经意间对你谈起,我顿时觉得有些震惊。不可思议。可不可以分析或解释呢？可以是可以,比如:厚积吧,等待薄发。比如:时候还没到。比如:作品也有它自己的命运。这三个答案好像连我自己也不能接受。但是,或许有一个答案是对的。最终,在华大最后的几个月,我写出我个人的第一篇真正的知青文学的作品,散文《告诉后代》,在1989年5月的《厦门日报》发表。这是我在知青群体中第一次获得反响的文章。记得这篇文章发表不久,我回厦门,骑车经过厦禾路,听到一个叫我的声音。回头一看,是厦门四中老三届同年段的同学,从前没有来往,加上"文革"是对立派,见面不会打招呼的。我还没答话,他大声地喊道:"春池,你发在《厦门日报》的那篇散文,很好啊!"边说边骑车超过我,快速地驶去。我心里一热,明白了,我说出了他们的心里话。我对自己说:该为老三届知青兄弟姐妹做一些事情了。当年8月,我从华大调至《厦门文学》编辑部工作,我觉得机会来了。1990年7月,我向主编元麟兄、副主编张力兄提出组团到闽西采访,两位老兄很支持。于是,由我运作,邀请了黄汉忠、徐学、郑启五、陈立荣,连同元麟、张力和我七个知青作家,又邀请舞蹈家曾若虹,一共八人,市文联安排那辆九个座位的面包车来回全程运送。八位知青,元麟、汉忠、徐学、启五、立荣诸兄当年插队武平县,张力、若虹二兄和我插队上杭。8月27日中午,我先到龙岩,拜访张惟先生。第二天,张惟陪我们赴古田、才溪,并入住上杭宾馆,而元麟诸兄则驱车到武平。第三天,张惟陪张力到张力插队的溪口,若虹兄返插队的蛟洋。我由县文化局副局长、上杭一中老三届知青、画家宋展生陪同回到湖洋。第四天,我们八人先后回程龙岩,入住闽西宾馆。老张接受我的建议,通知了龙岩地区各县市的作家,至少四十多位,已在闽西宾馆会议厅汇集,等待会面座谈。时任龙岩地委副书记的作家、我的老朋友邱炳皓先生也早到会议厅。因车辆问题,我最迟到场。进门一见炳皓先生和几位作家站在那里正聊得欢,连我自己也没想到竟用这样的方式打招呼——先用厦门话爆了一个粗口:××××。接着用普通话叫道:"老邱!好多年没见了!"炳皓先生错愕地回头,看到是我,笑了起来。我大步奔过去,他也迎了上来。在全场作家的错愕中,我们两人紧握手,互相问候,完全是老朋友久别重逢的惊喜。所有的作家都看着我们,好奇、疑惑、观望、欣赏……我知道什么心理都有。他们这位温文尔雅的地委副书记怎么会有这样一位野性率直的知青作家朋友？好精彩的一段插曲,甚至连张惟先生都有一些不解。后来,我告诉他,那时候,我在写组歌《古田颂》的歌词,在龙岩县委报道组当差的炳皓先生正在写《苏区儿童团》组歌的歌词。就在这里,那时叫地区招待所,四号楼,《闽西文艺》编辑部的房间,我俩磋商探讨组歌怎么创作,促膝了好几回呢。

这个两地作家的第一次聚会交流,再度集结起闽西文学队伍,产生了提振和推动作用。但任我有怎样的预见性都无法料到,它对闽西文学和知青文学的作用那么大,甚至造就一个全国文坛至今少见的现象。

隔年,也就是1991年,元宵节前三天,应我们的邀请,龙岩地区文联主席兼闽西作协主席张惟和《闽西日报》总编辑王宪华两位先生,率领闽西作家采访团一行十人回访厦门。记得有作家张永和、黄翰、曾昭寿、温琴光等。厦门知青前来聚会和交流的除了《厦门文学》编辑部的几位成员,记得还有舒婷、林培堂、陈仲义、陈耕、陈志铭、黄汉忠、王伟伟、徐学等人。这次回访,也非常成功,而且有成果。

还有一件事和上述这两个文学活动一样,都是开创性的。《闽西文丛》已经停刊好几年,《厦门文学》开始兴盛,它要代替《闽西文丛》成为闽西作家自己的刊物。我们决定推出一个两地作家的专号。闽西由老张组稿,厦门由我组稿。速度很快,1991年5月,《厦门文学》就推出"蓝海洋·红土地专号"。这个专号由"厦门知青作家作品专辑"和"闽西作家作品专辑"组成,出现四个第一次：厦门知青作家的作品第一次整体被推出,闽西作家的作品也第一次整体被推出,两地作家的作品更是第一次整体被推出来；更重要的第一次是"蓝海洋·红土地"的命名,虽然后来做了调整,变成

"红土地·蓝海洋",但起源是前者。这么说吧,专号推出来了,包括我在内的所有人,都没有意识到这是开先河之举。

1994年春节过后,当我得知老朋友,也是老三届知青出身的龙岩地委宣传部副部长李邦国兄出任《闽西日报》社长愿意支持两地的文学活动时,很高兴。怎么来运作呢?我对张惟先生建议:举办第二届红土地·蓝海洋笔会。老张有点困惑,问我:"第一届呢?"我答:"把1990年与1991年两地作家互访的两次活动并称为第一届,不就解决问题了!"老张高兴地赞成。我向我的领导元麟兄通报这件事,他也认为可行。龙岩又传来信息,说邦国兄完全赞同,并将全力以赴参与主办第二届红土地·蓝海洋笔会。于是,张惟、李邦国、陈元麟和我,成了红土地·蓝海洋笔会的创始人。

这年6月,几号我记不得了,第二届红土地·蓝海洋笔会在闽西举办。舒婷来了,她的夫君仲义兄,我的主编元麟,以及培堂、志铭、伟伟、立荣诸兄,《厦门日报》《厦门晚报》的三位记者,一起赴闽西。张惟先生带着龙岩地区各县市的一批作家诗人,《闽西日报》社长邦国兄率副总编曾昭寿还有一帮子骨干来赴会。笔会在漳平市开幕,去了龙岩县城、古田会址、连城县城、冠豸山、长汀县城,返龙岩闭幕。邦国兄掌控全局,指挥并全程陪同。我当助手,出出主意,参与协调,尽心尽力。四十多位作家、诗人、评论家相处八天,开了一个闽西前无古人的最长笔会。事隔二十五年,现在谈起来,我真叹服,邦国兄真是大手笔啊!

现在红土地·蓝海洋笔会还在办。据我所知,2018年,第19届在厦门举行。没有谁能想得到,从1990年到2018年,整整二十八年,这个笔会坚持下来了。听说今年由龙岩市文联主办,如果第20届办了,那么,就是二十九年二十届,在全国是少见的,我称之为"红土地·蓝海洋文学现象"。

回过头去看,1990年8月,厦门知青作家采访团重返闽西,不

2014年正月初五,上杭白沙镇

仅对两地文学事业有着深远的意义,对于厦门知青文化的发展更有重大意义。虽然参与的人少,却是厦门知青大返城十一年后,第一次有组织、有目的、有文化、有成效的重返第二故乡活动。更重要的是,拉开了厦门知青文化活动的序幕。1990年1月,我写下《山魂与海魂》,我盼望这篇散文能在自己的刊物《厦门文学》刊登,就把它交给元麟兄,他还给我。我不死心,又交给张力兄,照样被退回。后来在晋江的刊物《新光》很快发了出来。1992年9月,鹭江出版社出版了我的第一本文学专著《惠东女人》,我将这篇散文收入该书。元麟和张力二兄重读以后,一致认为是好文章。我说,"可惜你们那时候看不上。""厦门知青作家群"这个命名,在这篇散文里第一次出现。1991年5月,《厦门文学》推出"蓝海洋·红土地"专号,"厦门知青作家群"以专辑方式,首次集体与读者见面。

显然,厦门知青文化的生发与持续过程中,知青文学是它的酵母。所以,厦门知青文化充满着文学性,经得起世人的审美,整体而言是一种"诗意"的呈现。我敢断言:如果没有厦门知青作家群的形成,即使仍然有厦门知青文化的出现,一定会逊色不少。

我没有吹牛,你听我回顾一下。没有累累硕果和几十甚至超百场的大型知青文化活动,我们也不敢接受"东南一枝独秀"的美誉。

我先说文化周到文化年吧。谈这些都得凭记载的资料,靠记忆肯定不准确的。

文化周名称是"老三届·知青文化周","中国"是后来加上去的,确实也是全国性的,省内外二三十个知青,有好几位学者、专家、教授,比如《中国知青史》的作者定宜庄、刘晓萌,《中国知青文学史》的作者杨健,《知青部落》三部曲的作者郭小东,还有各地知青名人,如侯隽、丁惠民、郭晓鸣、官铁柱等等。五天之内,举办了"老三届·知青文化论坛";大型影集《命定》首发式,老三届·知青老照片大型展览;大型文集《震撼与反响》首发式;其他的还有向厦门图书馆赠书仪式、文艺联欢会等。

2001年12月,主持"老三届知青文化周"

文化周的成功举办,在全国各地的知青群体中引起相当大的反响。世纪之交的全国知青活动正处在低潮当中,我们这个文化周对他们是一个激励。文化周的文化论坛,发言的水平都很高。我们厦门知青至少有三个人发言,水涌兄和仲义兄的发言,绝不比中国社科院来的学者逊色。当然,普通话差一些,带着闽南地瓜腔。我主持这个论坛,深有感受:中国的知青文化不仅有实力,更有内涵。《命定》这部大型影集和老三届·知青老照片大型展览让参会的知青,特别是外地知青,特别赞赏。影集以老照片为主,配以一些活动彩色照片。这部影集由我任主编,陈志铭兄任副主编。他要用"面对人类的苦难,我们下跪"这句话作为本书的题记。不少参与的知青反对。他坚持,而我支持。很多知青打开影集,立即被这句话震撼。而老照片的展览特别震撼观众。那个时候,并没有哪个地方的老三届知青群体出过老照片的图书。即使知青老照片展览,也没见过。如果是这样,《命定》称得上是中国知青最早的一部知青图片集,而老照片展览也可以算是中国知青之最早。《震撼与反响》是中国知青图书绝无仅有的一部文集,它有一个副题:《我们和〈告诉后代〉》。这部书的主体是关于《告诉后代》的评论和故事以及花絮。让我没想到的是,文化周竟出了一个大成果,催生了刘小萌兄的《中国知青口述史》。在这部中国知青图书最有分量的作品的后记里,小萌兄说到他的这部口述与文化周的关系和缘分。文化周由我总策划,并总运作,不仅积累了丰富经验,也初步建立了厦门知青一支很有能力又能够协同合作的运作团队。否则,三年后的 2004 年,我不敢下决心举办文化年。

2019 年,厦门知青上山下乡 50 周年,我们举办第 4 届厦门知青文化年,已经完成了好几个活动了。2004 年,上山下乡 35 周年,我们举办了首届厦门知青文化年;2009 年,上山下乡 40 周年,举办了第二届文化年;2014 年,上山下乡 45 周年,举办了第三届文化年。从 1995 年到现在,只要是我们知青文化活动组委会做的全市性或大中型活动,都由我一手策划,我和整个团队一起来完成。

2003年10月，当我将首届文化年的策划方案提出来，竟没有人有异议，更没有人担心做不成。于是，从2004年1月开始，我们全力以赴做起来。每月一个大型或中型的文化活动，忙到12月。最精彩的是厦门电视台录制的大型对话节目《永远的知青》上下集，主持人是如今央视有名的主持人陈伟鸿。这档对话节目好像是他在厦视最后的对话节目，主嘉宾是我。节目播出后，在社会上引起很大反响。中国第一部知青的亲情文集《我们的亲情》，由于董加耕、邢燕子、侯隽三个中国知青的模范人物到场，首发式非常火爆。大型文艺晚会"知青·一代人"，连演两场，座无虚席。知青题材的大型演出，这是我们第一次推出，全国也不多见。

为了这次演出，当然，也为了知青文化活动，我于2004年5月发起成立了厦门知青艺术团。那时候，全国知青艺术团不多，厦门老年艺术团体也不到十个。我任总监，我的好朋友、舞蹈家苏梦麟兄任团长，老三届学长、原开元区文化局副局长、女高音歌手何婉珍任副团长。"知青·一代人"的台本我自己写，我自己当总导演，还将南燕兄的散文力作《户口的代价》改编为朗诵剧。两场演出，让台下很多的观众掉泪。时隔十五年，前些天还有两位女知青说起这个节目，难以忘怀哩。我还将舒婷君的名作《一代人的呼声》作为主题，请普通话很准、也善于朗诵的高仁婉君上台朗诵。全场也被感动了。至2015年的二十多场文艺演出，都由我总策划和总导演。这些文艺活动耗去我太多的精力、时间，但给厦门知青群体争来荣誉，带来活力，很值得。

2009年的第二届知青文化年，全年举办文化活动二十四项，平均每个月两场。全国各地一百多位知青前来赴会。以编辑知青图书出名的工人出版社资深编辑、北京知青岳建一、著名诗人、知青唐晓渡、著名作家、知青郭小东等光临指导。著名诗评家、厦门知青陈仲义兄主持的"中国知青诗歌论坛",是中国知青诗歌文化活动的第一次;厦门知青与著名现代艺术家曾焕光合作的"等待圣诞老人"是知青有史以来没有过的行为艺术作品;《知青之歌》创作40周年座谈会上,这首名曲的作者、南京知青任毅出席;由我创作并导演的大型行为艺术剧《回望1969》,对观众产生了很大冲击力,在全国的知青文艺舞台上绝无仅有。

2014年的第三届文化年,活动多达五十三项。其中大中型项目居多,一百多人的活动占三十多个,大型或特大型占四分之一强。不包括书画展和老歌快闪的观众,不完全统计,参加人数近6000人次。平均每个月三个以上的活动,其中上杭大返乡,两天里活动竟有十个。这届文化年,我给它总结几个特点:活动项目为历年最多,参与面为历年最广,质量为历年最高,创新为历年最突出,影响为历年最大。新成立了鹭岛朗诵艺术团,新创办了《厦门知青诗歌报》《厦门知青摄影报》《家园画报》三种报纸,新活动项目有厦门人文之旅、全市知青乒乓球赛,新场地有言成知青运动场,公益项目有首个厦门知青奖教助学基金。打平伙盛会则是广大知青最喜欢的项目。

我给你谈三个全国知青中绝无仅有的大型或超大型的活动,按时间顺序谈。第一,"在那遥远的地方"演唱会;第二,首届厦门知青第二故乡(闽西/上杭)文化节;第三,纪念《告诉后代》公开出版发行15周年。

第一,"在那遥远的地方"这场演唱会非同寻常,由我总策划,总监制,邀了厦门最好的演员一起当总导演。千篇一律的演唱会已经让观众腻了,那么如何出新意,又和我们上山下乡45周年这个主题吻合?我思考几天后,决定举办一场中外经典歌曲演唱会。插队年代我们最喜欢的中外歌曲《共青团员之歌》《莫斯科郊外的晚上》《红莓花儿开》《红河谷》《喀秋莎》等等,至今还是我们这一代人的最爱。将这些搬上舞台,当然会唤醒他们的记忆,激发他们心中的真善美。况且,我们拥有多位知青歌唱家,如庄德昆、黄钟、张乐、陈玲、李战和、傅小博等。这一批人在本土很有名气,有的在全省也排得上号的。我把《在那遥远的地方》作为大合唱开唱,以《青春舞曲》作为大合唱结尾,把这场演唱会命名为"在那遥远的地方"。演唱会十分成功。所有演员,不论唱或者朗诵,都很出色。我觉得每一个演员都比以前的更有感情,也更有韵味。全场观众安静地聆听着,座无虚席,连过道都站了不少人。我坐在第一排前面的地板上,完完全全融入这种特定的情境中。演出结束之后,心情还久久不能平静下来。

2014年7月,在纪念厦门知青上山下乡50周年经典歌曲演唱会上

第二,第二故乡文化节。我敢断言,全国没有哪一个城市的知青,回到上山下乡的地方,去办什么知青文化节的。不信你在网络查一查。这个文化节我们邀请了七位顾问,都很有分量。第一位是全国非常著名的北京大学教授谢冕前辈,第二位是闽西当代文学的领军人物张惟前辈;另五位顾问,都是老三届生:插队上杭溪口的厦门知青、福建省政协副主席郭振家兄,插队上杭南阳的厦门知青、厦门市政协副主席欧阳建兄,插队上杭蛟洋的厦门知青、厦门市委原副书记黄杰成兄,插队永定回乡知青、中国作协原书记处书记张胜友,上杭知青、龙岩市政协原主席林仁芳兄。这七位顾问,壮大了我们文化节的声势和影响力。这个文化节时间前后历时五天,共十个活动项目。其中,知青艺术团老歌快闪很轰动,这是整个闽西出现的第一个快闪,让客家乡亲开了眼界,印象深刻,至今还津津乐道。

第三,就是纪念《告诉后代》公开出版发行15周年。对我们来说,这个纪念会意义重大而深远。据非常了解全国知青文化动态的专家说,只有我们厦门知青群体为一本出来那么多年的文集做纪念活动。这情有可原。试问:这二三十年,中国知青图书我推测已超四位数吧?不过,有哪一本书出版以后一二十年,还能让知青自己和读者记住,甚至称赞的,有哪些呢?《告诉后代》就是这样的书,它从1999年问世到今天,二十个年头了,我有时还听到关于它的信息。特别是境外海外的厦门知青,还在夸它。对于为这本书花了很多心血的我们,有什么比这种情况更值得高兴和安慰的?所以,15周年时办一场纪念活动是必要的。我在纪念大会结束时,也宣布文化年结束,具有压轴的分量,更有深远的意义。

1995年是知青文化活动兴起的一年。9月,全市性的"老三届知青走向未来研谈会"上,一批老三届知青的学者出席。我记得其中有后来出任厦门大学副校长的潘世墨教授等。也在这个月,我借母校大同中学校庆七十周年,组织并主持了一场全市各中学老三届同学参加的文艺演出,演员多数是全市知青中的文艺骨干,还有专业人才以及艺术家。11月,我策划组织了《厦门文学》老三届·知青文学研讨会,本市文学界的多位作家、评论家赴会发言。12月,在龙岩闽西日报社,和邦国兄一起策划并主持"老三届·知青促进老区特区文化经济发展座谈会"。上面说的这几项活动,在厦门,在福建,都是头一次。

1999年12月,我主持了《告诉后代》首发式,近二百位知青与本市文化界前辈参加大会。2010年,我策划并主持首届厦门知青读书周,同时举办鹭江图书漂流活动。这一年8月,我带着二百多位知青加入厦门闽南文化研究会,研究闽南文化的老一辈学者给予很高的评价。2011年3月,我策划并主持"厦门上海知青鹭岛大联欢",三百多位两地知青参加。6月,我组织一百多位知青,并率团前往长汀凭吊瞿秋白。9月,策划并主持首届厦门知青诗歌节暨中秋博饼酒会,六百多知青参加。2013年3月,率团前往长泰坂里,在知青文化园里种植"厦门知青林"。

厦门知青文化活动组委会主办或与人合办的大型演出场次很多,其中有:2005年7月的"血魂:纪念抗战胜利60周年歌会",9月的"谢春池抗战诗歌专场朗诵音乐会",12月的"我和我的祖国:华侨大学之旅文艺晚会";2008年的"在五月——纪念厦门沦陷70周年大型文艺晚会",这一年,组织一批知青参加《厦门晚报》寻找抗难死难者活动,我自己也成了这个活动志愿者,到曾厝垵去寻访;2011年,举办了"厦门之恋——厦门题材原创歌曲演唱会";2015年,举办了"月亮代表我的心"朗诵音乐会以邓丽君逝世20周年纪念会,办得非常成功,与那个中外经典歌曲演唱会不相上下,轰动一时,这是厦门和福建本土第一场邓丽君歌曲专场,邓丽君的胞兄还发来贺信表示谢意。

还有这么几块,不可不谈。第一,沙龙活动;第二读物出版;第三,返乡潮流。

全国知青群体的书画摄影,厦门开展的最早。大约在世纪之交,我们的文化活动已经开展了近十年,我就想把书画与摄影的组织,也建立起来。厦门一中几位老三届的书画高手也有这个想法。

2005 年夏,在曾厝垵进行抗战死难者调查

不过,到了 2002 年,还没什么动静。有思路,也都谈过,这当然很重要,但更重要的是行动。应该还是 2002 年七八月间,王奇鸣兄对我说:"春池,看来还得你出面,不然,还是成立不起来。"我说:"这样,你邀两三位合得来的,我们聚一聚。"约莫过了一星期,奇鸣兄带了两位他一中的老三届同学,和我在一家什么"泉"的酒家见面。两位中的一位是骆明才学长,在上杭插队时和我有过交集。另一位我从未见过,是老三届高三学长,当年留城,叫倪永嘉。这两位后来都成了我的好友。令人惋惜的是明才兄在书艺大为长进时,病逝了。我和他们三人商议了成立事项,请时任厦门供销集团董事长的明才兄牵个头,仅用几个月就完成筹备工作。2003 年春节期间,知青里的书画家吴孙权、庄南燕、陈水应、骆明才、倪永嘉、陈元麟、朱家麟以及我,在某家画廊聚会,宣布厦门知青书画沙龙成立,召集人是明才兄。当年 11 月,我们举办了"厦门老三届·知青书画观摩展",2004 年 6 月,"知青作家谢春池书画展"上下两场分别举行。当年 10 月,首届厦门老三届·知青书画展举办。2007

年举办第二届,2009年举办第三届。成立16周年,厦门知青书画沙龙已经名声在外。此后,书画沙龙群体和个体展览年年举办,有时甚至每月一展。至今,沙龙举办的展览应该超过五十个,大型的至少二十个,个人书画展也超过二十个。出版《知青书画沙龙作品》一部,群体的、个人的书画集二十多部。这在全国是少见的。沙龙人数最多时达五六十人,眼下还有十多人。留下的这一批中,原来较为业余的,如今都很专业,成了厦门本土书画界不可小视的力量。

  本世纪初,由于摄影的普及,退休或即将退休的知青们,一时间有不少人爱摄影,学摄影,成为一种风气。不少人对我说,应该把摄影的知青组织起来。我因实在没有三头六臂,一时顾不了,请他们自行先议一议。从2005年到2007年,还没有动起来。到了2008年春节过后,我挤出时间,邀了好几位知青的摄影者开了个碰头会。记得有郑妙茵女士,她在福建工艺美校毕业后,到上杭插队,与我相识,我调至市文联在《厦门文学》,她在市文联机关,还是市摄影家协会秘书长,由她牵头最合适。我还吩咐她,将陈廷枢拉进来协助,这样好做事。廷枢兄是厦门八中(今双十中学)老三届,插队在上杭。摄影沙龙于这年4月成立,妙茵君为负责人。不久,转为廷枢兄负责。我插队在一起的挚友施晰,给予全力支持。她在前埔南社区当主任,就将电脑室让我们活动使用。2010年,施建初兄加入摄影沙龙,他给我们提供了一个条件很好的活动场所。不久,我请他负责,大约近一年,又请集美中学老三届学长、插队永定的薛敏君负责。时间很短,她因身体状态不佳,不再负责了。比我们年轻的新知青叶莎丽女士刚从海沧区政协领导岗位上退休,我请她负责。去年,我请插队武平的许锦联兄负责,请也在武平插队的谢国添协助。我啰啰唆唆地讲这些,想说的是,一个小小沙龙,都有这么曲折的过程,可见做知青的事,没那么容易。摄影沙龙最盛时期,人数超过七十个,很热火。一批摄影高手加入沙龙,连本市摄影家协会副主席王鹭佳兄,也有一段时间来参加活动。而妙茵君的前任刘维海兄,也是厦门知名摄影家,至今还在沙龙里。这三四年摄影沙龙较为松散,不再定期活动,好几位水平不差的沙龙成员却经常在知青活动中忙碌。特别是因知青重返闽西,还有《厦门红十字》刊物的需要,他们付出很多。如老知青欧阳淑顺大姐,即使病患还没有完全好,依然坚持出来拍摄。这个群体眼下高手如林。在我看来,建初兄和薛敏君称得上最好的摄影师。所以,我们编印的不少彩色读物与小报,以及图书封面封底用了他俩的一批"美图"。

摄影沙龙成立了十一个年头,有两个事件值得讲。一个是2011年春节期间,办了一个厦门知青摄影作品展,数十位成员的作品,在白鹭洲摄影广场的展厅与观众见面,反响不错。展览的名称是廷枢兄取的,叫"瞬间",有诗意。另一个是我创办了中国知青的第一个摄影杂志《厦门知青摄影报》。2014年上半年创刊的,我拉了著名摄影家李世雄当顾问。他是新知青。我当主编,第一期作者超过二十人,作品也有一定的艺术性,让本地摄影界很关注。很惭愧的是2015年到2018年,这个摄影杂志因故停刊。到近期,才出第二期,为知青老照片专号,为我们上山下乡50周年做的。出这种知青老照片的读物,好像除了以前山东人民出版社出过,就只有我们现在出的这个了。

厦门知青最大也最兴盛的沙龙是文学沙龙。这你应该知道的,你参加过文学沙龙的活动。文学沙龙比书画沙龙迟成立,比摄影沙龙早,在2006年吧,至今整整十三年了。登记在册的多达一百二十多人,还有少数不登记,有时也来露露面,平常参加活动的,一般都在四五十人,最少的时候也有二十几个人。

成立文学沙龙是我最早一个心愿,大约2000年到2003年之

2004年6月,在谢春池知青作家书画展

间我就开始考虑人选与运作问题。2006年6月18日上午,在凯旋广场葡萄园会所,我邀来七位知青兄弟姐妹:郑炯垣、蔡祖锬、林福海、许永惠、陈美瑟、高仁婉、蒋彩伟,还有两位知青子女李秋沅和卓冰,一起商谈成立的事宜,通过章程以及活动的方式等等。那天开会的十人,成为文学沙龙的创始人。从此,我们在厦门以我们的方式开展文学活动与文学写作。虽然没有掀起什么大波澜,但可以把它比喻成一条河。不很宽的河,却奔流至今。绝不是敝帚自珍,事实是它是全国知青最大的文学群体,让全国喜欢文学的无数知青向往和赞叹。我个人认为,厦门知青文学沙龙最令人称道的不是它拥有的人气和实力,取得的成果和影响,而是它的文学精神,很纯粹。十三年过去了,多年前,我说这是一块净土。今天,我依然说它是一块净土,真正的净土。这也是我做知青文化近三十年最值得骄傲的事情。

那么,它的文学精神是什么呢?2016年文学沙龙十周年时我将它概括为七个字:自由、开放、高品位。至今,又过了三年,我觉得这个概括没错。但少了非常重要的一个字。这个字是什么呢？就是：爱。我完整地讲一遍，厦门知青文学沙龙的精神，用十个字表达：爱、自由、平等、开放、高品位。试问除了慈善机构或公益组织，有哪一家会认为他们的精神是爱、自由、平等？开放和高品位或许有。我知道，我们这个十字精神，似乎没有什么新意，不过，这不是问题。问题在于是不是真善美。这是最本质的内含，也是最高的标准。我们不是在创办文学沙龙时提出来的，而是经过这十三年的活动与运作，沉淀而成的。

知青文学沙龙的成员实际是有代际的，年纪最大的是上世纪四十年代初出生的，记得有1941年出生的，今年78岁。还有上世纪80年代前期生的，年龄仅三十多岁。有好几位中国作协会员，也有好几位从来没写过所谓文学作品的。有不少成员不是知青，是的。简单说，我们这个沙龙是为喜欢文学的男女老少而创办的，只要你喜欢，又愿意在一起，就可以了。其他不是很重要。因此，在沙龙里，有名气、有地位、有成就、有水平、有官职、有职称或者有钱，绝不可能高人一等，多数人是平民布衣，绝不仇富或仇其他什么。人人一样，都是爱文学的人。我们沙龙没有门槛。是的，没门槛，谁都可以加入，谁都可以随时退出。活动时有空光临，没空就不来。迟到早退都允许，招呼不打，也不会受到批评。就是不能在座谈听课时开小会，这是对人的尊重。多年前按规定交年费，一年每人一百元，不交也没问题，多交会受到同伴好评，但不鼓励。出版图书经费分摊，按页码付款，典型的AA制。有没有吵架？有的。有没有不同意见？那更多。有没有一些怨恨的事？也有。不过，沙龙里没有名利之争，只有观念与意识，或者是性格的冲突。净土不等于风平浪静。总而言之，文学沙龙成了最让人留恋的精神家园，我以为是它最成功的地方。

知青文学沙龙这十三年主办或协办了近百场全市性的文化与

文学活动。还为每一个出书的沙龙成员，甚至不是沙龙成员出书。沙龙也为他们举办首发式。我最想说的一件事是文学沙龙成员的爱心。2008年5月汶川大地震，大多数沙龙成员不但捐款，还写诗撰文，体现了人道与大爱。这十三年里，文学沙龙成果丰硕，更体现在写出大量的文学作品，出了一大批图书。我们接下来谈一谈出版读物的事情。

各地知青朋友都在赞叹："你们厦门知青怎么出了那么多读物。而且，几乎从来没有断档。"确实是这样。厦门知青的读物分为两种：一是报刊型的，自媒体也应归在这一种；一是图书。

我给你列一个表：1996年1月，《老三届通讯》创刊，小报，至今已出二百多期；2005年1月，《知青文化报》创刊，彩色大报，几年里出了六期，停刊多年。2009年我带团到黑河市，参加知青博物馆开馆庆典，曾带了这份报纸，是各地知青的热门读物。2006年7月，《厦门知青文学报》创刊，至今已出二百多期，其中多期彩色版。2006年1月，《厦门知青艺术报》创刊，至今已出七十多期。同年9月，《厦门知青读书报》创刊，至今已出一百多期。2010年8月，《闽南文化报》创刊，彩色大报，总数出十三期，于去年停刊。2014年1月，《厦门知青诗歌报》创刊，至今出了三十多期。同年2月，《家园画报》创刊，彩色版，仅办了十个月，出了九期，这是一份专为第三届知青文化年做的读物，反响特别大，同年12月停刊。这些读物，有好几种我自己当主编，更多是我们团队的成员当主编。不管是不是我当主编，除《老三届通讯》前期几年外，每一期付印前，都由我调整版面或删补并加以编辑，因而，为出版行业的人士所好评。我们这一读物，很早就形成系列，专业性也强。在运作过程中，一批原先非常外行的同伴，学会了编文稿，划版式，将一份小报编得很像样，我笑称他们"中年成了编辑人才"。由于我们的提倡和促进，厦门知青在文学、艺术、读书，甚至诗歌，还有闽南文化等方面,受到熏陶和影响。我把上述读物当作纸质自媒体,而把另外两个自媒体当作网络读物。一个是"厦门知青网",创办于2007年,是我决定要做的事。在全国各地知青网中,它是较早的。你说我不懂电脑,没上网络,却那么早办知青网,这么说吧,我懂得它的重要性、实用性和影响力广泛和巨大。它的主旨、栏目以及风格,是我确定的。十年后,2016年,我接受建议,推出"厦门知青公众号"。我这样定位这两个网络读物,知青网偏重于通俗、大众和新闻性;公众号雅一些,略为小众,文化与文学性较强。两者多有交集与同步,很受海内外知青的欢迎。这样一来,厦门知青读物,构成立体交叉,这在全国各地知青群体中,也少见。

厦门知青图书的话题更丰富,我简略地说一说。我写过一篇文章,叫《厦门知青图书现象综述》,是为参加一个全国知青图书出版的联席会议写的。有点意思吧,从《厦门老三届·知青现象简论》到《"厦门知青文化现象"浅谈》,再到《厦门知青图书现象综述》,论题好像越谈越小,但论述越来越丰富和深刻。

经常有外地知青问我:你们厦门知青究竟出了多少书?我总答:100多种吧。于是我做了一份汇录,从1992年至2015年,竟有近170部。2016年至2019年上半年,已超过30种。这样,就有200多种,一定还有遗漏。汇录的图书作者或编者都是厦门知青或厦门知青文学、书画、摄影三个沙龙的成员。我有汇录的原则,被汇录的作者,并非录其个人的全部著作,过于行业化的不汇录,非文化类的不汇录,在高校任教任职或在研究机构、文化单位工作的,除了知青题材之外,其他图书都没汇录。所以,仲义教授的书,我都没有汇录,否则有掠美之嫌;即使各沙龙成员,也只汇录其主要的著述。厦门知青图书编撰出版的盛况,至今还未衰落。仅今年上半年,就出了三本,还有两本已出清样,一本即将付梓,下半年至少还有四本将出。

前面我谈到《告诉后代》《震撼与反响》《命定》《我们的亲情》，我不再谈了。我谈另外一些有价值、有影响的图书。2009年，收获巨大，我们推出全国第一套区域性知青文学书系"凤凰花文丛"，知青群体一卷和个人专著十三卷，轰动一时；推出全国第一套区域性知青文库六本，其中有全国第一本区域性知青小说集、散文集、诗歌集，最独特的是为留守闽西的厦门知青专门出了一本纪实类文集。插队上杭湖洋公社湖光大队和通桥大队的三十多位厦门知青出了一本规模不小的文集《在湖洋公社的日子里》，这是中国知青最小群体的书。我还推动并参与主编当年插队龙岩地区知青的大型文集《回望闽西》，这是全国知青图书中少见的。2011年，我们推出全国知青第一部也是至今为止唯一的一部抗战纪念文集《厦门知青与抗战往事》。从2000年到2015年，厦门大同中学，就是四中老三届知青出了群体系列文集《中学时代》《咏叹老三届》《老三届的祝福》三大本以及一本《知青的家园》的通讯文集。一个学校的老三届出了四本知青群体的图书，或许是全国老三届之最。2016年，我们推出《大返乡》大型文集，分为上中下三卷——《盛大节日》《梦回家园》《情满山海》，是全国知青群体重返第二故乡史上的第一部专著。

从2004年到2019年，厦门知青出版书画作品集近三十本，以2013年为例，推出书画沙龙成立十周年书画集共计三卷十四册，其中大型的两部《知青书画沙龙作品》和《骆明才作品》，另外是小型的，有十二位书画家，十二册。十三册知青书画家个人专集同时出来，在全国知青群体中未见。

这么说吧，我们厦门知青文化活动组委会以及各沙龙出的书，有不少是全国知青图书甚至是全国图书里的第一或之最，体现在策划、选题、编辑、文本，还有装帧设计等方面，有很强的专业性，有较高的审美水平。我说过这么一段话："厦门知青图书现象非一日

2016年初夏,主持《大返乡》(三卷本)首发式

之功,非数人之力、非三五本图书之美形成的,而是二十多年的时光积淀、数百人的心血凝聚、超百册图书的风姿构筑,才让全国各地知青和社会各界瞩目并给予很高的评价。"意义和价值么?第一,充分地运用了话语权;第二,客观真实地记录了知青的历史;第三,表现了人类普遍存在的痛感,积淤内心的各种情绪得以不断发泄;第四,让一大批知青兄弟姐妹的不少心愿得以补偿,抚慰了心灵的创伤;第五,给知青群体与个人开拓了一个共同的文化空间与精神家园;第六,体现了知青对真善美的向往和追求;第七,为厦门和闽西两地的社会做了文化的贡献,还不小哩;第八,给历史和后人留下丰厚的文化、文学、艺术的遗产;第九,或许不是最后的一点,却是最重要的一点,就是:让当代人更多地了解历史的真实,让我们厦门知青群体和个人坚定地批判非人性的东西,学会了反思,审视与忏悔。并且,以人道、博爱、奉献,作为我们生命的最高准

则,努力地身体力行。

这二三十年,我对全国各地知青重返上山下乡之地的活动较关注,发现比我们更早有组织地返乡的不多,而像我们这样没完没了地返乡的至今没有听说过。为什么?我自己也做了一些分析。如果说厦门知青不像北京、上海等地的知青去的地方是非常远的内蒙古或北大荒,还有云南,插队的闽西离厦门不算远也就二百多公里到三百公里,那么,同样到闽西各县的有当年的晋江县、惠安县、南安县、莆田县、仙游县知青,为什么与厦门知青不一样?如果说厦门知青和第二故乡的农民感情比其他县知青深,那么,当然,绝大部分知青被招工返城后的整个80年代,知青们与插队之地没来往。哪一个地方的知青都一样的。在这里,我不能谈太多,简而言之是:闽西与厦门两地历史渊源远久又深厚,80年代之后两地的来往更多,缘分更深。厦门知青和客家乡亲的心性有更多可以契合,互为吸引的东西。

我当然不曾想到,1990年8月厦门知青作家采风团的闽西之旅,竟然开启了此后三十年厦门知青返乡潮流。而其中的大返乡,则让两地的关系更为密切。厦门知青与客家乡亲的情感一直在升温,至今还火热得很。我称它是"厦门知青大返乡现象"。大返乡的人数至少上百人,而且参加者要跨乡镇或县域,形成风潮,有较强影响力。以这样的标准,我略为统计一下,可能不全:1995年10月永定之行600多人;1997年10月上杭之行500多人;1998年10月武平之行近600人;2009年5月闽西三县之行800多人;2011年1月上杭之行160多人,同年6月长汀之行120多人,10月武平之行100多人;2012年3月上杭之行100多人;2014年5月武平之行近240人,同月上杭蛟洋之行200多人,同年9月上杭太拔之行近180人,同年11月上杭之行400多人。除了1995年永定行我没有参与,其他十次,都是我策划和主持的。

厦门知青大返乡,从上世纪90年代开始,就注重文化运作。以1997年上杭为例,我们不仅参加文艺晚会的演出,还举办了一场两地足球赛和篮球赛。2014年三县分别的大返乡,厦门知青艺术团都随行,带去大型文艺晚会,非常轰动。前面提到第二故乡知青文化节,有"知青运动场"命名仪式、书画影像展、大型国画长卷品赏会、两地书画笔会、赠书仪式、画报发布活动,等等。

这么多大型以及更多的中型返乡活动,加上数不清的十来人,以及十来人之内和一两人的小型返乡,一拨接一拨,知青以及亲友,真是乐此不疲。一些知青二代,还有三代,也跟去了。在我看来,虽然不太多,但知青生命与精神的传承是不可避免的。在这二十几年里,返乡已成为常态,成为厦门知青重要的文化活动,构成一部返乡史,肯定是中国知青史的文化奇观。

要知道没有客家乡亲的热情慷慨,返乡活动不可能至今还很兴盛,懂得感恩的厦门知青,自然被当作自家人对待。这是一种别样的亲情,世间少有!因此,厦门知青与客家乡亲携手为乡村做一些公益、实事、好事,这是我们的幸运!我就不再加以讲述。

我个人在返乡潮里收获最大。客家乡亲对我非常好,一到乡村,犹如回家。特别是我曾经教过书的乡村中学,学生从心里发出的爱,为我不再年轻的生命注入了活力。最近,在一些公开场合,人们说我重返闽西已经超过二百次。其实还不到这数字。今年五一节前夕,我还到上杭古田镇参加了一个旅游文化的大会。算一算,也才一百九十多次。这一辈,还可以活若干年,超过二百次,是肯定的。这是我的命定啊!我真是一个有福之人啊。

2019年我们上山下乡50周年,将举办第四届厦门知青文化年,主题就两个名词:"厦门知青·客家乡亲"。

十　红十字

以红十字作为最后一章,很好,特别好。红十字不仅是我这部口述的压轴之卷,更是我人生之路的压轴之卷。

想当一个红十字志愿者的心愿,始于2008年5月,汶川大地震发生之后。那些日子,每天晚上守在电视机前面,我一次次的流泪。我捐了一些钱,写了九首诗在报刊上发表。此间,萌生了去市红十字会拜访,问问我能做点什么,怎么才能出点力的念头。想了,却不知怎么没有行动,看来缘分还没来。不过,要当一个红十字志愿者的心愿被我藏在心里了。

我与红十字不会没有一点缘分。2005年夏天,纪念抗战胜利60周年,《厦门晚报》发起寻找死难者活动,厦门知青文化活动组委会全力配合田野调查,我也参加了。到曾厝垵一带走村入户,酷暑天热,我中暑了,但坚持寻访。晚报记者报道有误,说我"高温中暑,晕倒在路旁",好几位知青兄弟姐妹当即打电话来慰问,让我一再解释。

讲到这里,允许我离题,讲一讲我们厦门知青多年来所做的一系列与抗日战争有关的公益活动。据我所知,全国各地知青群体,只有厦门知青群体做这方面的事情。除了前面讲的协助寻找抗战死难者之外,也在这一年,我们开始做与抗战有关的活动。

4月,知青文化活动组委会举办专题纪念报告会,由庄南燕做日军侵占厦门的专题报告，我则就厦门知青以文化和艺术表达爱国情怀讲了话。5月，由我编辑的《老三届通讯》纪念抗战胜利专号与读者见面。6月上旬，我纪念抗战的诗集《厦门沦陷纪事》出版。以抗战为题材的个人诗集在1949年之后还没见过。即使这一年是抗战胜利60周年，也只有这一本。7月上旬至中旬，厦门知青文化活动组委会主办的纪念抗战胜利60周年大型书画展举办，本市大多数著名书画家作品参展，知青书画沙龙成员更责无旁贷，人人创作新的作品参展。这是厦门几十年没有出现过的抗战题材书画展。这个月底，中国第一场以知青名义举办的纪念抗战胜利歌会举行，也是厦门第一场上演本土抗战时期歌谣的大型音乐会。这场演出名为"血魂"，由我总策划、总导演，有一首歌曲《厦门沦陷周年纪念歌》是1939年作于越南的，湮没66年，被厦门知青艺术团搬上舞台。几十年来，厦门从来没有过抗战题材的音乐会。而且，它有创新，用闽南话和普通话双语主持和朗诵，开了厦门舞台演出的先河。所以，"血魂"演了两场，产生很大反响。

8月中旬，厦门知青艺术团参加纪念抗战胜利60周年全国合唱节，9月初，该团又参加全市向抗战老战士致敬音乐会。九一八即将到来之际，谢春池抗战诗歌专场大型朗诵音乐会举办，这是福建省有史以来第一场诗人个人抗战诗歌作品朗诵会，也是厦门有史以来首次正式公开举办的个人诗歌作品朗诵会。

2008年5月中旬，举办纪念厦门沦陷70周年大型文艺晚会。8月中旬，思明区举办纪念抗战胜利63周年文艺演出专场。

2010年9月，我们举办纪念抗战胜利65周年大型书画展，下旬，我们与双十中学联办纪念抗战65周年大型歌会——国歌震撼。10月，《厦门知青与抗战往事》出版，这是一部大型文集，不管在知青图书里，还是在抗战图书里，都别具一格，有相当分量。这部文集由我策划，我邀请了郭志超兄一起主编。

2011年1月,我个人举办"春池夜话"的沙龙对话。9月举办了两场与抗战有关的沙龙,一场是第二十一回,话题:"民间保钓·中国血性·关注与支持";一场是第二十三回,话题:"九一八·两代人同行·爱国精神"。

刚才谈的,与红十字好像没有关系,接下来谈的,也是纪念抗战的事情,却与红十字有关。2005年9月的那个夜晚,《厦门晚报》发起的抗战死难者纪念建筑募捐义演,一些知青去了,我也赶赴现场,自己捐了500元,也为才八个月大的孙子捐了100元,代为收款的是市红十字会。这两份捐款票据,我收藏至今,我开始与红十字有交集了。

2006年12月中旬,应市红十字会邀请,我带领厦门知青艺术团参加"感动厦门2006粉红行动"慈善活动,上演大合唱厦门红十字会会歌《万人献爱心》,这是我们与红十字组织的第一次合作。

2008年5月上旬,思明区红十字会举办献爱心歌咏活动,我带领厦门知青艺术团参加,又演唱红十字会会歌,活动结束,全体团员热心捐款。汶川大地震发生后,我带领知青艺术团参加全市性的厦门红十字大型赈灾晚会。月底,市红十字会等单位举办重建家园赈灾晚会,地点在广电大厦演播厅。我又带领厦门知青艺术团代表市红十字会参加义演,还是演唱红十字会会歌。

过了不久,机会终于来了,我很高兴。我终于如愿以偿成为一名红十字志愿者。汶川大地震过后一个多月,那时,我还是《厦门文学》的副主编,主持刊物的全面工作。于8月号推出了一个关于皮定均将军的专辑,反响不错,由此结识了皮定均的女儿皮卫平。那时,她在市红十字会任常务副会长。12月,我离岗待退,卫平女士很高兴,邀我主编会刊《厦门红十字》。她提出每个月给我一些补贴,我说我只当志愿者,红十字志愿者,不拿一分钱酬劳。不过,我是有条件的。条件是什么?我的条件不简单,我到市红十字会,不仅做一本杂志，还要成立一个文化中心，传播红十字文化。卫平女士爽快地答应了。还提出一个要求，让我编撰一部厦门红十字史，我也答应了。就这样，我带着四五十位知青加入红十字志愿者队伍，其中二十多人参与杂志的采编发行。

我和我们团队加盟红十字会，接受的第一任务是2009年的五八世界红十字日的纪念活动的策划和运作。我提出举办首届厦门红十字博爱文化周，还策划了市红十字会文化（策划运作）中心成立座谈会、追思五一二汶川大地震一周年大型文艺晚会、厦门知青艺术团加盟厦门红十字艺术团、首届厦门红十字（海峡两岸）书画摄影展等。我和我们团队全力投入，忙了两三个月，终有回报，文化周办得很成功。"初战告捷"，没想到是最后一战。待到2010年，文化周不再举办。市红十字会领导集体决定，我们集中力量办好《厦门红十字》。不过，红十字艺术团还有一些活要做。记得2010年参演五八世界红十字日文艺演出，2012年参演红十字海峡两岸中秋合唱晚会，最高潮的是2015年纪念抗战胜利70周年的那一场演出，我后面还会谈到。作为志愿者我们这个团队还参与了市红十字会的一些策划与活动，从中得到不少教育，也有很多体验。无论如何，我和我的团队要感恩红十字。因为，它使我们进一步懂得应该做一个有爱心的人。

我们这一代人，对红十字的认识，都经历了一个大致相同的过程。从小就知道红十字，伟人的"救死扶伤，治病救人"的教导，我们记住了。这是所有的红十字的共性。我们一直以来认为红十字就是医院。其实，红十字不只属于医院。到了市红十字会当志愿者，才懂得红十字的一些常识，了解理解了红十字文化，还竭尽全力地进行传播。我最大的收获，是将"人道，博爱，奉献"的红十字精神，作为人生最高准则，努力去做公益。这个过程，就是提升自己，完善自己的过程。我深知，自我修行不容易，做一个大写的人，更是难上加难。我把这当作这一生最后的目标,即使最终不能达到目标,我也下定决心,要往前走。来到人世,没有白走一趟。就个人来讲,这是我一生中最大的欣慰。

当我第一次读到红十字之父亨利·杜南撰写的《索尔费里诺回忆录》,被深深震撼了。我这一生读过不少世界名著,但极少像《索尔费里诺回忆录》那样一而再、再而三地读。它的文学性虽然比不上那些世界名著,但是,它的价值不小于任何一部世界名著。我不时地读一读,一次次地被震撼。这本书,就是我的圣经!亨利·杜南在我的心目中非常伟大,超过我从小到大崇拜的任何一个人。我们团队里的建初兄是摄影高手,他拍摄了一张亨利·杜南的半身雕像,铜色的,庄严又亲切的一位老人。我将这幅亨利·杜南的像,贴在市红十字文化中心的办公室里,也贴在我家的墙上,这是1969年至今,我家第一次贴在墙上的伟人的像。

2009年5月,五八世界红十字日这一天,作为总策划之一,我导演了"追思五一二大地震一周年大型文艺晚会"。晚会正式开始之前,皮卫平女士代表市红十字会致辞。她特别感谢我们厦门知青群体的加盟,增强了红十字的力量。接下来,副会长李明珠女士向红十字艺术团授旗,江新星和杨子平接过白底红字的团旗,全场响起热烈掌声。

演出开始,第一个节目是红十字艺术团的大合唱,又是《万人献爱心》。这是我们唱得最好的一次。大合唱的第二首歌是我作词作曲,由本团周菲娜女士编配的《四川,我们和你在一起》。这是我在四川大地震发生后赶写的一首歌曲。去年我们艺术团排练了,没机会演唱,今天,终于第一次献唱。唱完之后,女生们对我说,2006年纪念女知青黄美妙救火牺牲四十周年,举办文艺会演,唱我作词谱曲的两首歌,身上毛孔一直竖起来。这次唱这一首四川的,也是这种感觉。

第二个是朗诵节目,也是我的作品《写在五一二的诗》。去年我含泪写下九首诗歌,今天晚上由厦门著名朗诵演员陆以诺、程艺芬和魏小春朗诵,他们的悲怆,甚至热泪,感动了全场的观众。当他们三人朗诵完后,向观众鞠躬时,全场爆发雷鸣般的掌声,我的眼眶潮湿了。记得最后一个节目是大合唱《让世界赞美你》和歌舞《爱我中华》,这两个节目把晚会推向高潮。来到现场的省红十字会常务副会长黄毅敏先生,全场观看了这个晚会,他给予很高评价。他说,最让他感动的是厦门市红十字会以红十字志愿者的方式,吸纳了知青文化群体,是一个创举啊!

2009年的大灾难好几个。8月中旬,莫拉克超强台风袭击台湾南部,我正带厦门知青团队在黑龙江黑河市参加知青博物馆开馆典礼。听到大水灾的消息,第一个念头就是发动知青志愿者捐款。回到厦门遇上双休日,所以星期一早晨,我赶到红十字文化中心办公室。那时,每到星期一上午,会有多位中心的知青同伴前来碰头,今天也是这样。电话也不断响起,问的都是捐款的事情。我们五六个人商量一番,决定发动文化中心和编辑部的同仁们,还有知青文学沙龙、书画沙龙、摄影沙龙、艺术团、登山大队,一起来捐款。我深知不少知青同伴家境一般,有的甚至还较差,所以我再三强调以自愿为原则,捐多捐少没关系,表达心意就好。捐款时间在当天晚上,地点就在我们办公室。傍晚五时刚过,知青一个接一个的来了,一个个装钱的信封投入捐款箱,场面温暖感人。我当然带头捐款,而且,一定捐得比同伴们多。原因很简单,我是他们的领头人。

在为红十字文化传播的十年间,我唯独一次参加了一个十分大型的全国性会议,也是《厦门红十字》派出最多的文字与摄影人员的一次大型采访活动。我不愿参加一些没内容走过场的会议,但,2010年1月中旬,全国副省级城市红十字文化传播工作研讨会在厦门召开。会议召开前几天,皮卫平女士委托我们编辑部全力以赴,采访报道这个会议。我事先开了个预备会,进行动员,提振士气,还在业务方面进行具体详尽的安排与指导。开幕那一天,我将编辑部所有的文字与摄影的"记者",一个不留地派出去。仅文字采访就近二十人,摄影也有十来个。我们的"记者"两人一组,连着两三天,直追其他十五个副省级城市红十字会领导或代表。他们无不惊呼,"你们厦门红十字志愿者是大兵团作战啊!"这次采访,锻炼了我们这个团队,提高了业务水平和能力。某天采访午间,突发兴致,留在思明区党校会场的二十七位同仁,前往前埔南社区大阶梯,拍了一张大合影。我算了一下,照片里年纪最大的有六十七岁了,年纪最小的也有五十六岁了。然而,多数人的面容都不错,有气质,精神焕发。我将这次集体采访认定为厦门知青红十字志愿者团队全盛时期。这个状态,在我们团队前往金门采风时,再次很好地表现出来。这次会议上,时任中国红十字会专职副主席兼秘书长王海京莅临指导,做了精彩的致辞。我应邀在全体会上做了讲座,题目是"红十字文化的社会传播与思考"。我提出一个见解:"红十字文化传播的当务之急是启蒙";我还认为,对于红十字文化和精神,不要用"宣传"二字,而应该用"传播"二字。"传"字是一时的,"播"字才是根本,"传"是可能会过去,而"播"才会直抵人心。我对红十字文化的现状提出了批评。与会者从来没有遇到这么直率坦荡的讲课人,也少听到如此犀利的观点和与众不同的声音。从他们脸上的表情,我看到有赞同的、有疑惑的、有陷入思考的。总之,我在这个研讨会掀起一些波澜,虽然不大,但我的目的达到了,就是引起同道们的思考,有触动比一潭静水好。

你没想到吧,参加红十字志愿者队伍后,我第一次走进监狱。这也是我这一生至今唯一的一次"进监狱"。这是很特别的一次经历,说来是上了一堂课。时间是 2011 年 9 月,很热的时节。卫平女士告诉我,市红十字会要在厦门市监狱举办一次活动,让我带上红十字艺术团小分队,随她去给狱中的囚犯演几个节目。这是一个特殊的任务,到特殊的地方传播红十字精神。我一口答应。具体哪一天我记不得。但,一定是在世界急救日之后。世界急救日在每年9月的第二个星期六。《厦门红十字》编辑部派出我们知青团队的陈美瑟君随行采访。这次活动,虽然世界急救日过去了好多天,但还是冠名"纪念建国六十周年暨世界急救日晚会"。美瑟君大为不解,认为到监狱演出与"建国"及"急救"有什么关系。与建国说有关,是因为再过几天就是国庆节,与急救日连接很牵强。我却如此这般地对美瑟君说:怎么不搭界?拯救心灵才是人道中最根本最急迫的事。这次活动,派了很专业的急救培训师,还派了心理咨询师。我又发挥了一下,说:不仅教囚犯们如何对猝死的人进行急救,还要对灵魂猝死的人"叫魂"。我以为这是人道中的至善,功德无量。

那天演出,是联欢会,有我们红十字志愿者,有狱警,还有囚犯。我是客人,坐在前排,后面坐着大几百号的囚犯,每个人都理着光头。我们的节目演得还算精彩,让高墙里的公安干警,特别是正在服刑的囚犯们,赏心悦耳更悦目。这在我意料之内,比较专业嘛。囚犯的节目让我很感动,而且,我觉得自己受到教育。他们的歌声、吉他、舞蹈虽然业余,但那种气,我觉得很正。特别是他们的眼泪飞出来时,我被震动了。人道是什么?今晚不就是一次最好的诠释吗?

2011年1月上旬,我率领知青团队访问金门,前面已提过。不过,这次访问,与红十字关系很大,一团两名,还可以称为:厦门市红十字会文化中心金门采风联谊团。我们这个团到金门的一个重要任务,就是拜访金门红十字会。一共四十几个团员,红十字文化中心和编辑部二十多人,知青文化活动组委会成员十多人。到达金门的下午,采风联谊团不顾旅途劳顿,就去拜访金门红十字会。

金门红十字会设在一座小白楼里,门口高高的旗杆上,红十字旗帜迎着海风飘扬着,墙上写的标语让我们每一个人感动,鲜红鲜红的,在太阳底下发光。二十四个字:有苦难的地方就有红十字会,有红十字会的地方就有希望。我最不会背文句的,看了一遍,也能背下来。金门的会长、常务理事、总干事在窄小的会议室和我们会面。会议室的墙壁挂满了锦旗,一走进这里,那种人间大爱的氛围就把我们围拢了。我对金门同道们说:"爱心无价,仁声远播,久闻金门红十字会的大名,果然不虚传。今日,我们是来感受一种力量和精神的。"

2011年1月,率团拜访金门县红十字会

我们讲的是厦门话,他们讲的金门话,都是熟悉的闽南话,十分亲切。铁观音茶,金门贡糖,都是家乡风味,非常亲切。金门会长致了欢迎词,介绍了他们的情况,我也介绍我们团队的情况。我向主人赠送了《厦门红十字》2010年第5期"纪念金门协议签署二十周年专号",主人向我们赠了一面锦旗。接着双方又好几次互赠礼物。座谈会上,不断提问,不断发表感言,热烈又温馨。

这么说吧,我们每个人都被感染了。我获得很好的观感。显然,金门红十字会是一个民间的人道团体,很纯粹,很有爱心。几个任职人员,不拿一分钱薪酬,和我们一样是红十字志愿者。但他们人手很少,却尽力投入红十字公益事业,令人钦佩和敬重。正如我的同伴,时任《厦门红十字》副主编的新知青李向群兄所说的那样,他们贡献很多,已经超出地域,超出金钱,超出很多方面。事迹感人,我们要好好学习。

握手告别的时候,我动情地对他们说:两门一家亲,两门红十字人,更是亲上加亲啊!我们要多加珍惜。其实,我个人还有一些与金门有关的身世没有说出来。此行金门,我内心有太多的感慨。读小学后,识字了,有一次,很偶然地看到户口本,父亲以及我和妹妹的籍贯一栏写着"金门"二字。我吓了一跳,金门?国民党占领的那个岛?不敢想象。拿着户口本去问父亲。父亲说我们老家大嶝岛历来都是属于金门县管辖。小小年纪的我似乎有些明白。父亲告诉我,他年轻时,常到金门讨海,还告诉我金门有什么什么亲戚等等。读小学时和妹妹回过一次大嶝岛,叔叔告诉我们对面那里就是金门。还大金门小金门的,我记不来。读中学到塔头村支农,在海边望金门,长长一道影子。想到1958年炮战,我们在厦门岛上躲防空洞……此次来金门,听金门红十字会会长说他家有人在金门被对岸的炮击打死了,令人伤感。我差一点告诉他1969年5月,我回大嶝,某个夜里,差一点被炮打死。我前面讲过这件事,那个夜里,金门向大陆打宣传炮,一颗炮弹从我睡的阁楼打下来,把屋顶砸烂,泥墙被削了一块,离我仅仅两米啊。

2011年是我六十周岁。从金门返回,不久,就是我生日。我生于1951年2月23日,农历是正月十八。小时候,母亲给我做过生日。一碗汤面,一个鸡蛋,很高兴了。青少年时代,特别是插队岁月,就不做生日。到了华大,有时还做。倒是1989年调回厦门,从1990年开始,年年做,到了五十岁之后,就不太想做生日。六十周岁那年,老父亲又病了。为了让他高兴,我做了生日,到环岛路海边一家餐厅。这顿午餐,是我们全家与父亲最后一次在饭店的聚餐。一个月又二十一天,也就是4月14日,父亲走了,享年九十一岁。

在六十周岁生日的前几天,我打电话给单位负责退休的东沿女士。她说:"最近较忙,你别来吵了,过一段我会给你办好手续的,放心。"一直拖至五六月,东沿女士才将我所有的相关手续的证件,送到岳阳西里我家。正式成为一个退休人员,我更觉得轻松。我没有什么"华丽转身",因为我作为一名红十字志愿者已经当了两年又好几个月了。退休后依然在人生最后的这一段最光明的康庄大道前行。

2011年,不负皮卫平女士重托,作为主撰稿,我于9月,如期完成《厦门红十字百年简史》的第一稿,此时,编委会已接受我的意见,改书名为《厦门红十字百年回望》。11月,我与合作者李向群、许宗和、杨汝坚三人进行了最后一次修改,二十天后,全部书稿再由我总汇,完成最后的一稿。这本著作是我到市红十字会时答应卫平女士要做的,2009年五八世界红十字日期间,成立了一个编撰组,我任组长,我邀来的向群兄任副组长,向群兄邀来的宗和兄和汝坚女士任组员,市红十字会退休的吴尚义先生和在职的丁银水先生、王爱霞女士也任组员。吴尚义先生原为市红十字会秘书长,堪称厦门红十字方面的"活字典",为该书提供很多史料,而爱霞女士也提供不少资料。我的三个合作者写出初稿,在4月下旬交我进行统稿。然而,我读完初稿,以为还未达到成书的要求,于是,我重起炉灶,把原来的结构完全改变了,也就后来出版的那个结构。在我父亲病危和我自己也患病的状态中,很难地写出新的初稿,第二稿完成也已经是12月中旬。因而,没办法按皮卫平女士的要求,赶在厦门红十字会成立百年的9月底之前出版,这是我预料之中的,拖至2012年,是情理之中的事了。

2011年12月下旬,厦门市红十字会有一件值得载入中国红十字历史的大事——建成全国第一个红十字广场。这个广场由福建省红十字会和厦门市红十字会共同出资建成,省红十字会常务副会长黄毅敏非常支持这件事,皮卫平女士则不懈不倦地奔走忙碌。红十字文化广场,仅用了五个多月建起来了,太不容易了。竣工仪式那一天,我和我们知青志愿者团队也来参加。这是全国的第一个红十字广场,坐落在五缘湾大桥西侧,很宽阔的一个广场。那天,和我一起来的知青兄弟姐妹,还有另一种心情,他们要来读一读刻在石墙上的我的诗作。几天前,卫平女士特意带我来游览这个广场,我已经在左侧那一堵石墙后面观看了那首刻出来的诗。不能说没一点高兴,更多的是不安,因为,这是一首差强人意的诗歌。2010年,市红十字会要举办一项重大活动,按从前惯例,开幕之前要朗诵一首诗,市红十字会领导要我创作,我写了《红十字史诗》,活动最后因故没做,这首诗在2011年第一期《厦门红十字》刊登了。时任副市长和市红十字会会长的潘世建先生读了此诗,对卫平女士说:"谢春池也是厦门有名的诗人,有机会,找个地方,把这首诗刻出来吧。"不久,开始筹建红十字文化广场,决定将这首诗刻在广场里。卫平女士让我将篇幅压缩,我则重写了一首《献给厦门红十字》,潘世建先生很认可,就确定把这首诗刻在广场上。

我们团队那天去参加竣工仪式的同仁,都去观赏了石刻的诗,我自然也随同而去,他们纷纷议论,怎么刻在石墙背面,这么不彰显的地方。我说:"遵命之作,难为啊。刻在哪里,都一个样,我已经很感恩了。"

我有生以来,自己的文字第一次被刻在石头上,水平不太高,很惭愧。让今人去评说,更让后人去评说吧。

2012年5月,《厦门红十字百年回望》首发式

《厦门红十字百年回望》到了2012年4月,终于由厦门大学出版社出版了,当然是厦门红十字历史上的一件大事,也是厦门历史上的第一部红十字著作,据了解,全国各省市,这样的著述不多见。5月上旬,这本书的首发式很隆重地召开。黄毅敏先生也光临指导。他说:这本书非常珍贵,是福建省的第一本红十字史的专著。这是厦门红十字人和福建红十字人的骄傲。一直关心关注这本书的潘世建先生,则履新到厦门市政协任副主席,也来了,高兴地对我说:值得庆贺,值得庆贺。卫平女士致辞,她将这本书的撰写出版定位为:献礼之卷与百年总结,非常概括和准确。我接着发言,一开口便是"知青",与会的知青兄弟姐妹和熟悉的社会各界人士会心地笑了。我这样说:"知青老有所归,归到爱的旗帜下,我们这么多知青成为红十字志愿者,是一件非常有意义的事。"我的发言没有跑题。这本书的四个作者都是知青,我和宗和学长是老三届知青,而向群兄和汝坚君是老三届之后的新知青。我自然介绍了本书撰写过程的一些事情,我告诉与会者,我的三位合作者为这本书的问世,做的工作,比我多得多。我说的一段话被记录了下来,我查了资料,以为还可以转述一下,我这样说:"进入厦门红十字的历史,才发现厦门在历史中盛满了爱。我认为厦门这个城市本质就是爱。一个城市的精神,一个城市的灵魂,就是爱!"

座谈会上,我向市档案馆捐献了这本书的手稿。顺带说一说,因为,我到现在都不用电脑写作,依然用笔,让太多人不解。我的手稿与修改文本,都由宗和兄和汝坚君录入电脑,再打印出来给我订正。我捐出的是第二稿和第三稿的手稿,两份,厚厚的两大叠。

2012年9月初,厦门抗战死难者纪念雕塑终于落成,厦门社会各界一百多人参加了揭幕仪式。我以为事情做成最重要,仪式可参加也可不参加,再者我因身体不适,也就没有去了。仪式办得很成功,在本地产生很好的影响。我自然很高兴,因为,这座纪念雕塑,也有我和小孙子的一分微薄捐献。2008年底我来市红十字会当志愿者,和卫平女士经常接触,几次谈到2005年社会各界人士捐款,过去了四五年时间,没一点动静,已经有捐款人不满意,探问反映了。卫平女士起先觉得这个款是她没到市红十字会任职前捐的,她不好介入。我推心置腹对她说:你是抗战名将的后人,应该介入,这是一个公益事业,值得做。2010年,卫平女士过问之后,决定把这件事担起来。她多次与我商议,我当然积极参与其中,帮助出谋划策。我随她到设计公司去洽谈相关事项,出席设计方案的讨论会,等等,尽自己的所能。

2013年4月,雅安发生大地震。四川再一次蒙受大灾难,举国又陷入大悲伤之中。和汶川大地震发生一样,我非常痛心。深夜十时刚过,我立即给采访部主任庄琼华打电话,让她赶紧和市红十字会有关人员联络。第二天,编辑部的同仁赶赴各处救灾募捐活动现场采访。有的跟随市红十字会领导奔赴航空港货运站,采访救援物资的启运,有的前往万达广场"中国梦之声"厦门海选活动现场采访捐款活动。第三天,有的采访市红十字会募捐点的捐款活动,一待就一整天。有的则去了教堂,与挤满教堂的信众合力为雅安祈祷。他们写了一批抗震救灾的特写,刊登在《厦门红十字》。21日当天晚上,我决定由市红十字会文化中心、《厦门红十字》编辑部联手厦门知青文化活动组委会,组织知青为雅安灾区捐款。组委会相关负责人向组委会常务人员以及文学、书画、摄影三个沙龙,还有艺术团、登山大队等知青组织发出募捐信息。又在厦门知青网发布相关通知,同时组成五人募捐小组。23日,从上午9时至下午6时,知青兄弟姐妹从四面八方陆续赶到湖光大厦二楼市红十字会文化中心捐款。有的女知青家务缠身,让丈夫前来捐款。两位已在万达广场捐款的女知青,来到我们这里再次捐款。一位老知青一捐就捐了1000元。我为自己捐款,也为儿子和孙子代捐,在场一位女知青被触动,也为未满周岁的小外孙女捐了一份爱心款。好几位知青兄弟姐妹"走错了门",跑到湖光大厦三楼市红十字会捐款。几天后,知青文学沙龙活动日,又有知青红十字志愿者补捐。据不完全统计,我们为雅安灾区捐了近2万元。

　　捐献遗体、器官或眼角膜这么一件大功德的善事。你一定不太了解的。我也是来市红十字会三四年,才渐渐了解的。这项工作,也是皮卫平女士努力在做的。她真是一个干事业的人,很多事都着眼于未来。早在2009年底,在海沧区的文圃山陵园,厦门市遗体与器官捐献雕塑纪念园就建成并投入使用。这么多年,捐献者的名字都一一镌刻在该园的纪念墙上。2011年,厦门市遗体与器官捐献文化馆也开馆。我的知青同仁,大多数到过文圃园。我一直想走一走,却拖至2016年。说来惭愧啊。我们团队以及不少知青都来市红十字登记,成了捐遗志愿者。我至今尚未动念,什么原因，连自己也说不出来。最让我没想到的是亦师亦友的忘年交，芮鹤九、应锦襄夫妇在去美国探亲之前，应该是2010年初夏吧，他们在市红十字会办完捐遗的全部手续。这两位都是我非常敬重的前辈学者。他们这一举动，让我更多了几分佩服。6月下旬吧，做了心脏手术的应老师，在美国不幸逝世。我自然悲痛难抑。仅过一周，7月初吧，我以市红十字会文化中心和《厦门红十字》编辑部的名义，在市文联多功能厅为应老师举办了一个追思会，来了近两百人。我的好友水涌兄、丹娅君、志铭兄和叶之桦女士，都来了。他们都毕业于厦大中文系，是应老师的学生。我的挚友许永惠和黄真，我的妻子林莺也去了。她们都是应老师的忘年交。应老师走了，遗体捐给了美国当地的医院。不到一个月，芮鹤九先生回到厦大。几个月里，芮先生癌症迅速扩展至全身，2012年春节不久，芮先生也走了。第二天中午，我和水涌、林莺、永惠、泓莹以及陈有理女士七八个人，以及市红十字会工作人员前往厦大医院，把老人的遗体护送到厦大医学院。

2016年清明节前夕的某天上午，市红十字会又在恩泽园举行祭奠仪式。我和编辑部同仁一同前来参加。我迫不及待走近纪念墙，找到芮先生和应老师的名字，凝视了很久。9点整，祭奠活动开始。台上的背景喷绘写着"生命在爱和奉献中延续"。这个活动主题很准确，三百多位祭奠者都手拿菊花，整齐肃穆地排队，站在台前，向捐献者低头默哀。我悄悄地退出人群，站在较远的高处，体验着这个特别的场景与氛围。不知不觉，我的眼眶潮湿了。我想了很多。真的，都是与生和死有关的事情。我望着台子右边那一座"生命之树"的浮雕，似乎悟到什么；对红十字的理解，对于人道的热爱，也加深了一些。

2016年8月的某某天，我带着编辑部七位同仁，前往龙岩采风，专程到龙岩市红十字会拜访。该会常务副会长张龙生先生的父亲，竟是"文革"震动全国的所谓"张蓝赖反革命集团"中的"张"，一个革命老前辈。"文革"结束，"张"理所当然被平反恢复名誉。张龙生先生告知，对我们这个团队早已了解，很称赞我们为红十字事业所做的贡献。他很希望龙岩也有一支像我们这样做红十字文化传播的志愿者队伍。我则建议他们多挖掘闽西红十字史料。上世纪初，军阀混战，上杭县城就出现过外国红十字人员出面调停，抢救伤员的感人事件。红军时期，众所周知的教会医院的医生救死扶伤，也是红十字的表现啊。两地的红十字同道在一起座谈，亲切、融洽、热烈。最后，我提出我们团队与龙岩市红十字会合作，做一些事，双方都叫好，还做了一些规划。过后，由于某些原因，没有什么作为。有些遗憾。

我们还拜访了福建省红十字会。2018年春，我带着编辑部几位同仁，到福州走亲访友。与上杭乡亲、女作家何英聚会时，我请她帮助联络省红十字会的领导。我说：既然来了，也不妨把这事当作走亲访友的内容吧。何英君问我认识不认识他们。我如实作答：没有认识的。何英君觉得我多此一举。不过，她没有拒绝我的请求，打了电话给新上任的省红十字会党组书记、常务副会长林圣魁先生，人家表示欢迎。红十字同道呗，见面交流，好事啊。第二天上午，何英君陪同我们去了省红十字会，圣魁先生和他的同事们热情地接待我们。一起座谈，很热烈，很有共同语言。我如实地汇报了我和我们团队近十年在厦门市红十字会所做的一些事情，还很真诚坦率地向省红会的领导提了一些建议。何英君评价我们对红十字会奉献的爱，坦坦荡荡。圣魁先生，年轻的70后，和他的前任黄毓敏一样，认为省红十字会也可以组织省城的作家们做一些红十字的文化活动。何英君当场表示，也要贡献自己的一份力量。

怎么更好地传播红十字文化？这个问题，我总会想一想。无论如何，作为市红十字会文化中心总监，我不能徒有虚名。虽然从

2010年开始,我们这个团队以《厦门红十字》为重点工作,但其他项目,还是多少有些涉及。我一直有个观念:运用一切文化艺术形式,进行红十字文化的传播。2016年底,文化中心还和知青文化活动组委会决定一同举办"红十字湖光艺术茶座"。为什么我给茶座取了这么一个名称呢?因为,是在市红十字会所在的湖光大厦举办。

2017年5月中旬,某个晚上,第一回茶座举办。第一回来了四十多位书画家,市红会会议室挂满了书画作品,近三十幅,其中大半与茶文化有关。不过特别引人注目的是书法篆刻家苏梦飞的四条变体隶篆:"红十字""人道博爱奉献""三救三献""救灾",结体独特,古朴苍劲,突出了茶座的主题。我主持了茶座。我道出活动的宗旨:这个茶座在厦门前所未有,我们今天为艺术和茶文化而来,更为了红十字精神而来。厦门文化中茶是重要元素,我们要将艺术和茶结合起来,持之以恒,传播红十字文化,进而弘扬红十字精神。或许是一个创新吧。举办这个茶座,我还有另一番想法,我认为红十字人和志愿者,也需要自己的精神空间、文化空间、艺术空间。所以,必须开办自己的沙龙,交流、积淀、提升,更好地投身红十字事业。从前为红十字活动捐过款捐过物的好几个书画家,当天晚上捐给艺术茶座各种各样包装不同的茶叶。红茶、白茶、黑茶、绿茶。一包包、一盒盒、一罐罐的,琳琅满目,堆了一桌。

2月下旬,市红十字会举办了文化中心书画室成立仪式,十二位书画家出席。大家畅谈感想。他们因为敬仰红十字精神,所以,愿意来书画室做点公益事。有的说,老了当一个红十字志愿者很合适,不为钱,只为精神的愉悦。不久,我策划了"不逝生命的礼赞"书法展,在4月4日清明节那天开展,时任市红十字会常务副会长的苏甦出席开幕式,给予高度评价。这次书法展是"献给令人尊敬的遗体(器官)捐献者和捐献志愿者"。这个创意,福建省绝无仅有,全国恐也没有见过。展出书法作品三十五件,所书写的内容,是我从近三十册《厦门红十字》杂志的五十九篇文章摘录出来的。有捐献者语录,有志愿者感言,有捐献者家属的心声,还有社会各界人士的寄语。我任总监的鹭岛朗诵艺术团的四位演员,按我的安排,朗诵了书法作品里诗词和文句。每一个形式与主题都紧紧相扣,互为表里,效果不错。来参观的男女老少,一走进展厅,立即有一种庄严感。

2017年,我写作五十周年,我前面也讲过这个事情。这当然是我人生的一个重要事件。我从8月到12月,办了一个系列纪念活动,大概十来场吧。好几场就在市红十字会的会议室做的。特别是启动仪式,由市红十字会文化中心、《厦门红十字》编辑部和厦门知青文化活动组委会联合举办。市红十字副会长周敏先生出席并讲话。我把他说的一段念给你听。他说:"谢春池老师与红十字会结缘很深,对红十字有感情,有激情。2009年他开始主编《厦门红十字》杂志,这是省内唯一、全国为数不多的红十字会刊物,受到广泛好评。谢老师多次参与厦门市红十字会重大文化活动的策划与实施。在此,我们特别感谢谢春池长期以来对红十字会的贡献。"周敏先生谈到红十字文化广场,原名是:"红十字广场","文化"二字是我提出后加上去的。他还谈到各级红十字会以及各地红十字会领导和同仁参观文化广场,观赏了我的那首写红十字的诗,都很称赞。不久前,中国红十字会总会组织宣传部领导来厦门考察,他陪同游览了红十字文化广场。周敏先生饱含感情地朗读了这首诗,作为他讲话的结束,博得全场热烈的掌声。

我们团队的同仁们纷纷登台发言,彩伟君则谈到我写于2009年的文章《用红十字精神提升知青精神》。她说这篇文章写得很好,她读了好几遍,每一遍都有启发。她有备而来,为大家朗读这篇文章的一段。我感动之余,致辞表示感恩,特别感恩共同为红十字事业做贡献的兄弟姐妹。我说了一段话,心里话:重要的不是当一个,而是做一个人;重要的不是获取了什么,而是付出什么;重要的不是懂多少学问,而是懂得感恩。这是我为自己写作五十周年所题,更是为自己的晚年自勉。

我写作五十周年的闭幕式,在思明图书馆举办,时间是12月底,2018年即将到来。每当新年和春节到来,市红十字会都要发起"两节"博爱送万家的公益活动。今年,市红十字会和《海西晨报》一起在该报公开推出200个格子,让爱心人士认捐。每个格子就是一份135元的博爱送万家慰问品,给困难群众送上粮油或年货。在闭幕式上,我当场认捐50份,即6750元。周敏先生接受认捐,颁了一个证书和一块大红牌子给我,那牌子写着我认捐的款数,还有能够购买的东西:食用油50瓶、大米100包、面条100箱。我心里对自己说,这笔捐款不多,但还可以买不少东西啊。

我的知青兄弟姐妹跟上来了。江为群兄认捐8个格子,重病在身的庄琼华君认捐6个格子。3个,2个,1个,他们纷纷认捐。请允许我把他们的名字说出来,希望你们千万别把这些删掉。他们是:蒋彩伟、叶青莉、陈美瑟、陈秀芹、李建解、杨建平、林慧敏、陈淑贞、蔡素琼、王鹭红、胡明宜、何碧云、陈振生、汪锦星、刘晓源、高仁婉、李素月、江新星、舒秀雯,还有灌口中学老三届67届初中同学,认捐7个格子。这些认捐的知青兄弟姐妹,多数是不富裕的人,有的甚至仅达温饱。以上合计102个格子,总数13770元,占《海西晨报》200个认捐格子的一半以上。我高兴的是,我没有看错,没有走眼,我们的团队是一个非常有爱心的团队。这么一个团队,配得上"红十字"这个神圣又伟大的名称,配得上"志愿者"这个平凡却崇高的身份。我写作五十周年的纪念活动,因为有红十字精神文化融入,有红十字精神照耀,有志愿者的助力,有公益行为的彰显,已经超越了写作和文学的领域,超越了个人和团体的局限,成了人道和大爱的体现。这是我一生的最大收获。我非常感动,我的兄弟姐妹,我感恩你们啊!

现在,让我说一说《厦门红十字》杂志的事。

2009年第一期的《厦门红十字》杂志出版之后,收到杂志的张胜友兄很高兴。那时,他好像还没退下来。他给我回了信,大意是:"你谢春池是不是不编刊物就不能活?"还有另一个意思,就是:"你谢春池生来就是要主编杂志的。"总之,他很欣赏,并对《厦门红十字》这本刊物给予较高的评价。胜友兄是中国作家协会书记处书记、中国作家出版集团的第一把手,中国改革开放政论专题片的第一人。对于这么一个颇有影响的文坛名人,他的夸奖,我不会喜出望外。不过,我会把它当作一种激励和鞭策。《厦门红十字》要办好,不难。2008年,这本杂志由某家文创公司承办,虽然办得像模像样,但偏于商业气息,最大问题是空洞无物。我评价它表面多色彩,内里没风姿,更没内涵。所以,我们只要有一些血肉,就能超过前者。这也是皮卫平女士所要的。

2014年,《厦门红十字》改版五周年,我们开了一个座谈会,做了回顾和总结。我们编辑出版三十一期的刊物,摆在座谈会的长条桌上,像两道彩虹,同仁们和与会者无不眼睛一亮。苏甦先生充分肯定五年的成绩。他特别感慨地说,"'郭美美事件'发生,中国红十字会面临信任危机,你们不怕被攻击与误解,坚定地与红十字会站在一起。"他评论说,厦门知青是一个非常特殊的群体,是红十字最坚定的追随者,做出很大贡献。他还说,外界对《厦门红十字》这本刊物普遍认可,特别是省红十字会领导更给予很高评价。

改版五年来,不少事情值得回顾。虽然《厦门红十字》是"内刊",但我绝不把它当一碟小菜。主编这刊物与《厦门文学》固然有很大差异,却也有共性。我想做"大菜",如果能做成"名菜"品牌,更好。所以,我把文化特色和品位作为这本刊物的第一性。重大题材是组成历史的要件,要给予特写;专号和专辑作为热点和亮点,不断推出来。五年里推出专号四期,这四个专号都不是拼盘,绝不凑合。分别是:2009年第2期"纪念五一二周年"专号,2010年第5期"纪念《金门协议》签署二十周年"专号,2011年增刊"首届海峡两岸红十字博爱论坛"专号,2011年第5期"厦门红十字会成立一百周年"纪念专号。第四个专号最有分量和内涵。我把这一期杂志带来了,你看登了好几张老照片,很珍贵。其中有1953年的,上世纪80年代以及90年代的。封底这一张最有价值,是

1924年,同安战役伤兵三人手术痊愈后合影

1924年拍摄的。你看,画面太悲壮了。地点好像在集美学校某校舍,大门前两级台阶,前面地板上站着三个穿白衣裤的大人,排成一排,三人之间间隔半个体位。中间的那位左腿截断,左右两人都截断右腿,三人只剩半截大腿,三人的两臂都撑着木拐杖,神色凝重;后面第一台阶站着四个人,也排成一排。四人之间,都隔一个体位,站在每一个伤员两边,都叉双臂在胸前。右一是个小青年,

右二和左二年纪较大,三人都穿黑色制服、戴南洋式遮阳帽,左一是个少年郎,上穿白衬衣,戴海军帽,系红领巾。底下写了一段文字,从右到左:同安战役重伤兵三人由集美学校童子军红十字队用手术截去一足阅一月即痊愈摄此纪念民国十三年五月。没标点符号。我给配了这诗《三个伤兵和四个红十字队员》。这一个专号很厚重的。我们还推出专辑31个,有"首届红十字博爱文化周"专辑、"厦门红十字百年回望"专辑、"抗战雕塑落成"专辑,等等。

改版五年,厦门知名文史和旅游的老专家彭一万前辈这样评价:《厦门红十字》杂志,居然经常让我爱不释手。他还认为:更可贵的是,这些编辑、记者、工作人员,都是些志愿者,他们本身就在践行红十字精神。办出一份弘扬中华优秀传统文化,宣传红十字文化的刊物,这在全国都是屈指可数的。彭老师过奖了,不过,他的评价,是我们努力的目标。

很快,改版十周年到了,就是今年的一二月。其实,我们从2017年第1期开始,又进行了改版,将内页的黑白印刷,改成彩色。这样一来,整本《厦门红十字》都是彩印了。我深知,当下的刊物杂志,除了纯文学类的,其他的大多数都改为彩印。读图时代,除了老照片印黑白,其他的图像,特别是美术与摄影作品,印黑白的,视觉效果差了。2016年年底,我下了决心,改彩印,效果一下子好起来。

后五年的杂志,面貌与前五年不可能相同,很有出彩之处。但最大的问题出现了,不在物,在人。《厦门红十字》十周岁,成长成了一个美少年,而我们这一群办刊人,老了十岁,确实老了。主编这本刊时,我五十八周岁,十年了,我六十八周岁。原来打算的几位接替者,当了两三年副主编,也都因各种其他事务,没来,或少来了。这个团队,原本有近三十人,如今,大概就是十来人,我指的采编人员。编辑部不仅面临"无米之炊",还面临"乏炊之人"啊。这么说吧,从2015年开始,每一期刊物的编辑出版都缺稿拖时。我虽然不会敷衍了事,但做得很艰难。当然,我懂得一个道理:世间事本就有始就有终,有起就有落,有兴就有衰。我不会垂头丧气,尽力做。后五年的杂志没有因客观问题而质量变差,改变了办刊策略,加入了更多的各种文学艺术的元素,改成彩印,反而较之前五年,更为吸引人们的眼球。

这五年,有一批成果是前五年没有的,就是我们文化中心和编辑部推出了几本书,很让整个福建省红十字会系统瞩目。前五年,应该是同一个时段,大概2011或2012这两年,好像市红十字会要换届。我接了一个任务,编印一本全市红十字系统五年成果的画册。画册编印出来,市里又不换届了。另一本也是专题画册,书名《大爱如虹——五一二汶川大地震厦门援助灾区纪实》是我取的,十二个编委,我是其中一个。所以,画册整个方案由我做的,连设计都由我把关。画册分由《永远缅怀》《心系汶川》《深入灾区》《援建彭州》四辑构成,我配了五首诗。除了《前言》,所有说明文字都由我撰写。名义上是厦门市红十字会编,实际上有市政府办公厅等几个单位参与,由厦门大学出版社出版。这是一本大型画册,精装本,显得特别厚重,给厦门人留下一段可歌可泣的人道记录。

这么说吧,这两本画册和我个人有关,却与文化中心和编辑部无关。接下来谈的文集,就有关了。第一本是《为生命讴歌》,作为"厦门红十字文化丛书"的一种推出来。主编是苏甦和任勇(市教育局副局长),我是执行主编。这本文集于2014年10月与读者见面。封底有一则我写的文字,推荐本书的,大意是这不是一本文学作品,仅是一本学生习作。这是厦门红十字百年历史中,第一本大中小学生的文集,它体现了2014年本市全面进行红十字体验式生命教育活动的成果。第二本是《九月,祈祷和平》,这是中国红十字第一本抗战诗集。要谈这本书,就得从纪念抗战胜利70周年的活动讲起。

抗战胜利60周年、65周年以及厦门沦陷70周年,我们厦门知青群体都举办了纪念活动。2015年是抗战胜利70周年,我正开始构想相关纪念活动,与苏甦聊起这个话题,两人一拍即合。市红十字会和厦门知青群体合作,举办大型纪念活动。苏甦让我们文化中心策划和承办,我非常乐意地接受。几天后,我交出活动的策划案子,具体项目有在灯塔公园抗战死难者雕塑纪念碑前举办缅怀仪式和举办一场朗诵音乐会。两项都是大型的。另外,向全国征集纪念抗战胜利70周年的诗歌作品,届时推出一部纪念诗集。这是一件更大的事情。还有一个项目,就是在今年第5期的《厦门红十字》推出一个纪念专号。市红十字领导认可这个方案,我们团队全力以赴开始筹备了。

2015年8月,厦门抗战死难者纪念碑,主持抗战胜利70周年缅怀追思仪式

8月28日下午,我带着十多位厦门本土诗人和几十位红十字知青志愿者,驱车来到五通灯塔公园抗战死难者雕塑纪念碑前,好多个媒体的十多位记者也赶来采访。按照我的设计,在纪念碑两

侧竖起抗战诗歌墙,墙上划出了八十个格子,诗人和志愿者们在方格里抄写抗战诗词,但那天正好下起了小雨。由于制作公司的不当,有一堵墙的喷绘墙布只得先卸下来,摊在地上。志超兄、永嘉兄、祖希兄等老哥还有几个年轻诗人都趴在地上抄写。所有人写好,起身,还有几个格子没有写,我不想再召唤同伴抄写,于是自己趴下去抄写。大概有五六个方格,全场只我一人在飞快地抄写着。雨越下越大,我还没抄完,有人帮我撑起了一把雨伞。我干脆脱掉皮鞋,穿着袜子,踩在墙布上,蹲着,终于把剩余的方格全都抄写完。

29日上午,晴天,阳光灿烂。一百多名参与者汇集在较为窄小的纪念碑坪地上,那两堵庄严肃穆的抗战诗歌墙竖在那里。面对八十首诗歌,所有人的心灵都被震撼了。缅怀追思活动由我主持。孩子们为抗战死难者献上菊花,艺术团成员高唱人们熟悉的抗战歌曲,朗诵征集的抗战诗歌新作。当七十只鸽子被放飞,腾空而起,我的目光向天空望去,直到最后一只鸽子消逝。

9月5日下午,纪念抗日战争胜利70周年朗诵音乐会,在青少年宫的红领巾剧场如期上演。这是我设计的许多场演出中,舞美制作得让我最满意的一场。作为执行总策划兼总导演,我责任最大。而作为舞台总监的施晰君,则让我十分放心。演出非常成功,彭一万先生谈了他的观后感:演出具有很强的震撼力、感染力和影响力。演出结束的那一刻,我感到整个人快瘫了。散场时,我站在剧院门口,与好几位老朋友道别,他们中有人与我在舞台上合作了十一年,感情友谊很真挚,也很深厚。由于知青艺术团发生了一些事情,我已经萌生"停摆"的念头。我预感这是知青艺术团的最后一场大型演出,心中难免有些伤感。

这场演出的成功,让我如释重负。

12月20日上午,红十字纪念抗战胜利70周年诗集《九月,祈祷和平》举行首发式。市红十字会领导苏甦、周敏,厦门晚报总编唐亚强,市闽南文化研究会名誉会长彭一万,诗集作者,红十字志愿者,社会各界人士等一百多人与会。首发式由我主持。唐亚强和周敏向思明图书馆赠送诗集,时任馆长的陈重义登台欣然受赠。年近八十高龄的彭一万几乎是跳着奔上讲台,他激动地发表自己的看法。他指出:以前的抗战诗歌都是在九一八到抗战胜利写的,大多数是旧体诗,厦门红十字这本诗集大多数是新诗,有开创性。特别是收入一批年轻诗人的作品,传承文脉,后继有人。他强调:我们祈祷和平,但不哀求和平!彭一万前辈似乎尽全身力气的演讲,深深地触动每个与会者的心,引起共鸣,全场响起雷鸣般的掌声。沈世豪先生也应邀发言,他说:每一个中国人都不能忘记历史,忘记战争。文学有纪念和警示的作用,这本诗集的意义就在这里。他认为诗集的作者大多数是厦门的,这是我们的光荣!

我则强调:抗战到今天,甚至从1904年中国红十字会成立,一百一十一年了,中国红十字人所编辑出版的抗战诗集,我们这一本是唯一的。我说:厦门诗人写出了英雄主义的硬气,写出了真正的诗歌水平,这本诗集的价值远远超过它本身。

我已经主编了超百本的书,《九月,祈祷和平》是我主编的最有历史价值的诗集。

还有两本书是今年三四月出版的,可作为压轴之卷来谈一谈,这两本有着特别意义。为什么?我一讲,你就明白。一本是《太阳照耀我们》,我主编的;一本是《人在做,天在看》,我写的。这两书都是"厦门红十字文化丛书",为《厦门红十字》改版十周年出的。我主编的这本是《厦门红十字》十年的群体选本,我写的这本是十年来我发表在《厦门红十字》杂志和收入其他文集的红十字题材的文章。据我所知,在中国红十字这个界别里,从来没有见过这种红十字题材的群体文集。我个人这本文集,是我所有文集中最不具文学性，却是我最为看重的。为什么？因为，这是我个人第一本红十字文集。我没想到的是我自己做红十字一件事情竟然一口气做了整整十年。做了整整十年。非常开心。作为一个红十字志愿者，我如愿以偿地做着自己非常愿意做的事情。这世上，还有比这更幸运的人生际遇吗？不把它做好对得起谁？

《厦门红十字》改版十周年，我写了一篇也可以算是我这一生写得好的散文，允许我抄录一段文字，作为我这一部口述的结语：

在我看来被欣赏和赞美虽然是好事，但并不重要；重要的是真实的我们进入大众的视野，一代人存在的价值和意义得以体现。特别是在晚年，一代人以其人性之美，走出往昔的某些误区，让生命之光，不仅给陷进暗夜的人数点萤光，给蜷于寒冬的人些许温暖，给没入漩涡的人一双援手，给套在贫困的人几多帮助，还照亮自己，照亮自己的生命，照亮自己生命的已经不太漫长的岁月与前路。

这是我和我们的大福分！

这是可遇而不可求的生命之缘！

感恩大地，感恩上苍；感恩红十字！

2019 年 5 月 8 日
即第七十二个世界红十字日之午夜，
全稿订正于厦门仙岳麓山居

后　记

章长城

我决定选择"厦门知青口述史"来做，原因很简单，中国现当代文学专业出身的我，对知青文学曾有过一些深深浅浅的阅读，对共和国的知青史也曾有过一些涉猎。这个选题正好可以把知青史和知青文学链接起来。不久前，陈仲义教授跟我说，厦门知青的"领军"人物是作家谢春池，要做好厦门知青口述史，必须深挖谢春池这个富矿。既如此，还不如先做谢春池个人的口述史。我深以为然。

一旦做了决定，我就开始阅读文献，包括知青史和知青文学，其中印象最深的有《中国知青口述史》《中国知青史》《中国知青文学史》等。当然，也开始阅读谢春池本人的作品。一查阅，真是吓了一跳，他的作品居然如此之多，总字数高达1000万字以上。我暗暗叫苦。

2015年9月24日下午，我按照与谢先生的约定来到了位于思明区湖滨四里的湖光大厦。二楼一间颇为拥挤的办公室里，摆放着三四张办公桌，到处堆放的是各种书籍和杂志。此时谢先生已经从《厦门文学》杂志退休了，正率领一群厦门知青志愿者来到这里为红十字会服务。由于此前已经阅读过他不少作品，看过他不少照片，所以第一次见面颇有一见如故的感觉。

中等身材、浓眉大眼的谢先生声音洪亮、言辞犀利，臧否人物往往一针见血。我们那天下午谈了两个多小时,基本都是聊文学。我们从厦门文坛聊到福建文坛、全国文坛。可惜的是,那天办公室还有其他人,比较嘈杂,最终录音无法听清楚而放弃了。

我深知,和访谈对象建立稳定的信任关系事关口述成败。所幸,这第一关算是顺利通过。接下来,我们共同拟定了一个采访提纲。考虑到完全按照时间顺序来谈,可能会带来的凌乱,我们决定抽取他人生当中几个有意义的主题,按照主题单元的方式来口述,然后每个主题单元里面再按照时间顺序。这种经纬交织的方式,既可以凝练他的人生关键点,又可以梳理出时间脉络。这些主题分别是:乡村岁月的无穷眷恋、校园里的"问题"少年、疾病缠身的叩问玄思、知青生活的激流穿越、情感世界的哀伤芳华、思想领域的痛苦探索、多重身份的缠绕认定、文学创作的时代见证、厦泉文坛的恩恩怨怨以及在服务红十字会中回归人生的淡泊素净等。

此后,由于教学繁忙,再加上还要继续阅读文献,等到正式采访已经是来年春天了。2016年上半年我基本上是半个月采访一次,然后在2016年的暑假进行了更为集中的采访,当暑假快结束的时候,我的采访也基本结束。

采访大部分依然是在湖光大厦进行。不过,我们选择了晚上,可以避免白天办公室的嘈杂。有的时候也会去他位于岳阳小区的家里采访。每次去采访,谢先生必然会泡上好茶,我们一边喝茶一边聊。有的时候,他会一个人滔滔不绝;但更多的时候,我作为采访者需要不断地插话,反复诘问。这算是我初步的口述采访的心得吧。我发现一个好的口述采访者,一定要每次采访前,做足功课,最好拟定需要提问的问题。当然,采访过程中,随机应变的提问更能够体现一个采访者的素养。好在我阅读了他的大量作品,所以在提问的时候常常能起到提示和引发的作用。记得有好几次,基本上是我们在对谈,不时擦出激情的思想火花。可惜的是,整理成文字的时候，考虑到口述史的体例和规范，把提问和交流的内容基本删去了。这显然还是延续了早期芝加哥大学唐德刚教授的口述史做法。对我来说，这不能不说是一个很大的遗憾。当然，现在国内也有保持原汁原味采访现场的口述作品问世。

值得一提的是，每次采访完，谢先生都会赠给我他的著作。所以等到采访结束，我也基本集齐了他的所有著作。

随着交往日深，谢先生还邀请我参加过好几次厦门知青的文化活动。而在这些文化活动现场，我才真正体验到他的挥斥方遒的领导才能和运筹帷幄的组织策划能力。同时我也真正明白他之所以深受厦门知青群体拥戴的原因所在。尤其是2017年11月8日，我受邀参加他的"谢春池写作五十周年"上杭研讨会，更让我感慨良多。那次研讨会，也是一次厦门知青重返闽西的聚会。在这几天与众多厦门知青的相处中，我能感受到他们强烈的知青群体意识。这让我一直在思考，该如何来打量和评价这段历史。无疑，这也为我下一部的"厦门知青口述史"打下了基础。

采访完毕，该进入文字录入阶段。在此，我应该感谢我的文秘2014级学生赖梦妮和游燕玉。她们每人分担了十多万字的录入工作。

当这本二十多万字的口水版口述史摆在我面前时，我才意识到真正的困难来临了。按照这套丛书的体例，口述史成书必须全部采用口述人的叙述语气，把采访者的对话删去。所以第一个难题便是，如何在删去对话的前提下，保持叙述语气的连贯自然。其次，在采访过程中，很多讲述具有即兴性和跳跃性，如何将这些如散落珍珠似的东西缀缝在一起，尽可能照顾到逻辑性。

经常做着做着，我不由废然而退。这种文字整理工作的难度之大，完全超出我的想象。完全是摸着石头过河，我慢慢摸索出一些自己认为可行的办法。既然完全原生态是不可能的，我只有考虑必要的建构。在不割裂、肢解、扭曲口述者的原意情况下，尽可能站在读者的角度,寻绎勾勒出一条叙述的逻辑线索。为了照顾删去对话的语境空白,我将我一些必要对话尽可能融入叙述中,主要是起到提示叙述背景的作用。当然,我知道这样做是有伦理风险的。所以,我遵循"奥卡姆剃刀原则"——除非必须,不增加任何一个概念。我则是除非必须,不融入自己的任何一句话。

等到整理完初稿,时间已经来到2017年9月。二十多万字的口水版被我砍削成十几万字,近乎腰斩。当我把这份初稿发到谢先生那里,他所经受的骇异与苦楚完全不亚于我。作为一个常年跟文字打交道的作家,他当然无法忍受这份初稿的粗糙和逻辑跳跃。于是,他开始了漫长的校对和补正工作。这一年以来,尽管他很想加快进度,无奈屡屡生病,再加上他手头还有其他很多事情,所以我们这部书稿最后打磨的时间比较长。

至今想来,这部书稿经历了三次转换,每次转换都必然伴随着能量"耗损"。首先,两个学生的录入工作,尽管她们非常仔细认真,但还是会出现许多无法听懂、甄别的信息。其次,我的整理,我既然称之为必要的"建构",一些扭曲与变异自然在所难免。再次,谢先生的补正,尽管他非常注意口述语气,还是难免会滞留一些书写的痕迹。

我和谢先生的共同感受是,这样一部口述自传,如果我们自己来写,效率会高得多。但,毕竟这就是口述的魅力——保留原生态。尤其对于许多不愿意著述作文的普通人来说,更是保存史料不可或缺的工具。

筚路蓝缕,以启山林。对于我来说,这部口述史算是啼声初试,注定是青涩与遗憾多多。其中最深刻的感受是,如何葆有口述史料的"真实"。念兹在兹,不敢有丝毫懈怠。口述史是通过无数普通人的口述记忆来构建一个时代的公共记忆。这注定了这些无数碎片式的个人记忆,都不会是时代的全貌或代表;但舍此,则时代的全貌又根本无从描画。所以,我想,我们做口述史的人,也只有尽力做好自己的那一份真实,所谓局部真实,就够了。求全责备,是过去宏大历史的追求。但在后现代史学的烛照下,证明那些宏大叙事也不过是一种古典的历史臆想。相反,无数普通人的个人视角综合起来,才会无限接近于历史真实。而在这过程中,口述者的反思视角尤其重要。谢先生的口述正是这样做的。

我很欣赏邓晓芒先生在一次知青座谈会上的演讲,他说:

如果我们能够反思我们当年"由自己所招致的不成熟状态"(康德语),我们的回忆就具有人类经验的价值。否则我们就只好自己私下里纪念一番,自我陶醉于几个朋友的回忆中,而不足为外人道。而在我们身后,这些美好的回忆都将烟消云散,不留痕迹。我们等于不曾活过。①

唐德刚先生在《历史是怎样口述的》中曾这样描述他的采访对象胡适:"适之先生是位最喜欢'摆龙门阵'的老人。有酒有客,他的故事便有始无终。酒仅微醺,饭才半饱,幽窗对坐,听胡老师娓娓讲古,也真是人生难得的际遇。"②我觉得用来表达我对谢先生的敬仰之情也是恰如其分的。虽然他因身体原因,早已戒酒;但只要有茶,他便能侃侃而谈。听他谈知青岁月,谈文坛掌故,几不知暮色四合,老之将至耳。

---

① http://www.aisixiang.com/data/80711.html,此文为长沙市2014年11月2日作者在纪念长沙知青下放江永县50周年论坛上发言的讲稿。
② 唐德刚:《胡适杂忆》,广西师范大学出版社2015年版,第251页。